十二國記
魔性之子
小野不由美
Ono Fuyumi
繪者◆山田章博 Yamada Akihiro
譯者◆王蘊潔

十二國記 魔性之子

目錄

積水不可極，
安知滄海東。
九州何處遠，
萬里若乘空。
向國惟看日，
歸帆但信風。
鰲身映天黑，
魚眼射波紅。
鄉樹扶桑外，
主人孤島中。
別離方異域，
音信若為通。

——王維——

*

大雪紛飛。

又大又重的雪花在冰冷的空氣中紛然飄落。抬頭仰望，蒼白的天空中滲出無數淡薄的灰色影子。天空中落下的灰影以滲透般的速度穿越天空，在視線的追逐下，不知不覺變成了白色。

他看著輕輕飄落在肩上的一片雪。雪片又大又重，可以清楚地看到宛如棉絮般的結晶。雪片一片又一片地飄落，從他的肩膀到手臂，落在他凍成鮮紅色的手上，融化成透明的水色。

他已經在那裡站了一個小時，一雙小手和露出的膝蓋也像熟透的果實般紅通通，完全失去了知覺。即使用力摩擦，抱住雙腿，也只覺得冷，但他仍茫然地站在那裡，眺望不停飄落的雪片。

那是北側的中庭。狹小的庭院角落有一間久未使用的倉庫，土牆上的裂痕更增添了幾分寒意。庭院的三個方向分別是主屋和倉庫，另一側是泥土圍牆，但在無風卻寒冷的此刻，幾乎無法發揮任何作用。庭院內也沒有可以稱為庭樹的樹木，快到夏天時，蝴蝶花會在庭院內綻放，如今光禿禿的地面被染上白色的斑點。

（這孩子真倔強。）

祖母從關西嫁到此地，至今說話時，仍然帶著鄉音。

（如果哭一下，還會讓人覺得他可愛。）

（媽媽，不需要這麼嚴厲責備他。）

（全都是被妳寵壞了，他才會這麼固執。）

（但是……）

（時下的年輕父母只會一味寵溺，這怎麼行呢？管教孩子，嚴厲一點剛剛好。）

（我擔心他萬一感冒……）

（小孩子不可能因為淋這麼一點雪就感冒——我有言在先，在他乖乖道歉之前，絕對不可以讓他進屋。）

——整件事的起因很微不足道，只是為了瞭解誰把洗手間的地板弄溼了沒有擦。弟弟說是他弄溼的，但他說不是自己。因為真的不是他，他只是據實以告。祖母經常教導他，說謊是最糟糕的行為，所以，他當然不可能謊稱是自己弄溼的。

（只要老實承認，道歉一下不就沒事了嗎？）

祖母嚴厲地責備他，他只能一再強調，真的不是自己。

（如果不是你，還會是誰？）

他不知道是誰弄溼的，只能回答說不知道。因為除此之外，他不曉得該怎麼回答。

（這孩子為什麼這麼倔強？）

祖母整天這麼說，年幼的他知道自己很倔強。雖然他不瞭解「倔強」這兩個字明確的意思，卻知道因為自己是個「倔強」的孩子，所以祖母討厭自己。

他感到困惑，所以沒有流下一滴眼淚。雖然祖母要求他道歉，但一旦道歉，就是祖母最討厭的說謊行為。他不知如何是好，只能手足無措地站在那裡。

眼前是一條走廊，走廊上的落地窗內是飯廳的格子門，格子門上有一半裝了玻璃，隔著玻璃，可以看到祖母和母親正在屋內爭執。

看到母親和祖母吵架，他總是難過不已。因為他知道每次都是母親認輸，最後去打掃浴室，而且會在浴室偷偷落淚。

——媽媽今天也會哭嗎？

他茫然地站在雪中，思考著這些事。腳有點麻木了，他把身體的重心移到其中一條腿上，膝蓋隱隱作痛。腳尖已經失去了知覺，但他硬逼自己動了一下，立刻感受到一陣銳利的刺痛。在膝蓋上融化的雪變成了冰冷的水滴流向小腿。

年幼的他忍不住重重地嘆了一口氣，這時，突然有一陣風吹向他的脖頸，但並不是令人瑟瑟發抖的寒風，而是一陣暖風。他巡視四周，以為有人憐憫，為他打開了門。

但是，他看了半天，發現所有的窗戶都緊閉著，甚至沒有人看他。

他偏著頭納悶，再度東張西望，溫暖的空氣不斷流向他的方向。

他看向倉庫旁，立刻驚訝地眨了眨眼睛，因為一個白色的東西從倉庫和泥土圍牆之間狹小的縫隙中伸了出來，看起來像是人的手臂。裸露的手臂白皙豐腴，從倉庫的後方伸向他的方向，但他看不到手臂的主人。可能躲在倉庫後方吧。

他感到很不可思議，因為倉庫和圍牆之間的縫隙很狹小，昨天弟弟還因為棒球掉進那個縫隙卻撿不到而哭了起來。像他和弟弟這麼小的身體，也無法擠進那個縫隙，只能勉強把手伸進去而已，但目前出現在他眼前的是大人的手臂，到底是怎麼躲進那個縫隙的？

那條手臂好像在游泳般擺動著。他意識到是在向他招手，便走向那個方向。凍僵的膝蓋很不靈活，他很訝異自己走路時，膝蓋竟然沒有發出聲音。

他並未感到害怕，因為他發現溫暖的空氣就是來自那個方向。他真的太冷了，真的不知道該怎麼辦，所以就聽從了那條手臂的召喚走了過去。

白雪已經覆蓋了地面，留下了他小小的腳印。蒼白的空氣彷彿暈染了墨汁，顏色越來越深。

白晝短暫的冬日正迎接暮色降臨。

第一章

1

廣瀨一踏進校門，就發現通往校舍的前庭擠滿了身穿單調色制服的身影，校園獨特的喧鬧充斥其中。那不是高中特有的空氣，而是長假結束後特有的氣氛。帶著些許海水味道的風，從遠處帶來了蟬鳴。

學生都穿著白色和灰色的制服，明亮的藍灰色領帶有一種涼爽的感覺，但學生應該覺得繫領帶很熱吧。有些學生稍微敞開了衣領，試圖讓自己涼快些，但守在校門旁的老師立刻上前糾正儀容。

這一幕讓廣瀨不禁莞爾，然後發現自己也敞著衣領。他慌忙把皮包夾在腋下，重新繫好領帶，不由自主地露出一絲苦笑。

廣瀨當年就讀這所高中時，制服並沒有領帶，夏季制服只是普通的白襯衫配黑色學生褲，在他畢業的隔年，才改成目前的白襯衫、灰色長褲搭配灰色領帶。當年只有正經八百的老師才會打領帶，如今，自己也變成了正經八百的老師——正確地說，只是實習老師——這件事讓他覺得有點好笑。

廣瀨和其他老師一起從職員專用的玄關走進校舍，沿途遇見好幾張熟面孔，他一一向對方點頭打招呼後，把手伸進了皮包，拿出校舍的示意圖，確認周圍的建築物。他巡視四周，尋找特別教室所在的位置。

廣瀨三年多前從這所私立高中畢業。如果以學力的偏差值作為評斷標準，這所學校算是一所高水準的男子高中，再加上歷史悠久，所以擠入了明星學校的行列。學生畢業後，進入知名大學的升學率還算不錯，但除此以外，沒有值得一提的特色。雖然稱不上是一所好玩的學校，但也不至於讓人討厭。

這種類型的明星學校，很少像這所男校一樣只設高中部，一個學年只有六個班級，每班大約有四十名學生，以都市的學校來說，只能算是一所規模不大的學校。廣瀨在學期間，學校位在市中心，校舍是一棟紅磚房子，但受到時代趨勢的影響，在三年前，也就是廣瀨畢業的隔年，學校遷移到位在近郊的現址。

因此，他開始張羅實習的事時，才第一次踏進這所學校。雖然如果想來，隨時都可以來，他卻沒來由地感到卻步。

學校這種地方，只有在學期間稱得上是自己的地盤。學校曾經是他生活的地方，也是住家附近一個很近的地方，然而，一旦畢業走出校園，就變成了別人的地盤。他變成了外人、變成了入侵者。更何況以廣瀨的情況而言，在他畢業之後，學校遷移，制服也變了，對他來說，根本和陌生的學校毫無差別。

新校舍興建時，他曾經來參觀過一次。位在近海地區的這一帶，荒涼的休耕地一眼望不到盡頭。以風平浪靜的大海為背景，不斷興建起一棟又一棟好像展館般的建築物。寬敞的道路貫穿了平坦土地的正中央，學校旁的大規模住宅區一個又一個地增加。正在建造中的住宅和同樣正在興建的校舍以奇妙的樣子呈現在眼前，簡直就像油輪或航空母艦懸在半空中。

當年正在興建的住宅區都已經完工，原本荒涼的休耕地上高樓林立，形成了一個大規模的新市鎮。私鐵路線延伸，嶄新車站前的鬧區正在不斷擴大。雖然都是隨處可見的平凡景象，但對廣瀨來說，這裡已然成為一個陌生的地方。

無論是紅磚的校舍，和長得比校舍更高、讓人感到心情壓抑的樹木，或是稱為歷史卻顯得太陳腐的校園空氣，以及稱為傳統未免又太乏味的感覺，這裡沒有任何東西可以讓他聯想到母校這個字眼所喚起的感傷。

這是一所寬敞而明亮的學校，漂亮的校舍之間點綴的樹木灑下淡淡的陰影，校園內多處設計成幾何形狀的草皮綠意盎然，但因為整理得過度乾淨，反而缺乏植物茂盛的感覺。從正門通往中庭的道路兩側種的應該是櫻花樹，從粗壯的樹幹來看，應該是把舊校舍的那排櫻花樹移植至此，但等間隔的距離和中規中矩的修剪，讓櫻花樹也完全失去了以前的感覺。

他當然沒有重回母校的感慨，只有一份無助的懷念懸在心頭，讓他感受到一種奇妙的不安。這和廣瀨在沮喪時所感受到的獨特心情極其相似——那是一種宛如失去故國的感傷。

2

廣瀨的指導老師是姓後藤的自然科老師。由於這是一所私立學校，所以教師很少有調動的情況，廣瀨在學期間的老師幾乎仍在這所學校任教。

後藤是化學老師，廣瀨讀一年級時，後藤是他的班導師，在各方面都很照顧他，也對他有很大的影響。

廣瀨很喜歡後藤，後藤似乎也很疼愛他這個學生。除非有必要，後藤很少出現在教師辦公室，平時都在化學實驗準備室，廣瀨在讀高中的三年期間，也幾乎整天都窩在那裡。正因為如此，他對化學這門學科有一種特殊的親近感，化學成績也特別優秀。他在大學讀了理工科系，但他並不打算成為研究人員，也無意去當上班族，最後決定以教職為目標。他絕對不是因為把後藤視為教師的典範而立志當老師，卻可以說是完全受到了後藤的影響。

所有的特別教室都整合在特別教室大樓內，在八月來參加實習前指導時，後藤就指示他今天來報到前，先去實驗準備室找他，但他不知道實驗準備室在哪裡。看著示意圖走在完全陌生而空蕩的特別教室大樓內，有一種孤獨無助的感覺，最後終於在三樓的角落找到了化學實驗室，隔壁就是實驗準備室。

廣瀨輕輕敲了敲準備室的門，門內立刻傳來一個粗聲粗氣的聲音。

「嗯。」

「打擾了。」他打了聲招呼後推開門，一股油味隨著冷氣機的冰冷空氣撲面而來。那是通常不會出現在實驗準備室內的松節油味道。

「你來啦，這身打扮挺成熟的嘛。」

後藤揶揄般地笑了笑。他正站在並不寬敞的準備室窗邊的畫架前，繪畫是他的興趣，雖然不是職業畫家，作品卻有職業級的水準，目前和美術老師一起擔任必修社團的美術社顧問老師。此刻的他並沒有手拿畫筆作畫，只是在審視畫作最後呈現的效果。

實驗準備室其中一面牆邊排列著櫃子，對面的牆邊並排放了三張桌子，位在畫架旁的那張桌上凌亂地放著洗筆筒、顏料和調色盤，其他兩張桌子上雖然放著看起來像是教材的東西，但也亂成一團。地上放著實驗用具、畫布，牆上貼著元素週期表和備忘紙條，整間實驗準備室都只能用一個「亂」字來形容，讓他回想起在學校舊址造訪過的準備室。

廣瀨看著後藤完全沒變的臉，終於露出了笑容。此刻的他，終於有了「我回來了」的感覺。

「好久不見。」

聽到廣瀨這麼說，後藤立刻笑了起來。雖然在八月的實習前指導時才見過面，並不算太久沒見面，但真的好久沒有在準備室內見到後藤了。
「你也到了可以人模人樣地打領帶的年紀了。」
「託老師的福。」
廣瀨微微欠身說道，後藤指著門旁的桌子說：
「你就坐丹野老師的桌子吧。」
學校有後藤和丹野這兩名化學老師，個性溫厚的老教師丹野受不了松節油的味道，幾乎不會來準備室，後藤理所當然地把自己的東西堆放在丹野的桌子上。這種習慣也和廣瀨在學期間一樣，讓他有一種熟悉感。
「看來你現在不再遲到了。」
「人是會學習成長的動物。」
後藤聽了，放聲大笑起來。
在廣瀨高二那一年冬天，他的父母因為調職的關係搬了家，但因為他快升高三了，擔心在這個節骨眼轉學會對他的課業產生影響，所以廣瀨獨自繼續在這裡租屋而居，然後直接進了本地的大學，一直留在這個從小生長的環境。
開始獨立生活後，每天早上不再有人逼迫他出門上課，所以他經常遲到。連續遲到一個月後，三年級的班導師終於忍不住斥責他：「你不可以再混日子了。」挨罵之後，他乾脆開始曠課。說到底，他並不喜歡學校這個地方。
事實上，廣瀨也一直無法融入學校的生活。他無法和同學交朋友，也不知道如何和老師相處。雖然他並不討厭讀書，但和其他人一起被關在學校這個牢籠內好幾個小時的時間令他痛苦不已。和父母同住時，他懶得和父母爭辯，所以每天都出門去學校上課。獨立生活後，他就像一匹脫韁的野馬，經常蹺課。雖然還沒到拒學這麼嚴重，但似乎又不是懶惰這麼簡單的事。

班導師規勸多次，但廣瀨屢教不改，讓班導師傷透了腦筋，最後只能去向和廣瀨感情很好的後藤訴苦。

「人啊，就像是臭鹹魚乾——」（註1）後藤說：「在不習慣的時候，會覺得臭不可聞。一旦習慣之後，就會覺得別有一番滋味。如果因為聞到臭味就丟在一旁，一輩子都無法嘗到這種美味。」

廣瀨回答說：「那我一輩子都不吃。」當時，他曾經認真思考去深山裡建庵隱居的方法，但後藤的這番話或許多少對他發揮了作用，他待人處世的態度稍微豁達了一些。在高中三年期間，類似的情況不勝枚舉。

總之，廣瀨是一個讓師長有點傷腦筋的學生，只有後藤數落他時，他才願意接受。其他老師也都瞭解這一點，所以也都默許廣瀨整天去找後藤。現在回想起來，廣瀨發現自己對後藤造成了很大的困擾。

註1 源自日本伊豆諸島，是種用鹽水反覆浸泡、醃製魚類而成的發酵食品，帶有特殊的強烈氣味。

「那我們現在去教師辦公室吧。」

後藤拿起掛在腰上的毛巾擦了擦手，這是他準備做下一件事時的習慣動作。

「好。」廣瀨點了點頭，把皮包放在桌子上，跟在神態自若的後藤身後走出準備室。

奇怪的是，剛才那種孤獨無助的感覺已經消失不見了。廣瀨隱約覺得，後藤雖然沒有特別的事找他，卻叫他先來準備室一趟，也許就是為了達到這樣的效果。

3

他去教師辦公室參加教職員會議後，又去參加了開學典禮。今年有十幾名實習老師，只有廣瀨是理科老師，其中有八個人是廣瀨在高中時的同學，但他幾乎都不認識。

廣瀨向來不愛交朋友，他對和其他同學在學校討論前一天晚上看的電視感想不感興趣，對在校外議論老師或同學更是毫無興趣。雖然他知道必須經歷這個階段，才能和其他人有更深一步的交談，但還是高中生的他缺乏足夠的動力挑戰這種自虐行為。他並不覺得獨處是一種痛苦，也不害怕遭到孤立。他和班上不少同學同班一整年，卻從來沒有說過一句話。他雖然會和同樣經常出入準備室的學生聊幾句，只是從來沒有在校外相約見面，如果要他列舉在高中三年交到的朋友，恐怕只有後藤一個人。

當所有實習老師站在整齊列隊的學生面前，由校長向學生介紹時，廣瀨都在胡思亂想著這些事。

開學典禮結束後，他跟在後藤身後，走向後藤擔任班導師的班級上班會課。

後藤目前是二年六班的班導師。

「我每週要上十六堂課，四堂二年級的化學課，和兩堂一年級的自然Ⅰ，另外還有班會和必修社團，我會統統交給你。」

「交給我？」

「我會示範一次，之後你就自由發揮吧，我會在一旁溫暖守護你。」

「只有守護嗎？」

「當然只有守護而已。」

後藤露齒而笑，廣瀨小聲地嘀咕：「好啦，好啦。」

「好，所有同學都到齊了嗎？」

後藤站在講臺上巡視了教室，隨著他一聲令下，班會開始了。廣瀨站在講臺旁的課表前，感受著學生投來的銳利視線。有些人的眼神充滿好奇，也有些人刻意閃避他的視線。他知道班上的學生都對自己很感興趣。

後藤扯著破嗓子，很有效率地傳達了重要事項。口齒清晰，富有抑揚頓挫的語氣聽起來很舒服，廣瀨頓時找回了熟悉的感覺。

後藤正在宣布十天後舉行的運動會相關事宜，學生的注意力都集中在講臺前的後藤身上。廣瀨終於擺脫了視線的包圍，輕輕嘆了一口氣。

「我猜想學生會那些人一定又會囉嗦了，總之，你們自己看著辦，但要適可而止。」

這番話實在太有後藤的風格了。

「不管你們想做什麼，都是你們的自由，但我不會幫你們擦屁股，所以要控制在自己可以負起責任的範圍。」

廣瀨微微笑了笑，把視線從後藤身上移向學生。學生的反應各不相同。雖然後藤對廣瀨而言是一個好老師，但並不是每個同學都這麼認為。有人覺得他很低俗，也有人不喜歡他總是表現出一副很瞭解學生的樣子，還有人只從表面瞭解後藤說的話，覺得他是一個很不負責任的老師。眼前這些學生臉上也都露出了不同的表情。

廣瀨巡視著教室，臉上露出一絲苦笑。教室內有四十個年紀相仿的孩子，在學校看到這樣的景象很正常，一旦走出學校，很難看到這麼奇異的景象。這群人年紀相近，穿著相同的衣服，長相也相差無幾。每個人看起來都像是優等生，整整齊齊地坐在教室內，讓人聯想到盒裝的雞蛋。

廣瀨帶著這種想法巡視教室，視線突然停了下來。

教室後方坐了一個讓他忍不住多看幾眼的學生。廣瀨盯著那個學生多看了幾眼，但不知道那個學生為什麼會讓自己的視線停留。

那個學生的外表並不特殊，既沒有特別醜，也沒有特別吸引人的地方，更沒有不專心或是露出奇怪的表情，他和其他學生一樣，面無表情地靜靜看著講臺上的後藤，但廣瀨仍然覺得他明顯和周圍的學生不一樣。如果要問到底哪裡不一樣，廣瀨也答不上來，卻可以斷言就是不一樣。

硬要說的話，可能是氣氛與眾不同。那個學生周圍的空氣，以及散發出來的氣息，和別人有極大的差異。

班上有一個奇怪的學生。正當他在內心這麼想時，後藤叫了他一聲。後藤在講臺上向他招手，他慌忙走了過去。

後藤對學生說：「今年的輕鬆日子又來了。」然後向學生介紹了廣瀨。

「這位是實習老師廣瀨，你們要好好疼愛他。」

後藤說完，教室內響起稀稀落落的乾笑聲。後藤把點名簿遞到廣瀨面前。

「你來點名，再把這些學習單發下去就可以結束了。我先回去睡一覺。」

後藤指著講桌上的那疊學習單說道，廣瀨向他點了點頭，他露齒一笑，走出了教室，似乎無意在一旁守護廣瀨和學生之間的第一次接觸。

「我是廣瀨，請多指教。」廣瀨向學生打招呼後，開始發學習單。他把學習單粗略分成幾疊，交給最前面的同學，然後看著他們向後傳，再度巡視了班上所有的學生，但視線還是情不自禁地停留在「他」身上。

「他」從坐在前面的同學傳給他的那疊學習單中抽出一張，把剩下的向後傳，沒有發出任何聲音，似乎就連空氣都靜止了。太安靜了——應該說，完全感受不到他的存在。從他身上完全感受不到「我在這裡」的主張，由於他徹底消除了自己的動靜，讓人感受到那裡好像是一個空位，反而引起了廣瀨的注意。

廣瀨接過剩下的學習單時不由得想，班上有一個有趣的學生。

點名時，廣瀨叫到「高里」的名字時，「他」應了一聲。他的語氣很平靜，既不會太強，也不會太弱，平坦的聲音中感受不到任何情緒，好像只是毫無感情地在讀劇本。

「你的名字是唸 takasato 嗎？」

廣瀨希望「他」多說幾句話，所以忍不住確認。「他」只是很簡短地應了一聲：

「對。」

4

回到實驗準備室，後藤正把咖啡倒進杯子。廣瀨把點名簿遞給他時，他指了指自己的桌子，從櫃子上拿出另一個燒杯。廣瀨按照他的指示，把點名簿放在他桌上，打開書櫃，拿出兩個和教材放在一起的廣口瓶。其中一個裝的是砂糖，另一個裝了奶精。

「原來你還記得。」

「怎麼可能忘記？」

後藤聽到廣瀨的回答，忍不住笑了起來。貼著空白標籤的透明瓶子裡裝的是砂糖，棕色瓶子裡裝的是奶精，曾經整天都泡在實驗準備室的廣瀨知道得太清楚了。他把兩個瓶子連同小藥匙放在桌上後，後藤把燒杯遞給他。廣瀨拿出手帕接了過來，沒有握把的燒杯加了開水之後很燙，根本無法徒手拿。想要在實驗準備室被後藤請喝咖啡，就要隨身攜帶手帕。

「真令人懷念啊。」

「對吧？」

看到後藤一臉得意，廣瀨覺得很好笑。

「最近也有學生來這裡嗎？」

「沒有人像你整天都在這裡，通常都是午休時間有幾個人跑過來，做各自想做的事。」

廣瀨忍不住笑了起來。

「用燒杯煮拉麵，用試管做冰棒嗎？」

「沒錯。」後藤也笑了起來。

「每年都會有這樣的學生，但你是第一個回來當實習老師的。」

廣瀨輕輕笑了笑。廣瀨在學期間，也有其他學生整天都跑去準備室，大部分都是和廣瀨相同類型的人，畢業後，他們各自選擇了不同的發展——有人從事研究工作，有人當了醫生，甚至有人當了演員，還有積極投入社會運動的，卻沒有人當老師。

「當冒牌老師的感覺怎麼樣？」

「一言難盡。」

「我就知道，那個班級看起來不怎麼有趣吧？」

廣瀨點了點頭苦笑著，突然想到一件事。

「有一個學生看起來和別人很不一樣。」

「喔喔！」後藤叫出聲音。「原來你也發現了，你是說高里吧？」

「沒錯。」廣瀨回答，後藤笑了起來。

「異類辨別同類的能力果然敏銳，我看到高里的時候，立刻覺得他和你很像。」

「他和我屬於不同的類型吧。」

廣瀨說，後藤看著天花板。

「的確不太一樣，你一看就知道很神經質，而且也很引人注目。」

「我很引人注目嗎？」

「當然啊，你和高里都很引人注目，也可以說是很礙眼。」後藤說完，笑了起來。

「他也參加了美術社，畫一些令人印象深刻的畫，的確是個奇妙的學生。」

「是喔。」

「真的很奇妙，比你奇妙好幾倍。你比他容易瞭解多了。」

後藤露出凝重的表情。

「你和我一樣，都算是怪胎，所以我能夠瞭解你，但高里不一樣。」

「高里不也是怪胎嗎？」

「但還是不一樣。我和你都屬於自願偏離常軌，但高里是無法進入常軌。因為本質完全不同，所以根本無法走入常軌，這就是他和我們的不同之處。」

「你的觀察真仔細。」

「是啊。」後藤說完笑了起來。

「他渾身散發的感覺是不是和別人完全不一樣？」

「的確很不一樣。」

「所以不能說他是怪胎，而是異類。」

後藤說話的語氣中充滿擔心。

「難道有什麼問題嗎？」

「倒是沒什麼問題，高里和你不一樣，是個優秀的學生，不但聰明，也很懂得和他人協調。」

「那時候真的給你添了很多麻煩。」

廣瀨恭敬地鞠了個躬，後藤笑了起來。

「他就像颱風眼，雖然他很安靜，周圍卻亂成一團。你很快就會知道了，雖然這個班級沒什麼趣味，但也沒那麼好帶。」

「為什麼？」

「因為有高里啊。」

後藤說完後站了起來，打開窗簾，讓陽光照進來。他拿下掛在腰上的毛巾擦了擦手，站在書架前。

十號大小畫布上的校園即景即將完成。他用鮮豔的色彩畫出了校園一角的風景，上面還有幾個身穿制服，不知道是妖怪還是精靈的學生。有長相很老氣的學生躲在樹後，也有長得像蟾蜍的學生大剌剌地躺在長椅上，還有幾個人擺出奇怪的姿勢看著他們。整個畫面乍看之下很灰暗，但仔細打量後，就會發現充滿了難以形容的幽默風情和溫暖。

廣瀨第一次看到後藤的畫時很驚訝，但很快就發現很有後藤的風格。後藤經常以學校為主題，只是很少有人物會出現在他的畫中。他曾經畫過一幅名為「會議」的畫，穿著奇裝異服的動物聚集在教師辦公室喝酒。聽說校長對這件事頗有意見。

雖然並不是受到後藤的啟發，但廣瀨的必修社團也選擇參加了美術社，也許他只是喜歡面對畫布時可以和外界隔絕的感覺。雖然曾經想畫出像後藤那樣的畫，所以試圖模仿，但最後他發現自己缺乏繪畫才華。

廣瀨看到後藤開始端詳自己未完成的畫，便默然不語地走到桌前，打開了實習日誌。

翌日開始正常上課。廣瀨跟在後藤身後在各個教室之間穿梭，到了下午，他已經大汗淋漓地站在講臺上。實習期間只有短短的兩個星期。正確地說，只有十二天。當他忘我地投入相當於六分之一的兩天實習工作後，校園內開始彌漫著運動會前的興奮氣氛。

白色的花盛開。

＊＊

放眼望去，是一望無際的原野。天空宛如把球對半切開的半球形，原野就像一個碩大無比的圓盤，在此之前，他從來沒有見過一直綿延到地平線的原野。

他轉頭巡視，三百六十度的原野是一個完美的圓形。視野所及，都是平坦的綠地，沒有絲毫起伏。

「太厲害了。」

他自言自語著，才發現自己根本不知道身在何處。這裡是哪裡？他的住家附近和小學周圍，以及最近終於記住的通學道路周圍都沒有這種地方。

他抬起頭。天空呈現出複雜的色彩，他以前從來沒有見過這種顏色的天空。

天空是一片水藍色，也許是因為整片天空都薄薄地刷上了一層卷雲的關係，所以比平時看到的天空顏色更淡。淡淡的水藍色中暈染著粉紅色和淡綠色的色彩。

他茫然地仰望天空。下次為天空著色時，不要再用藍色，而是改用水藍色。卷雲緩緩流動，天空的顏色宛如極光般變幻出不同的色彩。

他仰望天空好一陣子後，又轉頭四處張望，自言自語起來。

——也不能忘了月亮。

滿月般朦朧皎潔的月亮懸在呈現出奇妙色彩的天空中，月亮周圍有淡淡的白色星光。當他順著星座的形狀望去時，發現了第二個月亮。

他瞪大了眼睛。

——難道月亮不是只有一個？

他仔細計算後，發現天空中總共有六個大小不一的月亮，卻完全不見太陽的蹤影。

他感到不可思議的同時，繼續看著天空出了神。周圍的空氣既不冷也不熱，微風吹拂，飄來淡淡的香氣。那是花香，還有青草的味道。

他用力深呼吸，視線回到了大地。一望無際的平坦大地上是一片高度及膝、宛如纖毛般的綠草，草莖筆直地從纖細的葉片之間冒出來，前端綻放著幾朵指甲般大小的花。走近一看，發現花很稀疏，但遠遠望去，是一片朦朧的白色。

呼呼。一陣稍強的風吹來，青草同時搖動著，白花也跟著搖曳。微小的花相互碰撞著，發出宛如玻璃相碰時的清脆聲音。柔軟的青草搔在腿上感覺很癢。

這時，他發現這裡不是原野，而是溼地。清澈的水剛好淹沒他半個小腿肚，他以前從來沒有見過這麼清澈的水。沒有漣漪，也沒有流動的水，幾乎讓人懷疑它是否存在。奇妙的是，他並沒有感覺到自己的腳溼了，他試著抬起一條腿，水滴像碎裂的水晶般閃著光滴落，但皮膚完全感覺不到任何潮溼。

水底是灰色的石頭。難怪大地這麼平坦。四方形的大石頭整齊地鋪在水底，石頭上是清澈的水。纖細碧綠的草莖從石頭上冒出來，小魚身上閃著光，從草叢後方游了出來。

他歡呼起來，把手伸進水裡撈魚。他的小手追逐著小魚，但魚並沒有逃開，反而向他的指尖游來，他動了一下手指，魚也跟著游了過來。

——這裡是什麼地方？

他用雙手掬起了魚和水，然後環顧四周。他漸漸瞭解，這種地方不可能存在。水從指間流走，魚經過指間時，感覺好像被輕輕搔了一下。

——這裡太美了。

他毫無意義地點了點頭，再度巡視周圍，然後踩著水花走了起來。每走一步，花就跟著搖動，腳下發出叮叮噹噹的清脆聲音。

他不知道自己走了多久，只知道走了很長的距離。但無論走多久，他都完全不覺得累。白花滿地的風景百看不厭，他很滿足，帶著幸福的心情繼續走著，不時有小鳥飛來，停在他的頭頂或肩膀，玩一陣子又飛走了。

他目送著小鳥飛遠，發現遠處是原野的盡頭。白花後方是一片很深的蒼藍色，那裡似乎有一條河。

他朝河流的方向走去，但感覺像是水在前面跑，他在後面追，走了很久，都無法縮短和河流之間的距離。他沿途繼續和小魚、小鳥嬉戲，終於漸漸靠近。

原本以為是小河，沒想到是一條很大的河流。對岸彷彿遙不可及，河流深不見底。石板大地的前方，只見一片蒼碧色的深河。即使探頭張望，也看不到水色比較淺的地方。河流呈現均勻的深色，由此可知，河底沒有任何起伏。

他走到又深又寬的河邊，無法繼續向前走了。他還不會游泳。雖然河中的水沒有流動，但他不認為自己可以橫渡這麼寬的河面。

他失望地左顧右盼，發現遠處有亮光。仔細一看，在蜿蜒的河流上游（也可能是下游）處，架著一座橋。

看起來像是半透明的玻璃橋。他笑了起來，沿著河邊邁開步伐，朝向遠處的那座橋邁開了腳步。

第二章

1

那是廣瀨實習的第三天。上完三節課，寫完實習日誌，正準備收拾回家時，二年六班的學生跑來找後藤。學生為運動會做準備工作時，所使用的木條不小心打破了窗戶。廣瀨慌忙趕去學生正在忙碌的體育館後方，按照後藤的指示處理完畢。接下來這段日子，學生會在放學後留下來為運動會做準備工作。班上的學生留在學校，後藤也不得不留下來。既然後藤留下來，廣瀨當然也不敢先下班。

廣瀨心裡想著這些事，通知了負責的老師後，沿著走廊，打算走回準備室，發現二年六班的教室內有人影。他想起今天沒有人說要在放學後留在教室，於是走進教室察看，發現高里坐在教室內。

廣瀨看不出高里在教室內做什麼事，甚至不知道他在沉思還是發呆，只知道他出現在那裡。高里坐在自己的座位上，微微握著雙手放在桌上，視線看向窗戶的方向。

「怎麼了？你怎麼還沒回家？」

廣瀨站在敞開的教室門口問道，高里猛然抬起頭，回頭看著他，然後靜靜地點了點頭。

「是。」

「你也留下來做準備工作嗎？」

廣瀨不由自主地想要和他聊天。他在發問的同時走進教室。

高里直視著廣瀨的臉。

「不是。」

就在這時，廣瀨似乎看到什麼東西跑過高里腳邊。廣瀨停下腳步，目光追隨著掠過視野的影子，但那個東西速度飛快，一眨眼工夫就已經跑出了他的視野。由於事情發生得太快，他來不及正眼看清到底是什麼，只覺得好像是某種野獸。他茫然地看往影子逃走的方向，當然沒有看到任何東西。

廣瀨正想問高里，有沒有看到剛才的東西，便迎上了高里直視的視線。但高里的視線中沒有任何情感，廣瀨突然感到尷尬，看向教室的各個角落，空蕩蕩的教室內只剩下乾燥的夏日空氣。

廣瀨苦笑了一下，再度看著高里，他正目不轉睛地看著廣瀨。

「你留下來有什麼事嗎？」

「沒有。」

「那是有哪裡不舒服？」

廣瀨走過去問道，他抬頭注視著廣瀨，搖了搖頭。

「沒有。」

高里的回答太簡潔，廣瀨仔細打量他抬頭看著自己的那張臉。高里的臉上沒有任何表情，平靜得好像已經徹悟了一切。

「你叫、高里，對嗎？」

他再度確認早就已經記住的名字，高里只是點了點頭。

「你沒有參加課後的社團嗎？」

「沒有。」

「為什麼？」

廣瀨試圖讓高里說一些應答以外的話，所以故意這麼問。高里微微偏著頭，用不符合他年紀的鎮定聲音說：

「因為我不想參加社團。」

即使讓高里開口說話，仍然無法消除他身上散發出的那種格格不入的感覺。高里並沒有拒絕廣瀨，但也沒有歡迎，只是因為廣瀨發問，他就回答而已。

「你在這裡幹什麼？喔，我不是在質問你，只是基於好奇心發問。」

高里微微偏著頭回答說：「我在看外面。」

「看外面而已嗎？沒有在想事情？」

「沒有。」

廣瀨覺得高里太奇怪了。雖然知道不會有什麼有趣的東西，但他還是看向窗外。因為角度的關係，廣瀨可以看到體育館的一半屋頂，和屋頂上方看起來像是用藍色玻璃鑲嵌而成的帶狀海平線，但坐在自己座位上的高里應該只能看到天空。

「只能看到天空啊。」

「對。」

高里也轉頭看向窗戶。從他視野的角度來看，的確是看著天空。目前正是九月初，這個時間的天色還亮著，沒有一絲雲彩的藍色天空就像是道具布景。

「看不到任何有趣的風景啊。」

廣瀨的聲音中難掩困惑，但高里並沒有回答，只是微微揚起嘴角，露出像是微笑的表情。

廣瀨感到坐立難安，但又不想就這樣轉身離開教室，所以隨便問了高里一些問題。他在運動會上要參加什麼比賽？喜歡運動嗎？覺得學校開心嗎？擅長哪一個科目？一年級時的班導師是誰？讀哪一所中學？家庭成員有哪些人？

高里看著廣瀨的眼睛，淡淡地回答了這些問題。還沒決定參加哪一項比賽。既不喜歡運動，但也不會討厭。並不覺得學校很無聊。沒有擅長的科目。他只是針對廣瀨發問的問題簡短而簡單地回答。

他既沒有主動多說廣瀨沒有問的事，也沒有問廣瀨任何問題。他有問必答，但不問就不答。雖然面對廣瀨並不會感到痛苦，但也無意主動和廣瀨交談。

「這麼說可能有點那個，你有點怪怪的，之前有沒有人這樣說你？」

廣瀨知道這麼說很無禮，但還是說了出來，高里簡單回答「有」的聲音中，還是感受不到任何感情。

「我就知道。」

廣瀨笑了笑，高里也稍微笑了笑，很像精通人情世故的大人露出禮貌性的笑容。因為不會有粗俗的感覺，所以廣瀨並未感到不悅，但還是無法抹去內心對他的奇妙感覺。無論他沉著鎮定的態度還是聲音，都已經大幅超越了早熟的範圍，而是有一種老成的感覺，和他完全是少年的外表太不相襯，這種不協調的感覺讓廣瀨困惑不已。

他充分體會到後藤之前為什麼用「異類」來形容高里。高里不是「奇怪」，而是「奇妙」。因為沒有任何讓人不舒服的地方，所以只能用「異類」來形容他。雖然完全猜不透他在想什麼，但看起來也不像是有任何扭曲的思想。

「我是不是打擾你了？不好意思啊。」

廣瀨說，高里帶著笑容回答：「沒有。」

2

「高里真是奇怪啊。」

翌日午休時間，後藤出門去吃午餐時，廣瀨在實驗準備室忍不住這麼說。

廣瀨周圍有四名學生。他忍不住想，無論是以前還是現在，整天窩在準備室的人都差不多，他們身上總是多了些什麼，又少了些什麼，所以在教室內找不到自己的容身之處。只是廣瀨在學期間，聚集在實驗準備室的都是一些大膽獨特的人，相較之下，如今在準備室吃午餐的這些學生簡直太不成氣候。

「你竟然這麼快就發現高里很奇怪了。」

一位姓築城的學生抬起頭，語帶佩服地說。他和高里同班，都是二年六班的學生，從今年開始經常跑來準備室。

「當然知道啊，我昨天和他聊了一下。」

準備室是吃午餐的最佳場所。這裡光線充足，夏天會開冷氣，後藤會大方地請學生喝茶，只不過沒有茶杯，而是用燒杯。

「他看起來不是很乖巧嗎？」

築城似乎語中帶刺。

「你的意思是，他實際上並不乖巧嗎？」

「這麼說也沒錯啦。」

他的語氣中透露著不滿。另一個姓岩木的學生可能聽到了，探頭看著築城問：

「他有什麼問題嗎？」

「沒什麼。」

築城冷冷地說，岩木露出掃興的表情。他也是二年級的學生，但他在二年五班，選修課時和二年六班一起上課。

「怎麼回事？你討厭高里嗎？」

「沒有啊。」

「幹麼吞吞吐吐，有話就直說啊。」岩木不停地追問，築城把頭轉到一旁不理會他。一年級的野末和三年級的橋上也都好奇地看著他們。

「可能只是個性有點陰沉吧，也讓人覺得很難親近，難道有什麼隱情嗎？」

岩木問，築城很不耐煩地說：

「反正他這個人就是很怪。」

他說話的語氣很粗暴，所有人都露出訝異的表情。

「怎麼個怪法？」

橋上問，築城垂下雙眼，用緊張的聲音語帶吞吐地說：

「反正他不太一樣啦。」

廣瀨對築城的語氣感到不解，偏著頭問：

「大家都討厭高里嗎？」

築城聽了，顯得有點慌亂，小聲嘀咕：「應該沒人喜歡他。」然後看著廣瀨說：

「最好別和他有任何牽扯。」

「為什麼？」

廣瀨問，但築城沒有回答。

「有什麼問題嗎？」

「……反正他就是和別人不一樣啦。」

岩木故意大聲地嘆了一口氣。

「他只是不愛說話吧，該不會有霸凌問題？」

聽到岩木揶揄的聲音，築城垂下視線。他猶豫了一下，意味深長地壓低了聲音說：

「希望你們不要告訴別人，這件事是我說的。」他東張西望了一下，繼續說了下去：「高里曾經遭遇神隱。」

廣瀨一時想不起來「神隱」這兩個字怎麼寫，所以想了一下，隨即立刻想到是神明的神和隱藏的隱，忍不住張大了嘴巴。

「神隱？你是說，某一天突然消失的那個神隱嗎？」

築城點了點頭。

「聽說是高里讀小學的時候，他真的在某一天突然失蹤，一年後又莫名其妙地回來了，完全不知道高里這段時間去了哪裡、做了什麼。」

「高里自己怎麼說？」

「好像什麼都不記得了。」

「怎麼可能？」

橋上探出身體問：

「確定不是遭到綁架，而是神隱嗎？」

「好像是，所以高里留級一年啊。」

「太荒唐了。」

岩木滿臉不屑地說。
「一定有什麼隱情，那只是傳聞吧？」
築城瞪著岩木。
「是真的，大家都知道這件事，反正高里就是因為這樣，所以有點怪怪的。」
廣瀨不禁感到困惑，這一帶是近年急速開發的地區，但聽說築城和高里在開發之前就住在這裡，所以他們算是本地人。不難猜想，築城說「大家都知道這件事」，應該不是指「學校的人都知道這件事」，而是「住在這一帶的人都知道」，但真的有「神隱」這種事嗎？
「無聊。」
岩木的這句話結束了這個話題，但廣瀨對「神隱」這兩個字留下了深刻的印象。廣瀨對神祕主義或是特異功能之類的沒有興趣，卻不至於完全排斥，更何況牽涉到高里這個人，所以不會像岩木那樣視為無稽之談。

3

之後的第五節是必修的社團，廣瀨和吃完午餐回到準備室的後藤一起來到美術社，發現大部分學生已經到了。

雖說是必修社團，但上課的內容和美術社沒有太大的差別。教美術的米田老師隨便點完名後，學生就三五成群地走出美術室。雖然每個人手上都帶著素描簿，只不過廣瀨根據自己以往的經驗知道，大部分的人都會去圖書館或是無人的教室自習。老師默許這種情況，學生也都知道老師的態度，這也是藝文社課熱門的原因。也有學生真的熱愛繪畫，所以繼續留在美術室，當後藤和米田在一旁閒聊時，他們都各自作畫。

高里就是其中的一個。他在美術室的角落架起了畫架，從公共置物櫃中拿出畫布。原來他是畫油畫。也許是因為他渾身散發的感覺讓人聯想到水彩畫，所以廣瀨有一種奇妙的感覺。高里用熟練的動作從置物櫃中拿出顏料箱，廣瀨靜靜地走向高里。

來到可以看到畫布的位置後，廣瀨向他打了聲招呼。高里聽到聲音後轉過頭，看到是廣瀨，向他微微點頭。他和昨天一樣，臉上露出像是笑容的表情。廣瀨向他揮了揮手，然後看向高里的畫布，打量了好一會兒。

他的畫的確令人印象深刻。廣瀨打量著高里，又打量著他的畫。

「……我知道這麼問也許很失禮。」

廣瀨吞吞吐吐地說，但他無法不問這個問題。

「你畫的是什麼？」

畫布上只是塗了顏色而已，雖然似乎可以隱約看到某種形狀，但想要定睛細看時，就會發現輪廓太模糊，甚至連形狀也看不清楚。畫布上的顏色很複雜，雖然運用了柔和的色彩，但顏色極不透明，很難稱之為美麗的色彩，顏色的配置也缺乏美感，似乎也談不上有任何構圖。

「是某種風景嗎？」

廣瀨困惑地問，高里微微張大了眼睛。

「是啊。」

他輕輕笑了笑，這次的笑容似乎稍微發自內心。

「這是哪裡？」

廣瀨問，高里搖了搖頭。

「我不記得了。」

「你不記得，卻可以畫出來嗎？」

高里一臉認真地點頭。

「對。」

「為什麼？」

「因為我在想，也許畫著畫著，就可以想起來。」

「原來是這樣。」廣瀨在附和的同時，不禁感到驚訝，覺得這個學生果然很奇妙。他暗自聳了聳肩，從高里的身旁走開了，這時，他突然想起築城的話——他曾經遭遇神隱。一年後，他什麼都不記得了。

廣瀨回頭看著高里，很想問他，那是遭到神隱時看到的風景嗎？但最後還是閉了嘴。因為他不想隨便發問。一方面是因為不能完全相信築城說的話，更何況如果相信

了，更不能輕易觸碰這個問題。

真是個奇妙的傢伙。廣瀨自言自語。

如果高里曾經遭遇神隱，顯然他真的忘記了神隱期間發生了什麼事，而且也希望自己可以回想起來。自己喪失某一段記憶的感覺的確會讓人很不舒服，但廣瀨還是對高里積極想要回想這段回憶感到不解。

人對異類很敏感，從築城說話的語氣中就可以瞭解這一點。高里曾經遭遇神隱，所以有點怪怪的，和別人不太一樣——因為這樣的原因，所以讓人無法對他產生好感。

即使極力隱瞞內心的好惡，對方還是會察覺，高里不可能沒有察覺這件事。難道高里不希望自己不曾遭遇「神隱」嗎？難道不希望從自己的經歷中抹去這一段，不會想要忘記曾經發生過這種事嗎——還是說，根本沒有所謂的「神隱」事件？

高里在上社團時都默默地用畫筆在畫布上作畫，他數度停下畫筆，然後一邊思考，一邊上色，又多次拿起刮刀刮除顏色。廣瀨可以清楚地感受到，畫這幅畫——進而想起相關的事，對他而言十分重要。

4

第五天，星期五第五節課是每週班會時間，討論的主題當然是即將在一週後舉行的運動會。簡單傳達各項注意事項後，就由班上幹部安排各項準備工作。

學生們一邊閒聊著，一邊討論著相關事項，因為老師沒站在講臺上，教室內變得亂哄哄的。今天主要討論每個學生參加的比賽項目和如何分配準備工作，但學生討論的情況根本就像在閒聊。

廣瀨站在教室後方觀察著教室內的情況，高里沒有加入同學的閒聊，他周圍的空氣好像和旁邊出現了斷層，完全被孤立在班上的空氣之外。沒有人主動找他說話，他也不找別人交談，只是坐在自己的座位上看著議事進行。他四周的同學所表現的態度，也好像他根本就不存在。

學生之間似乎之前就已經有了共識，所以很快就決定了各自參加的項目。班長五反田把各個項目的參加名單寫在黑板上確認後，突然叫了起來：

「咦？少一個人。」

廣瀨發現少了高里的名字，但他沒有吭氣。高里也沒有說什麼，最前排的學生向五反田咬耳朵後，他慌忙看著高里問：

「高里，你想要參加哪個項目嗎？」

五反田問話的聲音聽起來有點緊張。高里簡單地回答了一聲：「沒有。」五反田為難地看了看高里，又看著黑板問：

「現在只剩下田徑的兩百公尺了，可以嗎？」

高里面無表情地點了點頭，五反田似乎鬆了一口氣，臉上的表情也放鬆了。

廣瀨看著這一切，試圖想要解讀教室內的氣氛。高里很孤單，其他學生試圖無視他的存在，奇怪的是，這種無視中感受不到任何惡意，似乎沒有人基於惡意試圖孤立他，只是不願正視他——這就是廣瀨所感受到的印象。

之後，各組同學離開教室，分頭做各自的準備工作。每年的運動會都由一年級到三年級各班縱向分成三大隊，各學年的五班、六班——按照慣例，稱為藍軍——編成一個大隊。星期五的第五節課是全校各班的週班會時間，所以一年級和三年級的學生也會在教室內進進出出。

後藤打著呵欠走回準備室，廣瀨獨自留在教室，心不在焉地看著學生一邊閒聊，一邊做著準備工作。

「廣瀨老師，如果你沒事，可不可以一起來幫忙？」

聽到學生的吆喝，廣瀨忍不住苦笑起來。

「要我做什麼？」

「把這個剪成適當的大小。」學生把報紙遞給他，他們似乎要用舊報紙糊道具。

高里也在不遠處靜靜地剪著。

「嗨，老師，你居然也被他們差遣做事啊。」

聽到招呼聲，廣瀨抬起頭，發現三年級的橋上正走進教室。

「實習老師就是這麼回事啦。」

「修行之路總是充滿艱辛——啦啦隊長在這裡嗎？」

橋上看著留在教室裡的學生問，其中一名學生舉起了手，橋上對他說，放學後要討論啦啦隊的事。

「高里，接下來要剪這個。」

這時，一個學生把藍色的布遞給正在整理剪好的報紙的高里。

高里不發一語地接過布，橋上目不轉睛地注視他。

「你就是高里？」

「對。」

高里無論是面對實習老師還是學長，態度都完全沒有變化，毫無任何表情的雙眼直視著對方的眼睛。

「是喔。」

橋上好奇地嘀咕後，又問高里：

「聽說你小時候曾經遭遇神隱？」

廣瀨不知道該怎麼描述接下來教室內所發生的變化，他覺得有一種幾乎可以用肉眼看到的濃密緊張氣氛，緊緊綑綁住所有的學生。雖然下一瞬間，所有人都若無其事地開始做各自的事，但只是在拚命迴避某些令人不安的東西。

「真的嗎？」

橋上的語氣充滿好奇，高里只是點了點頭。

「不是綁架嗎？你真的完全不記得了嗎？」

「對。」

高里淡淡地回答，但似乎並沒有感到不悅。

「所謂的失去記憶嗎？太猛了。」

這時，高里才皺起了眉頭。雖然仍然不會有不悅的感覺，但可以清楚地感受到他並不喜歡討論這個話題。

「所以你是被飛碟帶走，又被可怕的外星人做了人體實驗、消除記憶後，才被送回來嗎？」

高里聽了之後開了口。廣瀨第一次看到他主動說話。

「有人這麼說嗎？」

橋上揚起下巴，立刻看向築城。

真不懂得善解人意。廣瀨在心裡這麼想，但聽到椅子翻倒的聲音，立刻露出緊張的表情。他看向聲音傳來的方向，發現築城臉色大變地站了起來。

「不是我。」

令人驚訝的是，築城說話時滿臉惶恐。

「相信我，不是我說的。」

築城情緒激動地否認，橋上笑了起來。

「不就是你說的嗎？」

「不是我，我沒說。」

高里低下頭，雖然微微皺著眉頭，但廣瀨不知道他想要表達怎樣的感情。

「高里，真的不是我。」

築城逃也似的衝出教室，橋上驚訝地目送他的背影。

「這傢伙怎麼了？」

廣瀨也啞然無語。築城為什麼要那麼緊張？這時廣瀨發現教室內所有學生都露出奇妙的表情。

他們都很緊張，而且都拚命掩飾這份緊張，每個人都故作面無表情、假裝沒有發現築城的奇怪行為，很像是在電車上看到醉鬼發酒瘋時的反應。

廣瀨回頭看著高里，高里的臉上已經沒有任何表情。他看起來不像是會私下動粗的人，難以相信他會做出某些令人心生恐懼的行為。

「我覺得築城才奇怪。」

橋上嘀咕，但教室內所有的學生都沒理他。

5

放學後，校園內仍然喧鬧不已。不曉得哪一隊正在實驗準備室的窗戶下方忙著做直立式看板，紅隊的啦啦隊不知道正在哪個死角的位置練習。二年六班今天也申請要留校，後藤正在悠閒作畫，廣瀨也不慌不忙地寫著實習日誌。

這時，班長五反田衝了過來。

「老師，有人受傷了。」

「受傷？誰受傷了？」

「築城。」

廣瀨立刻放下了筆。

「築城？他怎麼了？和別人打架嗎？」

廣瀨慌忙問道，因為他無法忘記剛才的奇妙景象。

沒想到五反田搖了搖頭。

「剛才在做直立看板時，鋸子不小心鋸到了他的腳。」

「喔……原來是這樣。」

廣瀨發現自己竟然鬆了一口氣。

「很嚴重嗎？」

後藤問，五反田聳了聳肩。從他的態度來看，情況似乎並不是很嚴重。

「送他去保健室時，血一直在滴。」

「我去看看。」

廣瀨站了起來，後藤點了點頭。

廣瀨和五反田一起衝到保健室時，築城已經回家了。

「他回家了嗎？」

既然他可以自己回家，傷勢應該並不嚴重。廣瀨雖然鬆了一口氣，但還是有點無法釋懷。保健室的十時老師苦笑著說：

「他好像很慌張地跑回家了，我也不知道是怎麼回事。」

廣瀨在學時的保健老師已經退休，十時是為數不多的新面孔老師之一。

「因為他的傷口並不需要縫合，但我還是叫他去醫院看一下。」

「是嗎……」

廣瀨對著五反田揮了揮手，他面無表情地鞠了一躬，走出保健室，廣瀨也向十時微微點頭。

「給你添麻煩了。」

「不會不會。」年紀並沒有比廣瀨大幾歲的十時回答後笑了起來。「要不要喝茶？實習怎麼樣？」

「比我想像中輕鬆。」

廣瀨接受了邀請，在旁邊的椅子上坐了下來。十時熟練地為他倒了一杯冰麥茶。

「廣瀨老師，你教哪一科？」

「自然科，我教化學。」

「喔，所以你的指導老師是後藤老師？」

「沒錯。」

「那不是很辛苦嗎？聽說他會把所有的教務工作都丟給實習老師。」

「是啊。」廣瀨苦笑著接過茶杯。

「十時老師，你也要留下來嗎？」

「運動會和校慶期間，在最後一個學生離開之前，我都不能離開，因為隨時都可能發生狀況。」

十時溫和地笑了笑，也坐了下來。

「現在的孩子都笨手笨腳的，剛才那個——」說完，他看著桌上的紀錄簿。「築城同學，他用腿墊著木板，被鋸子鋸到的時候，他的腳竟然都沒有逃開。」

「原來用腿墊著啊。」

「他用膝蓋撐著木板，結果小腿骨的地方被鋸到了。他反應太遲鈍，但鋸的人也太大意了。」

廣瀨看著十時問：

「不是他自己不小心鋸到的？」
「不是，有其他學生幫忙鋸木板。」
「你知道鋸木板的學生叫什麼名字嗎？」
十時聽到廣瀨的問題，訝異地再度看著紀錄簿。
「應該是陪他來的那個學生，他叫勢多。」
「是喔。」廣瀨情不自禁地吐了一口氣。
「怎麼了嗎？」
十時問，他慌忙搖了搖頭。十時不解地偏著頭說：
「他的情況還不嚴重，在他之前那個三年級學生竟然把釘子釘在自己手上。」
「三年級學生？」
廣瀨有一種奇妙的預感。十時點了點頭。
「五公分長的釘子釘進了手掌，整根釘子都釘進去了。他說釘子自己跑進去的，真不知道是怎麼用鐵錘的，竟可以釘成這樣。」
「他……」
「喔喔……」十時嘟噥了一下。「我叫他立刻去醫院，因為是別人帶來的舊鐵釘，這種的會很危險。」
「不，我不是問這個。」
廣瀨知道自己的行為很奇怪，但他無論如何都想要確認那個學生的名字。

「那個學生叫什麼名字？」

十時張大了眼睛，第三次看向紀錄簿。

「三年五班的橋上。」

6

廣瀨走回準備室的途中不知如何是好。

築城和橋上。事情似乎並不單純。雖然他知道這兩件事不可能有特殊的意義，但仍然覺得好像看到了一排奇妙的符號。橋上、緊張的學生、逃出教室的築城，還有高里。

廣瀨沿著辦公室大樓的樓梯緩緩走向三樓，各層的樓梯口外牆是一整片玻璃，隔著玻璃可以看到暮色漸漸籠罩的校舍。寬敞的中庭草皮，正前方就是各班教室所在的大樓。

橫向排成一字形的玻璃是走廊的窗戶，每扇窗戶幾乎都亮著燈。他把臉貼近樓梯口的玻璃，可以清楚看到教室大樓內部的情況。學生在亮著燈的走廊上走來走去，敞著門的教室內，學生正在做各自的工作。

廣瀨忘記了前一刻的情緒，忍不住露出了微笑。這些學生為了即將到來的活動而興奮不已，難得像實驗用小白鼠般勤快起來，不禁令人莞爾。他巡視周圍，想多看幾眼這些學生，視線突然停了下來，因為他看到有一個學生站在校舍角落的窗邊。

所有的學生都忙著工作，只有那個學生一動也不動。他站在二樓的窗邊，似乎低頭看著草皮。

廣瀨忍不住眨了眨眼睛，然後再度用力眨了一次眼，張開眼睛後，看向二樓的角落。他舉起手，用手掌擦了擦玻璃，凝神細看。

兩棟大樓之間的距離並不近，他無法看清那個學生的臉，但可以清楚看到有一隻手搭在他的肩上。那是一條裸露的手臂。目前學生穿的都是短袖制服，所以看到手肘以下的手臂並不足為奇，但那兩條手臂完全是光溜溜的。裸露的手臂從背後越過他的肩膀，垂在他的身體前方，指尖輕輕交握在一起。廣瀨以為那個學生身上背著誰，但他的身體後方看不到那手臂主人的腦袋和肩膀，只有兩條手臂無力地從他的雙肩垂了下來。

廣瀨覺得自己看到了離奇的景象，那手臂主人的腦袋和肩膀去了哪裡？從那個學生身後伸出來的那兩條手臂幾乎伸到了肩膀的位置，但在學生背後，完全看不到任何影子。照理說，這個姿勢會讓被搭肩的學生感到肩膀很沉重，但學生並沒有露出像是背著什麼重物的表情，那兩條手臂簡直就像從他的脖子旁長出來的，就這樣垂在他的胸前。有好幾個學生經過他身後，沒有任何人發現他不對勁。

廣瀨連續好幾次看了看學生，又看向那兩條手臂，這時，那個學生突然轉過頭，但只有脖子轉過去。他看著的方向有兩個學生。

廣瀨鬆了一口氣。那一定是在整人，一定是把變裝接力賽——這是這所學校很有名的比賽項目——所使用的假手臂垂在胸前玩耍，被其他人發現了，所以叫住了他。

站在窗邊的學生不知道說了什麼，然後轉身背對著窗戶，在他完全背對窗戶前的剎那，那兩條手臂在他的背後收了起來，隨即消失，就像是手臂形狀的蛇在後退一樣。當那個學生離開窗前時，已經完全看不到手臂的影子了。

廣瀨愣在那裡發呆了很久，他把額頭貼在玻璃上，在眼底一次又一次重現了自己所看到的情景。

這裡離對面那棟大樓很遠。

廣瀨自言自語著。

沒錯，距離很遠，而且還逆光。

目前正在為運動會做準備，學校內有很多奇怪的東西。紙糊的人像、化妝用的小道具，以及啦啦隊用的那些乍看之下搞不清楚用途的東西。

一定是因為某種可笑的原因，所以才會看起來像剛才看到的那樣。

廣瀨這麼告訴自己後吐了一口氣，溫暖的空氣讓他的額頭冒出了汗。他猛然轉身，想要甩開這一切，但剛才的景象已沉澱在他腦海深處。

＊
＊＊

男人在深夜匆匆地走在大型住宅區中趕回家裡，夜風吹在他流了很多汗的皮膚上，讓他冒出了更多汗。

今天喝了不少酒。男人憑著歸巢本能走在路上，但這個住宅區的房子外形都很相似，所以他的本能無法發揮太大的作用，他之前不止一次去按了別家的門鈴。

他的理智並未完全喪失，至少還記得這件事，所以他數度停下腳步，抬頭仰望。外觀相同的建築物整齊地排列，宛如巨大的墓碑。他確認了好幾次建築物的側面，十二層樓高建築物面向逃生梯的側面最上方，用彩色瓷磚大大寫著各棟的門牌號碼。

——為什麼我每次都多番確認，還會走錯門呢？

他在內心自言自語著。

簡直就像遇到了翻枕妖。

在他老家，流傳著關於「翻枕妖」的傳說。翻枕妖每次都在夜晚出現，把熟睡的人的枕頭搬去奇怪的地方。他每次去鄉下祖母家，必定會遇到翻枕妖。早上起床時，發現枕頭竟然在腳下，而且，當他醒來不動時，總覺得被子的方向也和他前一晚睡覺時不一樣。現在知道只是自己睡相太差而已，但仍然無法忘記當時在鄉下老房子的老舊和室內醒來時的那種奇妙感覺。雖然仔細回想後，發現被子和昨天晚上差不多，但還是無法釋懷。

他苦笑著停下腳步，仔細仰頭看著前方那棟建築物，他知道自己該回去的是後面那棟。

他沒來由地點了點頭，邁開步伐，再度抬起頭。禁止車輛進入的社區道路上沒有人影，空蕩蕩的建築物之間只聽到自己的腳步聲。他覺得高大的建築物似乎向自己倒來，他轉頭打量四周，感受到輕微的暈眩。

他搖了搖頭，發現仰望的建築物上方似乎有一道白光。

屋頂邊緣微微亮著圓形的光，那是朦朧而微弱的光。他眨了眨眼，然後定睛細看，看到圓形的光內浮現一個影子。

男人茫然地張大了嘴。像是野獸般的影子從那個圓形光內爬了出來，雖然看不清是什麼野獸，只知道是體型巨大的四腳獸，比狗高大，也更壯碩。野獸被陰影遮住了，所以無法清楚辨識，但可以看到野獸的後背發出淡淡的光芒。

那是什麼？他還來不及思考，野獸就跳躍起來，以如同在水中游泳般的速度越過他的頭頂，在十二層樓高的建築物之間飛翔。

野獸的身影消失後，他仍然目瞪口呆地看著那個方向。

第三章

1

實習的第一週即將結束。這天是星期六，學校只上半天課，但大部分學生在下午仍然留在學校，為運動會做準備工作。實驗準備室也被不少常客占據，去做相關工作。

一個姓野末的一年級學生，不知道從哪裡聽說了橋上受傷的事，鉅細靡遺地向其他人說明當時的情況。

「那是一根五公分長的鐵釘，鐵釘的釘頭以下全都刺進他的手臂，雖然去醫院拔出來了，但聽說費了好大的工夫。」

「啊，真血腥。」

姓杉崎的一年級學生驚叫著。

準備室內開著冷氣，後藤像往常一樣出門吃午餐，學生都自己拿出燒杯，喝著在福利社買的果汁或是後藤準備的咖啡。

築城今天向學校請假，橋上也沒來學校。

「橋上學長的手很巧，也很會做木工。」

一年級生野末的話引起了廣瀨的注意。

「是嗎？」

野末一臉認真地點頭。
「橋上學長其實是個宅男。」
廣瀨聽不懂他的意思。
「橋上學長的房間超猛的，光是錄影機就有五臺，他都用來錄動畫，還架設了威力很強的天線，可以錄到外縣市電視臺重播的節目。」
「是喔。」
「他房間的牆壁前都是櫃子，放滿了那些錄影帶，聽說那些櫃子都是橋上學長自己做的。」
岩木笑了起來：
「這就是所謂高手也有失手時。」
杉崎也笑出聲。
「所以橋上也有中釘時嗎？」
廣瀨也跟著笑，內心卻無法釋懷，他覺得有些事缺乏合理的解釋。
「對了，聽說築城昨天做了奇怪的舉動？」
岩木問，廣瀨慌忙轉頭看著他。
「你的消息真靈通啊。」
「我們班上有同學看到他驚慌失措地衝出教室，好像和高里吵架了。」
「嗯……因為橋上問了高里一些莫名其妙的事，結果就那樣了。」

「莫名其妙的事？橋上學長當時也在嗎？」

「是啊。」

「我知道了，一定是神隱那件事。」

野末興奮地說，廣瀨不置可否地點了點頭。「神隱是什麼？」杉崎好奇地問，野末添油加醋地說著有一半以上是他創作的故事。

「真的嗎？」

「別相信他，幾乎都是野末無中生有。」

廣瀨苦笑著，野末露出不悅的表情說：

「真傷腦筋，怎麼可以拆穿我嘛？但是，聽說神隱這件事是真的。」

「是喔。」

就在這時，二年級的坂田說：

「我勸你們最好不要拿這件事開玩笑。」

「為什麼？」

岩木回頭看著他問。

「我聽班上的同學說，好像會引衰運上身……」

「衰運是指？」

廣瀨問。坂田聳了聳肩膀。

「我也不是很清楚，對我說這件事的同學似乎也不願多談。他一年級的時候和高里同班，只對我說，談論這些事會變衰，所以，那些惹過高里的人，都沒有好下場……」

在場的所有人都一臉錯愕，但廣瀨不得不認真追究這個問題。

「沒有好下場是指發生意外之類的嗎？」

「好像是。聽說欺負高里的人下場也很慘，曾經欺負過他的人都受了傷。」

「喂，不會吧？」

岩木問，但坂田只是偏著頭。

「我只是這麼聽說，但有不少人因此受了傷，不是還有人在春季的校外教學時送了命嗎？聽說都和他有關。」

「送了命？」

廣瀨第一次聽說這件事，他探頭看著坂田的臉問。

「對啊，有人在搭渡輪時掉進海裡死了，好像是三班的人。因為是在回程的時候發生，所以校外教學並沒有中止，那時候新聞也有報導啊，你沒看到嗎？」

「我不記得……」

「那個學生前一天覺得高里很礙眼，就找了另外兩個人圍攻他。那個人死了，另外兩個人也很慘。」

岩木語帶不滿地說：

「你別故弄玄虛。」

「我可沒故弄玄虛，另外兩個人中，其中一個被卡車撞到，斷了一條腿，另一個人也被無照騎機車的人撞到，受了重傷，停學了一陣子，後來就直接休學了。總之，那三個人目前都不在這所學校了。」

坂田說完，舔了舔上唇。

「聽說一年級的時候也有人死了。」

沒有人再開口說話。廣瀨知道大家都嚇壞了，但只有他內心感到極度不安，甚至一時說不出話。難怪築城那麼驚慌失措，難怪當時在場的學生那麼緊張，原來都是因為這個傳聞的關係。

2

隔天是星期天，因為仍然有學生去學校繼續做前置作業，所以今天學校仍然開放。後藤打算一整天都守在準備室，聽說其他實習老師也都有去學校，利用這個時間預習觀摩課的內容。廣瀨思考之後，打電話給後藤說，自己下午再去學校，然後一大早就出了家門。

一種說不清的不安在內心不斷發酵，廣瀨無法不去確認真相。他根據野末寫給他的地址找到了橋上家。只要見面談一談，就會感到安心；一旦得知純屬意外，心情就會放鬆。

橋上家位在鬧區和學校所在的新市鎮中間，寬敞的住宅區內有不少公園，幽靜的環境很符合衛星城市的感覺。橋上家就在這片住宅區的一角，房子的外觀一看就知道屋主的家境很富裕。

他按了門鈴，報上姓名，說要找橋上。不一會兒，橋上就從玄關大廳的螺旋梯上走了下來。

「咦？原來你姓廣瀨啊。」

「你看起來精神很不錯嘛。」

聽到廣瀨這麼說，橋上露出了苦笑。

「其實我只是蹺課，反正星期六只上半天課。」

說完，他露出戲謔的表情，指了指二樓說：

「上來吧。」

野末說的沒錯，橋上的房間堆滿了錄影機之類的東西，寬敞的房間內，所有牆壁前都放著高達天花板的木櫃。木櫃做得很牢固，而且也都塗了油漆，如果不是事先聽野末提過這件事，還以為是外面買的現成品。

「這些木櫃全都是你自己做的嗎？」

拎著電熱水瓶回來的橋上靦腆地笑了笑。

「是啊，因為現成的都不好用。」
「你的手真靈巧。」
「還好啦。」橋上笑了笑，似乎覺得有點不好意思。
「你的手這麼靈巧，為什麼還會受傷呢？」
廣瀨問，橋上伸出包著繃帶的手。
「你說這個？」
「聽說有被鐵釘釘到手掌這件事？」
橋上聽到他的問題，表情有點僵硬，把玩著繃帶，稍微想了一下。
「……是釘子自己釘住了我的手。」
廣瀨不知道該怎麼回答，看著他的臉，橋上露出好像小孩子在鬧彆扭的表情問：
「廣瀨老師，你相信幽靈之類的嗎？」
因為他問得太突然，廣瀨茫然不語。
「我有言在先，我並不相信這種東西。」
橋上明確地表達了自己的立場。
「我……也不太相信這種事。」
因為前天看到的奇妙景象還留在腦海，所以廣瀨覺得似乎聽到內心角落發出噗嗤噗嗤的聲音。
「但是，我覺得這是幽靈幹的。」

橋上低聲說道。

「你為什麼會有這種想法？」

「因為我完全沒有看到任何人釘我。」

橋上把茶包丟進茶壺，把電熱水瓶的熱水倒進去後，蓋上了茶壺的蓋子。

「我負責做入場的拱門，當時正準備釘鐵釘。我左手拿著鐵釘，右手拿著鐵鍾，但刺進我手掌的並不是我自己的釘子。」

橋上說完，從桌上拿來一根鐵釘。鐵釘差不多五公分左右，中間有點彎曲，整根釘子都是鏽色，一看就知道是舊鐵釘。

「就是那根鐵釘嗎？」

「對，我從醫院帶回來的，算是留作紀念。」

廣瀨覺得這樣的紀念品真奇怪，但他並沒有說出來。

「無論鐵釘還是鐵錘，都是我從家裡帶去的，也就是我平時用習慣的，但這根不是我的鐵釘。」

「為什麼？」

廣瀨問，橋上聳了聳肩。

「因為我沒有這種生鏽的鐵釘，被生鏽的鐵釘釘到，不是很容易破傷風嗎？我覺得很危險，所以只要鐵釘生鏽，我就會丟掉，更何況這是彎掉的釘子。雖然也有人敲直再用，但我從來沒辦法把彎掉的鐵釘敲直。」

橋上說完，把鐵釘丟在桌子上。

「那時候我在角落釘鐵釘，結果左手的手背被什麼東西刺到了。低頭一看，發現那根鐵釘釘在我手上。」

「整根鐵釘都釘在手上？」

「沒有啦。」橋上笑了笑。「那時候只有前端而已，感覺不是釘進去，而是刺進去了，沒有人拿著那根鐵釘，但它卻自己斜斜地刺了進去。」

橋上的聲音很平靜，反而讓廣瀨覺得更有真實感。

「我心想，是怎麼回事啊，丟掉原本手上拿的鐵釘，把手背拿到臉前仔細看，就在這時，咚的一下，有人把整根鐵釘都釘在我手上了。」

「誰？」

「重點就在這裡，我沒看到任何人，卻可以感覺到鐵錘或是其他東西敲在釘頭上的觸感，因為太用力了，我的手還被彈了起來，我用手撐在地上，結果又是咚的一聲，這下子我終於知道是鐵釘自己釘到我手上。」

廣瀨覺得室內的溫度有點下降，他不由自主地抬頭看著天花板附近的冷氣機。

「我嚇得叫不出聲，思考完全停止，結果又被敲了一次。雖然沒有很痛，但我慌忙想把手拿起來，發現竟然被釘在地上了。我太驚訝了，這時，鐵釘又被敲了一次，這次整根鐵釘貫穿了我的手掌。我真的嚇死了，大叫著，這是怎麼回事啊，是不是太好笑了？」

橋上乾笑了幾聲。
「站在我身後的同學問我怎麼了，我回答說，釘子釘到手了。我的手掌完全被釘在地上，所以就把另一隻手伸到手掌下，輕輕地把它抬了起來。雖然地上有釘子的痕跡，但並沒有流血。這時才開始痛，就慌忙衝去保健室了。」
橋上把紅茶倒進茶杯，小聲地嘀咕：「感覺會很苦。」一直忘了喝的紅茶已經變成了看起來很苦的深紅棕色。
「我在想，搞不好價值觀會因此改變，所以就把這根鐵釘帶回來了。」
「有沒有改變呢？」
廣瀨問。他發現自己的聲音不帶感情。
「沒有，總覺得好像是發生在別人身上的事。雖然昨天晚上有點害怕，擔心在我睡覺時，又會被鐵釘釘住，甚至不敢閉上眼睛。沒來由地覺得只要閉上眼睛，鐵釘絕對會來釘我的眼睛，但最後還是睡著了。」
廣瀨點著頭，因為他不知道除此以外，他該怎麼辦。橋上的話很有說服力，但內心又抗拒對橋上的話照單全收，所以他無法加以評論。
「我不相信有幽靈，現在還是無法相信，但又覺得既然不相信，那到底是怎麼一回事。我覺得可能就是所謂的中邪吧。」
廣瀨再度點了點頭。

3

廣瀨在橋上家找不到新的話題，於是道別後前往築城家。沒有人知道築城家的正確地址，於是他從班級名冊上抄下地址，向派出所問了路。

築城家住在新市鎮的角落，這一帶同時有近年興建的新房子，和以前就有的老房子。雖然築城家的房子不算是老房子，但和周圍的房子不太一樣。

按了門鈴後，築城的母親出來應了門。廣瀨再度報上姓氏，她上樓去叫兒子，只聽到樓上隱約傳來說話的聲音，不一會兒，築城的母親下了樓。

「對不起，他說身體不太舒服。」

築城母親說話的語氣並沒有歉意。

「他的身體怎麼樣了？」

廣瀨問，築城的母親微微皺了皺眉頭。

「不好意思，你是他朋友嗎？」

她的語氣顯然在說，我不認識你，也沒聽過你的名字。

「不，我是實習老師，後藤老師要我來探視築城同學。」

廣瀨在說話時，內心對後藤感到抱歉，築城的母親「哎唷」了一聲，捂住了自己的嘴。

「是嗎？那真是太不好意思了，你看起來太年輕了。」
聽到她這麼說，廣瀨笑了笑。她指著二樓說：
「請上樓，他一直說身體不舒服，醫生也說，只要用拐杖，完全可以去上學，但他說要請假。他平時都很認真，我還以為他在學校發生什麼事了。」
廣瀨不置可否地附和著走上樓梯，上了樓梯的第一間似乎就是築城的房間。
「既然是老師，你應該告訴媽媽一聲啊。」
她沒有敲門，就直接打開房門說道，然後回頭看著廣瀨說：
「我馬上送茶上來。」
「不用客氣。」
築城躲在被子裡。
「你的身體怎麼樣？」
聽到廣瀨的問話，築城從涼被中探出頭。
「老師，原來你姓廣瀨啊。」
築城說了和橋上相同的話。
「你的腳怎麼樣了？」
廣瀨笑著問，築城坐了起來。身穿運動服的他直接坐在被子上，費力地把腿伸了出來，可以看到繃帶一直包到了腳踝。
「還好，不至於太嚴重。」

「是嗎？前天我趕去保健室時，你已經離開了。」

「嗯……」

「為什麼又傷到腳？」

廣瀨問道，但築城沒有回答，他的母親剛好端了麥茶進來，見狀，只好不知所措地笑了笑。

「他只說自己不小心，完全不願談論當時的情況。他上了高中後，就變得不太愛說話了——我弟弟以前也這樣。」

築城的母親打算在廣瀨身旁坐下，築城簡短地說：

「媽，妳下樓去啦。」

「但是——」

「不是什麼重要的事，妳下去啦。」

「是嗎？」築城的母親看了看廣瀨，又看了看築城，最後走出了房間。廣瀨不發一語地聽著她下樓的腳步聲，築城也把頭轉到一旁，似乎在伸長耳朵聽母親的動靜。

「築城，我問你……」

廣瀨開了口，築城為難地看著廣瀨，似乎在猶豫什麼。廣瀨覺得問一問應該不是什麼大問題，所以就繼續問了下去——

「你是因為高里才會受傷嗎？」

築城的嘴角抽動了一下。

「我聽說了各種可怕的傳聞，據說只要和高里扯上關係就會走衰運，你也是因為這個原因受傷嗎？」

築城似乎想要說什麼，但最後還是沒有開口。

「我剛才去了橋上家裡。」

「橋上學長沒事吧？」

築城突然探出身體，廣瀨對他露出微笑。

「對，不是很嚴重。」

築城聽了廣瀨的回答後皺起眉頭問：「他果然出事了。」廣瀨覺得他們之間的對話好像在雞同鴨講。

「——是嗎？原來你在為橋上擔心，不知道他是不是出了什麼事。」

「他出了什麼事？」

「鐵釘。」廣瀨舉起自己的左手。「他的手被鐵釘釘住了，他說是鐵釘自己釘進去的。」

築城低著頭。

「他說，雖然他沒看到任何人，但是有人故意釘住了他的手。」

「老師，你相信嗎？」

築城問，廣瀨點了點頭。

「他看起來不像在說謊。說句心裡話，我原本半信半疑，但看到你之後，我希望可以相信。」

築城仍然低著頭，他放在腿上的雙手微微顫抖著。廣瀨立刻知道，他在害怕。

「如果惹毛高里，性命就保不住了。」

沉默了很久，築城終於開口說了這句話。

「讀中學的時候，補習班上有一個同學和高里是同學，他經常說高里的事，說有一個很奇怪的同學，曾經遭遇神隱，但如果惹毛高里就會死，即使只是讓高里有一點不高興也會受重傷。當時我還覺得太荒唐……」

「你是說校外教學的事嗎？」

築城搖了搖頭。

「我以為那個傢伙只是在亂說，所以根本不相信他。沒想到三年級的夏天，他突然說了很奇怪的話。他在補習班時哭著說，上體育課時害怕游泳，因為有什麼東西抓住他的腳，他很害怕。」

廣瀨默默聽他說下去。

「他說是因為之前讓高里受了傷的關係，他之前不知道上體育課還是自然課時，曾經很生氣地和高里吵架，那次之後才出現這種奇怪的現象，所以他認定和高里有關。」

「是什麼東西……拉他？」

築城搖了搖頭。

「他自己也不曉得，只知道有什麼東西拉住他的腳步，因為很可怕，所以討厭游泳。但老師不相信他說的話，他說很擔心會被拉住腳送命，結果他真的死了，在游泳池裡溺死了。」

廣瀨再度說不出話。

「二年級後，我和高里被分在同一個班級，一開始我並不知道他就是那個高里，結果其他同學告訴我，如果惹到高里就會倒大楣。一年級的時候，曾經有人因為這個原因受了重傷，也有人送了命。雖然我並沒有完全相信，但還是覺得心裡毛毛的。沒想到校外教學時……」

「喔，我已經聽說了。」

築城點了點頭。

「前天高里露出不開心的表情，我就知道絕對會出事……」

築城閉了嘴，廣瀨催促他繼續說下去。

「結果呢？」

「結果我在做事的時候，冒出來一雙奇怪的手，抓住了我的腳。」

「奇怪的手？」

「白色的、女人的手。我把直立看板的木板放在膝蓋上，結果有人抱住了我的腳，用兩隻手用力抱住。我想要甩開，但怎麼也甩不開，拿鋸子的那個同學完全沒有發現，所以就鋸了起來，當鋸子快鋸過來時，我知道腳會被鋸到，但動彈不得，我探頭看向木板下方，看到一雙女人的手抓住了我的腳，但木板下方根本就沒有半個人。」

「你沒有叫嗎？」

「我叫不出來，只想到腳快被鋸到了，怎麼辦？鋸子一定會把我的腳鋸斷，雖然這麼想，卻不知道該怎麼辦，所以，只有鋸到小腿反而讓我鬆了一口氣，覺得太好了，看來高里並沒有太氣我。」

廣瀨覺得從某種意義上來說，這種思考方式才可怕。

「但在保健室包紮時，我越來越不安，覺得或許還沒有結束，所以就跑回家了，幸好之後沒有再發生任何狀況……」

築城露出求助的眼神看著廣瀨。

「老師，那天我走出教室後，高里有沒有很生氣？」

廣瀨感到於心不忍，但只是對他搖了搖頭。

「不，高里看起來並沒有很在意。」

「你覺得這樣就結束了嗎？你覺得高里這樣就滿意了嗎？」

廣瀨深深地嘆了一口氣。

「橋上之後也沒再發生任何事，我相信應該不會有事了。」

雖然沒有根據，但築城聽到他這麼說，顯得很高興，鬆了一口氣似的笑了起來，然後又突然一臉緊張地開了口：

「老師，那個……」

廣瀨猜到了他想說的話，點了點頭。

「這件事我不會告訴別人，所以你不必擔心。」

廣瀨說，築城好像卸下重擔似的，重重地吐了一口氣。

4

廣瀨絕對不相信「高里作祟」這件事，但可以親身感受到有一部分學生相信的確有「高里作祟」這回事。

很多人都相信高里有作祟的能力，每次發生可疑的意外時，就認為是高里在暗中作祟。廣瀨能夠理解這種想法，只是不知道這是信仰，還是確有其事。

「嗨。」

一打開實驗準備室的門，後藤就向他打招呼。後藤和平時一樣，正站在畫架前。

「築城和橋上的情況怎麼樣？」

廣瀨聽到問句，不禁愣了一下，但立刻露出了苦笑。

「被你發現了嗎？」

「我當然知道你在想什麼，如果你不去的話，我就會去。他們兩個人的情況怎麼樣？」

廣瀨把在附近自動販賣機買的果汁遞給後藤。

「橋上很好，築城也算是很有精神。」

「果然是高里嗎？」

廣瀨打開拉環時，盯著後藤的臉。

「什麼意思？」

「我聽岩木說，前天他們和高里發生了爭執。」

廣瀨看著後藤臉上的表情。因為經常有很多學生出入準備室，所以後藤很瞭解學生之間發生的事，知道「作祟」也並不讓人意外。但是，他說話的語氣似乎也相信「作祟」這件事，這令廣瀨感到不解。

「是因為高里的關係嗎？」

廣瀨想起和築城的約定，忍不住猶豫起來。

「不必擔心，我不會告訴別人。」

「……至少築城對此深信不疑，說是高里在作祟。橋上好像什麼都不知道。」

後藤擦了擦手，一屁股坐在椅子上，用力打開了果汁。

「高里是問題學生，從某種意義上來說，是很可怕的問題學生。雖然他本身沒有引發任何問題，但他周圍總是一片混亂，就像是颱風眼。」

「……你可以對一個實習老師說這種事嗎？」

後藤苦笑著，看著手上的果汁，迴避這個問題。

廣瀨問：

「我第一天來這裡時，你對我說了一句意味深長的話，就是指這件事嗎？」

後藤點了點頭說：

「是啊。」

「我聽說了所謂『高里會作祟』的傳聞，也聽說有學生在校外教學時因此喪命。真的有這回事嗎？」

後藤皺起了眉頭。

「的確有學生在校外教學時死了，但警方認為是意外，因為那個笨蛋在回程的船上喝酒。我們學校的學生大部分都很安分守己，不過也有幾個不守規矩的。那個學生就常常不守規矩，學生輔導室也很注意他。那天他和幾個同樣不太守規矩的同學一起喝啤酒醉了，說要去甲板上吹吹風，結果就掉進海裡了。有其他乘客看到他落海，所以很明顯是一起意外。」

後藤說完，喝著果汁。

「如果要我判斷那起意外是否還有其他的意義，就太強人所難了。」

廣瀨點點頭，又繼續問：

「後藤老師，那你對他有什麼印象？」

後藤瞥了廣瀨一眼，然後又看了看自己的手，才用低沉的聲音問：
「你對高里有興趣？」
「對。」
「為什麼？」
「我也不知道。」
廣瀨坦誠地回答。他只覺得高里是一個奇特的學生，但如果只是這樣，照理說不會有這麼大的好奇心。他向來不擅長處理這種事，只是那幅畫讓他耿耿於懷。高里畫的那幅畫太奇妙了，而且，還有關於「神隱」的傳聞，以及高里希望可以回想起「神隱」的事。
後藤淡淡地笑了笑，仰頭看著天花板。
「從各個方面來說，我也對高里很有興趣。我調查了所有能夠調查的事，因為我這個人生性就愛湊熱鬧。」
後藤說到這裡，自嘲地笑了笑。
「高里周圍經常出現死人和傷患，至少看起來很多。比方說，在他讀中學的三年期間，那所學校就死了四個人。」
「四個人……那麼多嗎？」
「是啊。三個人死於意外，一個人因病死亡。所有人的死因都很明確，根本不容懷疑。廣瀨，你在讀中學時，學校沒有人死嗎？」

後藤問得太突然，他慌忙努力回想。

「有兩個人。我記得一個是出車禍，另一個是老師生病死了。那兩個人我都不認識。」

後藤點了點頭。

「對吧？高里的情況也一樣。雖然有一個是他的同學，但其他的幾乎都是高里不認識的人，但那些有心人士就認為是高里在作祟。也許是偶然，也許不是偶然，但那要如何確認？」

「是啊。」

「校外教學的事也一樣。死了一個人，兩個人受了重傷。三個人都是意外，無論怎麼看，都是單純的意外，而且第三個人是在校外教學結束的一個月後才發生意外，真的和高里有關嗎？老實說，我沒辦法知道。」

對啊。廣瀨也在心裡自言自語。

「但是，學生都很怕高里。人類對異類向來都很敏感，但他們沒有傷害高里，因為他們相信高里會作祟。」

廣瀨點了點頭，遲疑了一下後開了口：

「關於高里，我還聽說了其他奇妙的傳聞……」

後藤很乾脆地問：

「是神隱嗎？」

「真的有這回事？」

「好像是。至少他真的留級一年，是在小學四年級的時候。」

「但是，神隱？」

「聽說他從庭院平空消失了。」

後藤說完，丟掉了空罐，然後把空燒杯遞到廣瀨面前。廣瀨接過燒杯倒咖啡，也為自己倒了一杯。

「聽說是在中庭。那是高里讀小學四年級那一年的二月，高里站在中庭。他們家是老房子，就是院子裡有倉庫的那種老房子，還有一個中庭，高里就站在那裡。」

後藤在廣瀨遞給他的即溶咖啡內加了大量砂糖和奶精，在燒杯中攪拌。

「庭院四周都是房子和圍牆，如果不經過屋內，就無法走出去。想要進屋時，一定要從客廳的緣廊走進去，但他母親和祖母坐在客廳。緣廊的紙拉門關著，不過觀雪窗開著，所以可以看到庭院內的情況。沒想到他的母親和祖母稍不留神，高里就消失不見了。」

「是喔……」

「她們兩個人都證實，高里沒有從她們面前走過。圍牆差不多到屋簷那麼高，中庭內也沒有任何可以墊腳的東西，其中一側是多年不曾打開的倉庫，另一側是浴室和廁所的牆壁，只有用來採光的窗戶，而且為了擋住外部的視線，都裝了柵欄，房屋地下的空間也都封了起來，無法進去裡面。總之，如果不經過客廳，根本不可能離開庭院。」

後藤把藥匙丟進流理臺，發出了很大的聲音。

「高里從理應不可能離開的庭院消失了，而且毫無預警，所以才會說是神隱。」

「但是……」

廣瀨的話還沒說完，後藤敷衍地揮了揮手。

「警方當時認為是綁架，說是有人從圍牆爬進來，帶走了高里。可能不是為了勒索，也可能原本是為了這個目的，後來對高里產生了感情。只不過這種說法有一個破綻。」

「破綻？」

後藤挑起眉毛說：

「圍牆的另一側是鄰居家的庭院。」

原來如此。如果是綁匪，就要潛入鄰居家，然後再爬過圍牆，才能進入高里家。

後藤又繼續說了下去：

「總之，高里在某個地方過了一年，正確地說，是一年又兩個月。回來之後，完全喪失了那段日子的記憶，所以至今沒有人知道，那段時間到底發生了什麼。」

「警方沒有展開搜索嗎？」

「有啊，但完全沒有查到任何線索，不僅沒找到綁匪，連高里去了哪裡，又是怎麼回來的都完全沒有人知道。」

「他是怎麼回來的？」
廣瀨問，後藤點了點頭。
「高里在一年又兩個月後回來了，那天剛好是他祖母的葬禮，他就這樣突然出現在葬禮會場，但是沒有任何人看到他走去家裡。」
後藤嘆了一口氣。
「來弔唁的客人在葬禮會場的門口發現了他，因為那個人看到一個渾身赤裸的小孩走了進來，嚇了一大跳，進而發現他就是一年前消失的高里，更嚇了一跳。高里家在一個老舊村落的深處，他必須經過村落，才能夠回到自己家裡。那天因為舉行葬禮的關係，一直有人在他家進進出出，卻沒有任何一個人看到高里走過村落。」
「真奇怪……」
「也有不少人在馬路旁的農田裡閒聊，他們很斬釘截鐵地說，沒有看到任何可疑的車輛或可疑的人經過，也沒有看到高里。也就是說，高里和消失時一樣，又突然回來了。」
「原來如此，所以說他是神隱。」
「就是這麼一回事。高里回來後，個子長高了，體重也增加了，健康狀態良好——到底發生了什麼事？只有高里本人知道。」
高里果然是異類。廣瀨心想。以他的經歷來說，也是異類。聽築城說，高里神隱這件事很有名，這也是理所當然的事。高里周圍的人到底用什麼態度迎接他的歸來？

應該並不完全是欣然接受。不難想像，左鄰右舍一定會把他的事當成茶餘飯後閒聊的話題，高里的同學也會因此欺負他。

對高里來說，應該不是什麼愉快的經驗。有一些同學把高里視為異類，高里的這段往事至今仍然對他造成影響，高里應該很清楚這件事，既然這樣，照理說，他應該很希望忘記這件事。

「高里似乎很想回憶起當時的事。」

廣瀨說，後藤點了點頭。

「好像是這樣。高里似乎並不在意自己遭到排斥這件事，否則應該不會想要回憶起那段往事。」

對高里來說，自己遭遇過神隱這件事並不是禁忌，廣瀨對此深感不解。

「不管是作祟還是什麼，都是因為受到神隱這件事的影響。老實說，我難以理解高里為什麼這麼熱衷地想要回想起這件事。」

「是啊。」

「不過，我說廣瀨啊，你也許可以理解。」

後藤幽幽地說。

「我嗎？」

「如果你不行，就真的沒有人能夠理解了。」

廣瀨知道後藤想要說什麼，但他無法回答。

＊＊
＊＊

男人把菸蒂丟了出去。黑暗中，紅色的火光在空中勾勒出弧度，在掉落水泥地時，濺起小火星，又回到了他腳邊。海浪聲縈繞在耳邊，眼前是一片黑夜中的大海，弦月懸在銀浪的上方。

他用腳尖踩熄了菸蒂，把手伸向POLO衫的口袋，猶豫著要不要再抽一支，最後還是拿出了扁扁的菸盒，用Zippo打火機火力很旺的火點了菸，聞到了刺鼻的汽油味。他轉過頭，似乎想要躲避這股油味，看到了他停在堤防下方的車子。

他淡淡地笑了笑。對靠打工和家裡寄的生活費過日子的大學生來說，這輛車的確有點昂貴，他和父母約定，畢業後會回老家的公司工作，父母才幫他買了這輛車。事實上，他在夏天已經獲得內定的那家企業總公司的確在老家附近，只不過公司的重心是在東京營業所，他也希望留在東京工作，而且他很清楚，自己的心願應該可以達成。

他並沒有罪惡感，反正當兒女的都是這樣，父母也只能接受。他周遭從外地來這裡求學的同學都這麼做。父母都希望兒女留在身邊，但兒女都希望逃離父母。他的父母也都沒有留在祖父母身邊，今後也沒有同住的打算。雖然他的父母希望可以和他共同生活，迎接幸福的退休生活，但他們自己都做不到的事，怎麼好意思要求兒子去做呢？

他笑著彈了彈菸灰。他正在適應新車，還沒有開過長途，這一陣子都是趁車流量減少的時間在住處附近繞幾圈。

——如果身旁有個女生，就完美無缺了。

他想到這裡，忍不住苦笑起來。在暑假前交往的同班女生竟然為了一個沒出息的窩囊男人和他分手，也許最大的敗因就是太晚買車了。

他又彈了一下菸灰，把菸蒂丟了出去。丟到堤防外的香菸沒有遇到任何阻擋，畫出紅色的軌跡，掉落在遠方的海邊。當他看著菸蒂的去向吐了一口氣時，發現海灘上有一個人影。

這裡的海灘並不大。雖然已經退潮了，但離拍打的海浪並沒有太長的距離。那個人影從海邊緩緩走了過來。他很納悶地凝神細看，發現是一個年輕女人。

他忍不住看了一眼手錶，已經是凌晨一點多了。他巡視整座海灘，除了那個女人，並沒有其他人影，不像是在三更半夜約會。

女人從海灘邊走來，在距離他不遠處停了下來，轉頭看著他，然後向他走來。他茫然地看著女人向他靠近。

她在堤防下方停下腳步，仰頭直視著他。女人的年紀大約二十歲左右，雖然稱不上是絕世美女，卻是他喜歡的長相。

「你一個人嗎？」她問。

「對啊，這麼晚了，妳也是一個人嗎？」

他也問道，她輕輕點了點頭。

「可不可以送我去市區？」

她說話的聲音聽起來很無助。

「好啊。」聽到他的回答，女人露出了微笑，接著有點不知所措地東張西望，他對她說：「在右邊。」他的左側有階梯，可以從海灘走上來。

他走下堤防，在車子旁等待，她很快從海灘走上來，看到他之後，也走下了堤防。他覺得這個女人很嬌小，看起來不像是女人，更像是少女。

「妳住在哪裡？我可以送妳回家。」

他問道。她手足無措地搖了搖頭，他挑著眉毛問：

「要送妳到哪裡？光說市區怎麼知道是哪裡？」

她更加手足無措地低下了頭。她的個子只到他的肩膀，低下頭時，一頭長髮滑到肩上，露出好像小孩子般的纖細脖子。雖然她看起來很穩重，但搞不好還是高中生。

「新市鎮嗎？」

聽到他的問話，她鬆了一口氣似的抬起頭，對他點了點頭。他內心覺得有點奇怪，但還是打開了車門。

車子行進，她始終默然不語。無論對她說什麼，她只是點頭或搖頭而已，完全不開口說話。
「妳男朋友把妳丟在那裡嗎？」
她只是一味搖頭。
「為什麼這麼晚了，妳會在那裡？」
他又問，這時，她才終於發出了聲音，很小聲地回答：「我在找東西。」
他覺得這個女人很陰沉，有一種不祥的預感。
「妳一個人在夜晚的海邊，應該很害怕吧？」
他努力用開朗的聲音問道，不由得想起了經常聽到的一些鬼怪故事。女人上了車，然後消失了——類似的幽靈故事時有所聞。
不可能啦。他迅速瞥向副駕駛座，那個女人低著頭，一動也不動，但看起來完全不像幽靈。
「妳在找什麼？」
她抬起了頭。
「麒。」
「樹？」（註2）
是樹木的樹嗎？他看著女人。

註2 在日文中，「麒」和「樹」都發ki的音。

「我在找麒，但一直找不到，所以很傷腦筋。」
「是喔。」他不置可否地附和了一聲。
「你不認識他嗎？」
被她這麼一問，他偏著頭納悶。
「妳說的樹是人的名字嗎？不是銀杏或是松樹之類的樹木？」
「對。」她回答說：「我在找泰麒。」
「那……是男人嗎？」
聽到他的問題，她搖了搖頭。
「不是人。」
他打量她片刻。沒有意義，無法理解她說的意思。接著，他感到一陣寒意，因為他正和一個來路不明的女人身處同一密閉空間。
「你知道泰麒嗎？」
「不……我不知道。」
說完，他用力踩下油門。時速錶的指針用力向上彈。雖然他還在試這輛車，但現在顧不了這麼多了。
「送妳到新市鎮的入口可以嗎？」
他不是在向她確認，而是在提醒她。他不想和這個女人相處更長的距離。女人默默點了點頭，之後的路上，他完全沒再說一句話。

車子開了十分鐘左右，終於看到了前方的號誌燈。由於是深夜，號誌燈閃爍著，但可以看到十字路口後方的新市鎮。周圍有幾輛車子來來往往。

他吐了一口氣，看向副駕駛座，看到她只是低頭坐在那裡，不由得為自己前一刻的恐懼苦笑起來。他膽子稍微大了一點，所以開口問她：

「前面就是住宅區了，怎麼辦？要到入口就好？還是要……」

他最後的「再進去」三個字還沒說完，就把話吞了下去。女人訝異地抬起頭。

「妳……」

說到這裡，他再也無法發出聲音。車子的四周很暗，車窗上反射著他的影子。他正看向副駕駛座，卻看不到女人的影子。他看向擋風玻璃，副駕駛座上仍然空空如也，看不到影子。戰慄從他的腳底慢慢爬了上來，他強迫自己看向前方的道路，不去看身旁的女人。這時，他身旁突然響起噗嘶噗嘶的聲音，好像塑膠加熱融化時發出的聲音，視野角落捕捉到的女人身影漸漸消失。

他終於忍不住看向副駕駛座，那裡只剩下差不多一個人大小的氣泡，而且也正在漸漸融化。

他猛然踩下煞車。突然一陣奇妙的離心力，使他眼前的風景開始旋轉。當車子停下時，車體完全橫在馬路上，幸好沒有車子從旁邊駛過。

他調整呼吸，再度看向身旁，副駕駛座上除了被水沾溼的痕跡以外，什麼都沒有。

第四章

1

星期一放學後，廣瀨在教室內看到了高里。天空中烏雲密布，暮色比平時更快籠罩周圍。校園的遠處傳來了喧譁聲，不時聽到啦啦隊響亮的聲音。

廣瀨漫無目的地走在校園內，不知不覺地走向二年六班的教室，看到高里獨自坐在那裡。

「高里，你一個人在這裡嗎？」

雖然需要一點勇氣，但廣瀨覺得自己成功地用若無其事的語氣說出這句話。高里回頭看著廣瀨，他周圍的課桌上凌亂地放著很多用途不明的小道具。

「其他人呢？」

廣瀨問，高里淡淡地回答，他們出去買東西了。

「我想和你聊一聊，會不會打擾到你？」

「不會。」

他的回答依然簡短。廣瀨張了張嘴，但發現自己不知道該問什麼，也不曉得該和他聊什麼。

「高里……聽說你曾經留級一年？」

最後，他問了這件事。高里直視著廣瀨，用沒有表情的聲音回答：
「對。」
「不是因為生病嗎？」
廣瀨在問出口的同時，覺得自己很卑鄙，但高里並不在意，理所當然地回答：
「因為我好像遭遇神隱了。」
「上次橋上也這麼說，但是，神隱……」
「或者該說是失蹤吧。」
廣瀨注視著高里的臉，他的臉上完全沒有表情。
「我……不太瞭解你說的意思。」
高里聽到他這麼說，微微偏著頭。
「因為我有一天突然失蹤了，過了一年後又冒了出來，所以大家說是神隱。」
「那段期間，你都在哪裡？」
「我不記得了。」
「完全不記得了嗎？」
「對。」
他的聲音很平靜，臉上的表情也很平靜，感覺只是在陳述事實。
「聊這些事會讓你不舒服嗎？」
高里聽了，微微偏著頭。

「不知道。」

「不知道？這不是你的感受嗎？」

高里似乎思考了一下，然後毫無顧忌地抬頭直視廣瀨。

「你為什麼想知道？」

這是高里第一次向廣瀨發問。

「我也不太清楚。」

廣瀨回答之後，尷尬地笑了笑。

「我上次不是看到你畫畫嗎？」

「對。」

「我覺得你很努力地想要回想當時的事，不是嗎？」

高里點點頭。

「為什麼？」

「因為我不記得了。」

這個回答聽起來很冷淡，廣瀨微微嘆了一口氣，想了一下，決定說出很少向他人提及的這件事。

「我小時候曾經差一點沒命。」

高里聽了廣瀨的話，露出詫異的神情。這是第一次看到他臉上露出表情。

「聽說是注射引起的休克，雖然我不記得前後的事，但我覺得那時候看到了那個世界。」

「是瀕死經驗嗎？」

「對。有一片顏色很不可思議的天空，溼地上綻放著白色的花。有一條水流清澈無比的深河，遠方架了一座橋。我沿著河邊一直走。那裡既不冷，也不熱，無論走多久都不會覺得累。我沿途看著風景，茫然地走在河邊，不時遇到小鳥和魚兒，和牠們嬉戲一下。那裡的一切都很容易親近，我應該是想走去那座橋，但我只記得走了很久。」

廣瀨回想起曾經回味多次的景象。

「我只記得這些，完全不記得當初是怎麼去，又是怎麼回來的，只記得那裡很美。」

高里沒有說話。

「我昏迷了三天，那時候我六歲。之後，我父母經常對我說，你這條命是撿回來的。這句話應該同時有正面和負面的意思，但我猜想負面的意思比較多一點。」

高里點了點頭，似乎對此深有同感。

「也許是因為父母一直這麼說，我自行創造了這些記憶，但我覺得自己的確見過那些景象。」

廣瀨自嘲地笑了笑。他和母親之間的關係惡劣，幾乎到了令人絕望的程度。母親總是試圖束縛他，但廣瀨最討厭遭到束縛。母親總是把廣瀨的這種個性怪罪於瀕死經驗，至今仍然如此。廣瀨很不願意回家，母親開始責備不回家的廣瀨。每次他推說要打工、要實習而無法回家時，母親就責備他把對父母的感情都遺忘在那個世界了，然後重重地掛上電話。

「每次遇到挫折時，我都想要回去。久而久之，漸漸覺得那裡不再是死後的世界，而是我本來就應該在那裡，總覺得因為我是屬於那裡的人，所以才和父母合不來，和老師之間的相處也有問題——即使現在，仍然隱約有這樣的感覺。」

高里點了點頭，臉上的表情很真摯。

「我瞭解。」

「嗯，我就知道你能瞭解。」

高里眨了眨眼睛，然後垂下視線，看著自己放在課桌上的手。

「那時候我站在屋外。我家的房子很舊，中庭的角落建了一個倉庫，應該說，中庭的其中一側是倉庫……你明白是怎樣的情況嗎？」

「嗯，大致沒問題。」

「我站在中庭，結果看到中庭的角落有一隻白色的手。」

高里滿臉懷念的表情。

「倉庫旁邊就是圍牆，倉庫和圍牆之間只有貓才能擠進去的縫隙，白手就是從那個縫隙中向我招手。」

「只有……手而已嗎？」

白色的手。廣瀨微微皺起眉頭。

「對，那個縫隙很狹窄，人根本擠不進去。看起來像是女人的白色手臂光溜溜地從縫隙中伸了出來，向我招手。」

「你不覺得有點毛毛的嗎？」

高里輕輕笑了笑。

「是啊，但我當時並不覺得心裡發毛或是害怕，反而覺得很高興、很安心。」

「對那隻手嗎？」

「對，所以我就走了過去。」

「結果呢？」

高里搖了搖頭。

「就到此為止了。我記得自己走向庭院的那個方向，但不記得有沒有走到庭院的角落，之後的事也都不記得了。」

那隻神出鬼沒的白手到底是什麼？彼此之間真的毫無關係嗎？

「當我回過神時，發現自己走在路上，有點像茫然地走了一段路、突然回過神的感覺。我不知道自己在哪裡，東張西望，發現就在自己家門口，而且家裡正在舉行葬禮。我心想著，不知道誰死了，結果發現是祖母的葬禮。」

高里的臉上完全沒有任何表情。

「我走進家門，發現所有人都露出極度驚訝的表情，很多人都包圍住我，我才知道自己離家一年多了。」

「你不記得那段期間的事嗎？完全都不記得了？」

「對，只是好像隱約記得某些顏色和印象，但不管怎麼努力回想，也都想不起來。」

高里有點沮喪。

「但是，我覺得那段期間自己在某個地方，而且那是一個很美好的地方，每次努力回想，都有一種充滿懷念的感覺。」

高里露出淡淡的笑容，那是很真切的微笑。

「我覺得自己在那裡時應該很幸福，所以才會那麼難過、那麼懷念。」

「原來那幅畫就是在畫那個時候嗎？」

「對。」高里點了點頭。「我以為畫出來之後，可以讓我更清楚地回想起當時的情況，但還是想不起來。每次覺得快想起來了，一落筆，就覺得反而變得模糊。」

他的臉上露出了痛苦的表情。廣瀨可以感受到，高里發自內心地希望回想起當時的情況。

「是喔……」

千頭萬緒在內心翻騰，廣瀨除了附和以外，不知道該對高里說什麼。高里和廣瀨一樣，都失去了故國，因而能夠產生強烈的共鳴。他無法相信，也不願意相信高里會刻意對周圍的人進行報復。

2

不一會兒，外出採買的人就吵吵鬧鬧地回來了。

「咦？廣瀨老師。」

岩木開心地向他打招呼。

廣瀨舉起手回應，從原本坐著的課桌上滑了下來，向高里打了聲招呼後，準備走出教室。

「廣瀨老師，你要走了嗎？」

「你在這裡等我們，不是打算幫忙嗎？真是太感動了。」

聽到學生一廂情願地七嘴八舌，廣瀨只能露出苦笑。岩木把一個紙袋遞給他。

「這是給你用的海報顏料，你可以隨便用。」

「好啦，好啦。」

廣瀨把紙袋放在桌上。

「我去向後藤老師打聲招呼。」

每年九月，都會有實習老師來校實習，而且運動會也都固定在每年九月舉行。之所以在實習老師實習期間舉行運動會，是為了避免耽誤課業進度。廣瀨努力回想，他記得每年運動會結束後的第一堂課就是觀摩課。雖然在運動會舉行期間，實習老師都已經來學校實習了，但他不記得自己曾經和實習老師一起做準備工作。不知道是因為自己太好說話，所以被學生差遣，還是那些差遣他的學生太精明。

回到準備室，向後藤報告情況後，後藤忍不住失笑，但並沒有說什麼。他寫完實習日誌，請後藤蓋了章，又走回教室。來到二年六班前，發現裡面傳來爭執的聲音。

「怎麼了？」

他走進教室的同時問道，名叫岡田的學生回頭看著他。

「廣瀨老師，請你趕快制止岩木。」

廣瀨看到岩木站在圍成人牆的學生中，岩木站在高里的課桌前，一臉可怕的表情，低頭看著高里。

「岩木，怎麼了？」

「沒事。」岩木頭也不回地嘀咕，仍然用可怕的眼神看著高里，高里也抬頭看著岩木。

「高里，趕快回答啊？」

高里沒有回答，沒有表情的視線看著岩木的眼睛。

「岩木，到底怎麼了？」

岩木終於回頭看廣瀨。

「築城今天也沒來學校，我只是對他說，是不是該去築城家，兩個人好好談一

談。」

有一半的學生極度緊張，另外一半學生可能不知道其中的隱情，有點搞不清楚眼前的狀況，露出有點困惑，又有點好奇的表情看著高里和岩木。

「他只要拄著拐杖，就可以來學校上課，但他因為太害怕了，所以不敢來學校。所以我覺得他們應該好好談一談，就是因為他不澄清誤會，奇怪的傳聞才會不斷擴散。」

高里聽了岩木的話，忍不住皺緊眉頭。

「什麼神隱，什麼作祟，都已經是高中生了，還說這種幼稚的話。雖然那些信以為真的人很有問題，但不管別人怎麼說，都不解釋清楚的高里也有錯，應該把話說清楚嘛。」

高里還是沒有回答，不帶情感的雙眼直視著岩木。

「岩木，別再說了。」

站在岩木身旁的學生制止道，語氣中充滿了危機感。那不是責備，而是在警告。

「你腦袋破洞了嗎？」

岩木用力瞪著那個學生。

「難道你也相信？作祟這種事根本不可能存在啊。如果我死了，根本不是什麼作祟，而是報復。除非高里親手殺了我，否則不管我遇到什麼意外，都是巧合而已。」

岩木毫不掩飾臉上的不屑。

「那是機率的問題。高里是這種性格，所以別人很容易找他麻煩，大家都欺負他。人數越多，其中就可能有人發生意外或是送命，那只是當事人的運氣問題，真的和高里有關係嗎？」

「岩木，別說了。」

廣瀨出聲制止，岩木露出發自內心的驚訝表情。

「搞什麼啊，廣瀨老師，你居然也相信嗎？」

「不是你想的這樣。」

「那是怎樣？」

廣瀨沒有回答，岩木撇著嘴角。

「真受不了，每個人都這樣。」

築城應該不會想見高里，即使高里上門，兩個人也見不到面。築城相信高里會作祟，至於事實如何，根本不重要，無論高里上門去對他說什麼，都只會增加他的不安。

這時，岩木突然伸出了手，發出一個低沉發悶的聲音。所有人都屏住了呼吸。

「照理說，我現在就應該沒命了。」

岩木露出嘲諷的眼神看著周圍的同學，在旁邊圍觀的學生，比挨了一巴掌的高里更加驚慌失措。

「想要作祟的話儘管放馬過來，不必客氣。」

高里只是回望著岩木，他的臉上沒有一絲憤怒或不滿，只有微微皺起的眉頭可以成為猜測他內心的唯一線索。

「無聊死了。」

岩木輕輕笑了笑，離開了高里，拿起一旁散亂的道具。

「你們還在發什麼呆啊，趕快做事了。」

岩木一屁股坐到旁邊的椅子上，其他人都很不自在地低頭做事，每個人都忍不住偷瞄岩木和高里，但兩個當事人都一派鎮定。岩木把一包還沒有拆封的東西和便條紙丟給高里。

「這些布你剪一下。」

高里默默點了點頭，拿起一旁的剪刀。

3

「嗨。」

翌日午休時間，岩木第一個走進準備室，廣瀨向他打了招呼，他笑了起來。

「怎麼樣？我還沒死。」

「似乎是這樣。」

「既沒有發生意外，也沒有遭到暗算，平安無事。」

廣瀨笑著點點頭。

「今天早上我走進教室時，大家的表情好像看到了鬼，真受不了那些人。」

廣瀨苦笑著，拿出了燒杯。

「要不要喝咖啡？」

「你要為我服務嗎？待遇真好啊。」

「算是勇敢奮鬥獎的獎品。」

岩木露齒一笑。

「是叫我好自為之嗎——築城呢？」

「今天也請假。」

「真是沒出息。」

廣瀨把燒杯遞給他。

「這是信仰的問題。」

「什麼意思？」

「就好像有人在考試前會去神社拜拜，祈求考運昌盛，差不多是相同的意思。」

「原來是這樣。」

「雖然覺得與其千里迢迢去神社，還不如多讀點書更有幫助，但也不會去制止別人，不是嗎？」

「那倒是。」

岩木苦笑著，門打開了，橋上探頭進來。

「嗨。」

岩木舉起了手。

「橋上學長，你看起來很不錯嘛，傷勢怎麼樣？」

「昨天發燒了，超慘的。雖然有點痛，但差不多就這樣啦。」

「誰叫你自己不小心。」

「你少囉嗦。」

橋上很有精神。雖然左手包著厚實的繃帶，但他並沒有放在心上。廣瀨也為橋上泡了咖啡，這時，又有三名學生走了進來，走在最前面的野末一看到岩木，立刻驚叫起來——

「岩木學長。」

「嗨！」

「聽說你昨天和高里槓上了？沒事嗎？」

岩木把燒杯端到嘴邊，斜眼看著野末。

「無聊死了，真不知道你們都在想什麼。」

他把喝空的燒杯用力放在桌上。

「你怎麼會知道這件事？」

野末看向身後的坂田，岩木看了坂田一眼，聳了聳肩。

「高里真受矚目啊，應該算是偶像等級了吧。」

昨天放學後到今天午休時間為止，連其他班級的人也知道了這件事，的確可以算是特殊的狀況。

「高里做了什麼嗎？」

橋上問，岩木笑了笑。

「大家都說高里會作祟，聽說你也是因為高里作祟才會受傷。」

橋上看著自己的左手，然後放聲大笑起來。

「太好笑了吧？」

「對吧？」

岩木笑完之後，抬頭看著天花板。

「話說回來，高里也很奇怪，挨打之後，照理說要生氣才對啊。」

「他沒生氣嗎？」

野末問，岩木笑了起來。

「他怎麼會生氣？如果他有霸氣為這種事生氣，就不會有那些傳聞了。正因為他不生氣，所以反而讓人覺得心裡發毛吧。」

「是喔。」

橋上看著岩木。

「你對他做了什麼？」

「給了他一下。」

岩木轉動手腕，做出打人的動作。

「我知道了——」野末露出很得意的表情。「你是不是想說，如果有本事作祟，就在我身上試試？」

「我才沒這麼說。」

岩木抗議道，野末不理會他，自顧自地向橋上說明。

「聽說他甩了高里一個耳光，說來殺我啊，有本事作祟，就在我身上試試，還對其他同學說，你們居然相信那種蠢事，還怕得要死。」

「我終於親眼見識到傳話傳到變調是怎麼回事了。」

岩木嘆著氣道，橋上開心地看著他。

「沒想到岩木這麼有氣魄。」

「少說蠢話了。」

「結果你甩了他一巴掌？高里也沒生氣？這樣都不生氣，他對你不是很好嗎？」

「哪有啊。」

岩木害羞的樣子很滑稽。

「話說回來，即使人再好，如果在眾人面前挨打，通常很難不生氣。」

野末說，岩木點了點頭。

「對啊，搞不懂他是太有修養還是太窩囊。」
坂田低聲嘟囔：
「不要以為事情已經過去了，現在下結論還為時太早。」
說完，他露出了冷笑。岩木挑起眉毛問：
「你是指望我死嗎？」
「我可沒這麼說。」
坂田似乎樂在其中。
「岩木，高里真的很危險，不要這麼快就感到安心，我勸你要多留神。」
岩木冷笑著說：
「我倒是希望你不會因為這番話而惹惱高里。」
「不可能。我才不會惹惱高里……」
「誰知道呢？」
「我真的不會啊，因為我覺得高里很厲害。」
他似乎很期待未來的發展，其他人都掃興地閉了嘴，只有岩木不悅地皺著眉頭站了起來。野末叫住了他：
「岩木學長。」
「我第五節是體育課。」
岩木揮了揮手，其他人目送他離去，準備室內的氣氛很尷尬。

「坂田學長，岩木學長生氣了。」
野末說，坂田淡淡地笑了笑。
「會嗎？」
「當然會啊。你那麼說，簡直好像巴不得岩木學長去死。」
「有嗎？我可沒這麼想，只是忠告他，最好別小看高里……」
橋上一臉不悅地說：
「不管有沒有小看，也不可能有作祟這種事吧？」
「未必喔。」
「即使真有作祟這種事——」廣瀨眼尖地看到橋上瞥了自己左手一眼。「岩木只是基於好心這麼說，高里沒那麼笨，不至於聽不懂吧？」
野末用力點頭。
「岩木學長很有正義感。」
坂田再度冷笑了一下說：
「也可以說是多管閒事……」
廣瀨覺得坂田的冷笑令人不寒而慄。岩木的行為當然是基於善意，高里不可能不明白，但為什麼這麼不安？
廣瀨忍不住沉思，但心情就是無法平靜下來。

4

星期二的第五堂是自然課I，這天在實驗室上課。一年級生為了電鍍十圓硬幣，個個手忙腳亂。這一陣子恐怕會有不少學生拿著銀色的十圓硬幣（註3）去福利社買東西，讓櫃檯的大嬸搞不清楚是怎麼回事吧。

實習只剩下三分之一，廣瀨也越來越鎮定自若。後藤在實驗室後方快睡著了，廣瀨不時出聲指點學生，還有餘裕從容地看向窗外。

實驗室的窗戶面對操場，操場上正在上體育課。運動會前的體育課都用來練習運動會上的比賽項目，今天似乎在練習騎馬戰。雖然現在有很多學校認為這個項目太危險而取消，但這所高中認為是學校的傳統之一，所以至今仍然有這個比賽項目。

高里和岩木應該也在其中。廣瀨沒來由地這麼想，只是他看不到那兩個人在操場的哪個位置。

他心不在焉地看了一會兒，發現操場上出現了小小的異常。

他看到一個斑點。出現在跑來跑去的學生腳下的小斑點，像是一小片陰影。天空中沒有雲，刺眼的陽光照得操場上的沙子發白，學生的身影又小又深，但他們的腳下

註3　日本的十圓硬幣是紅銅色的。

有一個小斑點，好像灑水後形成的小水窪。斑點漸漸擴散，好像地下水不斷滲出，轉眼之間，就包圍了學生腳下的位置。

廣瀨把臉貼在因為開冷氣而緊閉的窗戶上，正在比賽騎馬戰的學生，和一旁觀看的老師似乎都沒有發現那個斑點。

「後藤老師。」

他輕輕叫了一聲，靠在窗框上托著下巴的後藤微微張開眼睛。

「咦？」

廣瀨感到心跳加速。高里和岩木都在那個斑塊的範圍內。

後藤看向窗外，然後站了起來。有幾個正在做實驗的學生好奇地看著他們。

後藤打開窗戶，在他大叫：「喂！」的同時，哨子響了。打成一團的騎馬陣向左右散開，讓操場地面變色的斑塊也像是被強烈的陽光蒸發般漸漸變淡。

當人潮三五成群地回到左右兩側各自的陣營時，突然有一個影子出現了。是一名學生。他躺在地上，一動也不動，身體周圍有一圈顏色很奇妙的影子，不像是單純倒在那裡而已。

是岩木。廣瀨幾乎可以確信。

他看到體育老師大叫著衝了過去，躺在地上的學生白色運動服上沾染了沙子和血跡，被染得參差斑駁。

廣瀨衝了出去，聽到後藤粗獷的聲音在身後響起——

「所有人都坐回椅子上！都給我乖乖坐好！」

廣瀨衝下樓梯，穿著室內鞋跑向操場，操場上已經陷入了一片恐慌。

「沒事吧！」

他撥開圍成一團的學生，急忙衝到人牆最前方。地上的沙子很白，一名學生倒臥在圓形的人牆中央，體育科的實習老師站在旁邊。他彎著腰，好像隨時準備拔腿逃跑。

「發生什麼事了？」

廣瀨喘著氣問道，立刻覺得自己問了蠢問題。因為一眼就可以看出發生了重大意外。

實習老師看著廣瀨，然後轉頭嘔吐。有好幾個學生抱著頭蹲了下來。

廣瀨不知道倒在地上的是不是岩木。倒地的學生側躺著，完全無法辨識他的臉。原本是臉部的位置變成了鮮紅熟透的肉塊，身上的運動服沾滿了鮮血和泥巴，帶著泥沙的腳印和帶著血跡的腳印雜亂地出現在運動服上，顯然曾經有無數隻腳踩過他的身體。

「老師呢？」

廣瀨問，肩膀用力起伏的實習老師結結巴巴地說了「電話」兩個字。穿著運動服的學生從剛才就一動也不動，廣瀨在被染紅的運動服上看到了寫著「岩木」的名牌。

廣瀨巡視周圍的學生。
「發生了什麼事？」
雖然他這麼問，但事實已經明顯呈現在眼前。
「沒有人發現岩木倒在地上嗎！」
人牆中沒有任何回應。
「誰和他一起組騎馬陣？」
「老師。」
這時，背後響起一個快要哭出來的聲音。三名學生並肩站在人牆的最前排。他們都是二年五班的學生。
「是你們嗎？」
那三名學生點了點頭，看起來像是驚恐不已的小學生。
「不可能有這種事啊。」其中一個人終於忍不住抽抽答答地說：「岩木負責撐住我的左腳，在哨音響起，我從騎馬陣上跳下來之前，一直有人撐著我啊！」
人牆內響起一陣騷動。
「如果不是岩木，那到底是誰撐著？」
其他兩個人也點著頭，他們的動作好像在鬧脾氣。
「真的一直有人在我旁邊啊。雖然我沒有看他的臉，但我們一直拉著手，如果他不在，我馬上就會發現啊！」

「我不知道岩木跌倒了，但如果岩木跌倒，我在他後面，應該會被他絆倒啊。我的腳下絕對沒有任何東西。如果岩木不在，那我一直握著的是誰的手！」

騷動的人牆移動，向著奇怪的方向散開，廣瀨看到高里茫然地站在另一端。

他聽到有人在某處低聲說著什麼，雖然無法聽清內容，但廣瀨完全可以想像。人群正在醞釀另一種氣氛。危險。他立刻閃過這個念頭。

「高里。」

這裡太危險了。眼前有一具悽慘屍體的這裡太危險。

「你去準備室。」

高里欲言又止地看著廣瀨。

「你趕快去！去實驗準備室，在我去找你之前，一直留在那裡，知道嗎！」

高里輕輕點了點頭，轉身離開了。這時，體育老師也剛好回來。

5

體育課提前下課，學生紛紛回到教室，原本在實驗室內的一年級學生也都回教室自習。救護車很快趕到，發現岩木還有最後一口氣，只可惜還是在救護車上斷了氣。

學務主任和學年主任多次向學生瞭解案發經過，只知道沒有半個學生發現岩木跌倒，同時也沒有發現踩到了人。

第六節課臨時改為自習，校方召開了緊急職員會議。今年的運動會，恐怕會面臨停辦的命運。

漫長的會議結束時，已經是晚上九點多了。

「運動會要停辦嗎？看來明年之後，也不會再有騎馬戰了。」

離開教師辦公室，走在昏暗的走廊上時，後藤輕聲如此嘀咕。

「……是啊。」

「你也看到那個了吧？」

「你是說斑點嗎？」

「對。」

「看到了。」

「你認為兩者有關係嗎？」

廣瀨閉上了嘴。兩者之間不可能沒有問題，絕對和造成岩木死亡的意外有密切關係。

廣瀨默不作聲，走到樓梯時，後藤拍了拍他的肩膀。

「我先回去了，記得鎖好門窗。」

後藤精疲力竭地脫下白袍塞到廣瀨手上，走向通往一樓的樓梯。

廣瀨茫然地低著頭，默默地走在走廊上。在意外發生的一個小時前，還看到活蹦亂跳的岩木，岩木走進準備室時還笑著說：

『怎麼樣？我還沒死。』

廣瀨閉上眼睛，深深地嘆了一口氣，打開了準備室的門。岩木再也不會打開這道門，像此刻的廣瀨一樣走進準備室。十七歲的他才讀二年級。他才十七歲而已。

夜晚的準備室內沒有燈光，只有一片黑暗籠罩。走廊上也沒有開燈，但有操場和中庭的燈光淡淡地照進來，所以並不至於是完全漆黑。窗前掛著薄質的窗簾，拉起的布窗簾帶著波紋，在從操場照過來的燈光下，宛如一片長方形的水面。準備室本身就像一個巨大的長方形水井。廣瀨探頭看著這個黑暗空洞的水井。

後藤放在窗前的畫架，把廣瀨從這份奇妙的感覺中拉回了現實。畫布表面濡溼的顏料發著光，當廣瀨看向畫架時，整個人都僵在那裡，他站在門口倒吸了一口氣。

他發現高度及腰的窗戶下方，有一個人坐在地上。因為光線太暗，所以無法看得很清楚，但還是可以看出是一個穿著運動服的學生。他蹲在那裡，雙手抱著膝蓋看過來。廣瀨猛然想起岩木的身影——他平時的樣子和剛才悽慘的樣子，正想要後退，立刻想起另一件事。

「高里……嗎？」

黑暗的房間內有一個聲音回答：

「對。」

廣瀨打開了燈，看到高里茫然站起來的身影，鬆了一口氣。
「對不起，我忘了。」廣瀨慌忙鞠躬道歉。「對不起，我剛才慌了神。」
「沒關係。」
高里的聲音中感受不到任何情緒。

「真的很對不起。」
廣瀨請高里坐在椅子上後，為他泡了咖啡。
「不會，謝謝。」
「你別這麼說，我會愧疚。」
高里搖了搖頭。
「因為當時在那裡我有點害怕。」
「是嗎？」
廣瀨用手帕包住燒杯，遞給了高里。高里微微張大眼睛，然後微笑著接過燒杯。
「我可以問一下原因嗎？」
他喝著燒杯裡的咖啡問道。
「什麼原因？」
「為什麼叫我來這裡？」
「因為當時的氣氛很不對勁。」

「你是基於保護，還是隔離？」

廣瀨看著高里。高里迎向廣瀨的視線，一動也不動。他的眼中充滿真摯，完全不允許有任何謊言和欺騙。

「我是基於保護。」

高里用平靜的眼神看著廣瀨。

「高里……你知道大家都在說，一旦惹惱你，就會招致禍祟嗎？」

高里聽到他的問題，點了點頭。

「——實際情況到底如何？」

他移開視線，沉默了片刻。

「……我發現周圍的確經常發生意外，也有人死亡，也知道似乎和我有關、大家都對此感到害怕，但事實並不是這樣。」

「所以到底是怎樣？」

高里嘆了一口氣。

「這和我是否生氣毫無關係。」

廣瀨看著高里，高里垂下雙眼，看著雙手握著的燒杯。

「你沒有對岩木生氣嗎？」

「我為什麼要對他生氣？」

廣瀨點了點頭。高里並不笨，至少他瞭解岩木的意圖。

「那橋上和築城呢？」
高里抬起頭，微微偏著頭。
「橋上……是那個三年級的學長嗎？」
「對。」
「他對我說什麼人體實驗，我只覺得他說了些奇怪的話。至於築城，更沒有……因為大家都在說這些話啊。」
廣瀨苦笑起來。
「是啊。」
「只是我猜想接下來可能又會發生什麼事，所以覺得有點煩。」
「你猜想築城和橋上可能會發生意外？」
「對。結果他們真的出事了，我覺得有點煩。」
廣瀨猶豫了一下，還是開口問了他：
「那校外教學的事呢？」
高里抬頭看著廣瀨，然後再度露出苦笑。
「我即使挨揍，也不會生氣。」
「為什麼？」
「因為這也沒辦法啊，我和別人不一樣，別人不允許我這個人存在。」
他的語氣很平淡，廣瀨注視著他，他抬起頭。

「……即使別人不允許你存在，你也不會生氣嗎？」

「因為感覺就像是不同種類的生物和大家混在一起。」

高里說完，看著自己的手。

「很明顯是不同的種類，卻不知道到底是什麼東西，大家當然會感到心裡發毛，因為甚至連到底有害還是無害都無法判斷，而且，我看起來似乎有害，所以就更加無可奈何了。」

廣瀨覺得他好像在談論別人的事。

「所以，即使被打，我也……但即使這樣，大家還是死了。」

廣瀨感到不寒而慄。高里的語氣越平靜，他的話聽起來就越可怕。

「……為什麼呢？」他似乎真的難以理解。「是我的錯嗎？」

高里低聲地自言自語。

「不是你的錯。」

雖然廣瀨沒有自信，但還是這麼說。高里仍然低著頭，沒有抬起來。廣瀨也沉默起來，移開了視線。

操場上出現的奇怪斑點到底是什麼東西？岩木都倒下了，到底是誰支撐著騎馬陣？這代表已經發生了超越常識的異常情況。

神隱。關於作祟的傳聞。抓住築城的手，以及有人用釘子釘住了橋上的手。

——有太多匪夷所思的事了。

廣瀨瞄了高里一眼。

不可能和高里沒有關係。所有的事都有某種關聯，而高里正是這些事的重要關鍵。

「……明明沒有任何理由。」

聽到高里輕聲說道，廣瀨抬起頭，高里帶著空洞的表情看著虛空。

「他們根本沒有任何理由非死不可。」

廣瀨沒有回答，高里也不再說話。

＊
＊＊
＊＊

他匆匆走在夜晚的街道上。他是小學五年級的學生，每天的生活都很忙碌。他的母親說，小孩子的工作就是讀書，他每次都忍不住在心裡抱怨，果真如此的話，每個小孩都超時工作。

之前，他父親曾經因為忙於年度結算，每天都到深夜才回家。他記得父親曾經說，每天工作十二小時真吃不消，但他忍不住在心裡抱怨，我也每天都工作十二個小時。每天放學後，要去上兩個補習班。母親經常對他說，先苦後甘，現在辛苦一點，以後就輕鬆了。他不太相信母親的話，覺得升上中學後，一定會像隔壁的姊姊一樣，每天去補習班上課到深夜才回家。升上高中後，還是無法擺脫上補習班的命運。長大以後有了工作，還是會因為年度結算超時工作。

「過勞死不在勞保給付的範圍之內。」

雖然他這麼嘀咕，但其實他並不是很瞭解這句話的意思，只是因為最近補習班的同學都很流行說這句話。

事實上，他對現狀並沒有太大的不滿。上補習班是理所當然的事，被編入報考知名私立中學的班級，代表他很有希望，但他還是不喜歡晚歸。從車站到家的這段路，如果走捷徑並不會太遠，只不過那條捷徑旁都是寺廟的圍牆，每次都讓他感到害怕，所以很不想走那裡。再加上季節的關係，補習班的同學最近很愛說鬼故事。今天的下課時間和回家的電車上，也聽同學說了很多讓他心裡發毛的故事。

此刻的他正心驚膽戰地快步走在回家的路上。在車站的號誌燈前向右轉，走到下一個號誌燈時，在第一個街角轉彎，就來到單行道。沿著這條單行道一直走，經過汙水河上的石橋，就會來到寺院旁那條路。

這條沒有鋪柏油的五十公尺道路右側都是圍牆，左側是一片竹林。他一路小跑著，用力甩著書包，希望為自己加速。

他過了石橋，才走沒幾步，竹林內就傳出喀沙的聲音，他緊張地停下腳步，不由自主地看向聲音來處。如果他沒有看到任何東西，應該會立刻拔腿狂奔，但他在竹林深處看見一隻白狗的後背，不由得鬆了一口氣。他發現自己剛才感到害怕，覺得很丟臉，所以，當接著又聽到竹林中發出窸窸窣窣的聲音時，他看向那個方向。

狗的身影被雜草遮住了，所以看不見，但因為可以看到白色毛皮，所以他從大小判斷，應該是一隻狗。這時，有一個人影出現，似乎在追那隻狗。他想起了自己家中養的那隻柴犬，回想起帶狗散步時的辛苦。

竹林中出現一個年輕的女人，她看著狗，從黑暗中走了出來，似乎感受到他的視線，所以抬起了頭。他覺得這個年輕女人有點像他常看的特別節目中，一個穿粉紅色制服的隊員。

她看著狗，向他走來，臉上的表情似乎想找他說話，於是，他站在那裡。

她來到路上，在他的注視下停了下來。他確認了她有兩隻腳，她微微偏著頭。他心想，她看起來很和善。

「你知道麒嗎？」

她的聲音很柔和，帶有一絲悲傷。

「樹？是指有樹葉的樹木嗎？」

「泰麒。」

她低頭看著他。

「我沒聽說過，那是很重要的東西嗎？」

她點了點頭，臉上的表情很感傷。難怪她這麼晚了，還帶著狗在這麼冷清的地方找東西。

「非常重要，所以我正在找，你沒有聽說過嗎？」

「沒有，完全沒有。是怎樣的東西？我可以幫妳問問我同學。」

她露出淡淡的微笑。

「不是東西，是獸。」

他看向竹林。那條狗仍然在附近窸窸窣窣，也許她在找那條狗的另一半。

「狗嗎？名叫麒？」

她再度點了點頭。

「名叫泰麒。」

他微微偏著頭。

「我沒聽說過，但我可以去學校問同學。是妳養的狗嗎？長什麼樣子？」

她聽到他這麼說，搖了搖頭。

「不是狗，是麒。」

他更納悶了。

「是君王的麒。」

他完全聽不懂她在說什麼。

「我從來沒聽過什麼麒，牠長什麼樣子？」

她搖了搖頭。

「不知道。」

「妳不知道？」

她點了點頭。

「因為在這裡，所有的形狀都會扭曲，所以不知道目前是什麼樣子。」

他覺得很奇怪。

「那不是根本沒辦法找嗎？」

「但可以感受到他留下來的氣息。」

他看向正在草叢中嗅來嗅去的狗。

「是有味道的東西？」

難怪她帶著狗一起來找。

「有點像光，照理說，應該可以看得更清楚，但泰麒的氣息很微弱，一下子就消失了，所以不知道他目前在哪裡。」

他偏著頭，不太理解她說的話。

「搞不好生病了……」

「是喔。」

他不知如何回答，只好這麼附和，她嘆了一口氣，然後說了聲「謝謝」，再度走回竹林。他目送年輕女人的背影離去，有一種很奇妙的感覺。

她筆直地走向竹林，然後消失了。當她走過狗的身旁時，小聲地對牠說了什麼，狗身上的毛動了一下。

他目瞪口呆。因為聽到她的叫聲而抬起頭的那隻狗，只有一隻眼睛。他默默地注視著，發現她和狗消失在竹林深處，可以隱約看到遠處的圍牆。

她撥開竹林走到圍牆前，和狗一起好像被圍牆吸進去般消失不見。

他大叫一聲，然後拔腿跑向家裡。

第五章

十二國記

1

翌日早晨，舉行了全校朝會，朝會上公布了岩木的死訊，同時通知原本預定隔天舉行的運動會中止。

朝會之後，仍然正常上課，但因為有很多小型會議，所以很多課都讓學生自習。廣瀨收到通知，實習老師可以不參加會議，他只能無所事事地在準備室發呆。因為即使去實習老師的休息室，大家也都在討論岩木的事，一定會圍著他問個不停，所以他不想去那裡。

學生的心情都很浮躁，好像在參加什麼紀念活動。今天早上，校門口有幾個看起來像是記者的人，但學生和老師對待他們的態度有著極大的差異。學校方面極力避免媒體騷擾學生——說白了，就是試圖隔離學生和媒體，但有不少學生故意讓聚集而來的媒體記者攔下，興奮地回答他們的問題。這些學生此刻也在學校內不安分地興奮喧譁。

只有二年五班和六班的氣氛很低迷，也有不少學生缺席。他們並不是因為同學死了而難過，而是因為自己殺了同學這個事實侵蝕了他們的心。前一天放學後，警方人員開始偵訊，有好幾個學生都躲去保健室或其他地方，不願面對警察。他們被自己鞋子和襪子上沾到的血跡嚇得魂不附體，無論再怎麼勸說，都不願意出來面對。

廣瀨呆呆地看向窗外。操場的白色沙子上有一個小小的影子。用新的沙子堆起來的小沙丘上供著鮮花。

岩木的屍體太悽慘了，就連救護隊員也有好一會兒不敢正視。他的母親趕到醫院時不停地問，這真的是我兒子嗎？

廣瀨回想著這些事，情緒正極度低落，卻聽到一陣急促的腳步聲，班長五反田衝了進來。

「後藤老師呢？」

他上氣不接下氣地問。他的制服很亂，好像發生了什麼意外，而且從他的表情來看，情況似乎很嚴重。

「他去開會了，怎麼了？」

「請你趕快去制止，大家都在圍攻高里。」

廣瀨全速跑到二年六班。來到班級所在的二樓時，發現已經有學生在聚集，他推開學生，跑向教室。一走進教室，就發現身穿制服的學生，面向窗戶的方向，築起了一道人牆。

「你們在幹什麼！」

有幾名學生回頭看他，但全都無意解散。還有幾個學生臉色發白地躲在遠離人牆的地方，害怕地靠在一起；其中有幾個似乎挨了拳頭，可以看到明顯的瘀青。

「住手！」

他把手放在前面的學生身上，想要推開人群，這時，他背後突然遭人毆打。

「別在這裡礙手礙腳！」

對著廣瀨咆哮的學生雙眼呆滯地看著他。教室內充滿了異常的興奮，簡直可以稱為殺氣騰騰。

「喂，快住手！」

他想推開周圍學生，反而挨了好幾下拳頭。每個學生都怒目相向。

「高里！」

高里出現在人牆前方，廣瀨看到幾個學生正把他推來推去。

「是你殺的吧？」

「人就是你殺的，是不是啊！」

廣瀨知道他們在問岩木的事。不是這樣的。廣瀨想要大叫，但有人用膝蓋撞向他的胸口，他一時說不出話。

「實習老師閃一邊去！」

廣瀨雙腿發軟，當他單腿跪在地上時，有人不分青紅皀白地踢了過來。

「高里，你到底是什麼東西啊？你真的是人類嗎？」

廣瀨沒有聽到高里的回答，也許是因為拳打腳踢的衝擊，導致他無法聽到。

「岩木說，根本沒有作祟這種事，但是，他真的死了啊！」

廣瀨從人牆的縫隙中看到高里被逼到窗邊。這些學生的情緒已經異常激動，他感受到迫切的危險。

「你們趕快住手！」

他趴在地上，硬是撥開學生。在他爬行的時候，仍然有人用腳尖踹他。

「你和妖怪是一國的嗎？即使你想和他一國，也沒辦法活命，因為連岩木也死了啊！」

「你們知道你們在幹什麼嗎！」

「當然知道啊！」聲音傳來的同時，一隻腳踢向他的臉。他的眼角感到一陣劇痛，溫熱的東西從鼻孔流了出來。他不顧一切地分開學生，擠到人牆的最前排時，只覺得天搖地晃，根本無法站起來。他用額頭頂著地板，這時，有好幾隻手按住他的肩膀，把他壓在地上，但他原本就無法動彈。

高里看著廣瀨，立刻想跑向廣瀨，但包圍的學生讓他無法如願。

「你要道歉。」

有人推開高里，又有人抓住重心不穩的高里，扯住了他的衣領。

「你要向岩木道歉。我們也被你害慘了。」

「你跪下，發誓以後再也不會發生這種事！」

有人伸手想把他拉下來，也有人按住他，逼迫他下跪，更有人抓住他的頭髮，想要讓他磕頭。

就在這時，一直毫不抵抗的高里突然開了口——

「我不要！」

廣瀨幾乎可以聽到周圍的殺氣所發出的聲音。

高里推開了抓住他的手，然後扭著身體，掙脫了想要用力把他按倒的那些人、靠上窗邊。奇怪的是，高里站起來時，臉上露出極度驚恐的表情。

「為什麼不要？你不願意道歉嗎？」

「你殺了人，竟然完全沒有歉意嗎？」

高里張大了眼睛。他臉色發白，但仍然斬釘截鐵地大聲說：

「我不要跪在地上，我做不到。」

周圍立刻響起一陣叫罵，幾個學生擠到高里旁，對他又推又打。

「住手！」

廣瀨的聲音沙啞，他感到頭暈目眩。他甩開了抓住他的手，努力試圖站起來，但還是無法站穩。

高里被推到了窗邊，他茫然地張大了眼睛。他雖然沒有抵抗，但似乎是因為驚恐得忘記了抵抗。

完蛋了。廣瀨心想。絕對不能讓這種事情發生，不能讓所有人都變成加害人。這麼做會害了他們。

——會招來報復。

會招來報復會招來報復會招來報復。

「住手！」

廣瀨大叫著，但已經來不及了。高里的身體毫無抵抗地消失在窗外。教室內響起一片歡呼。

2

當幾名老師趕到時，廣瀨已經意識模糊。他靠著眾人攙扶在走廊上前進，好幾次雙腿發軟，還在走廊上吐了一次。走了好長一段路之後，終於連滾帶爬地進了保健室，然後昏了過去。

當他醒來時，發現自己躺在保健室的床上。他搖了搖疼痛欲裂的腦袋，撐起上半身，看到了十時也在保健室。

「你沒事吧？」

「……高里呢？」

十時走向廣瀨的方向，坐在床尾。廣瀨感到一陣耳鳴，好像走進了隧道。眼前霧茫茫的，看不清楚，想要開口，也無法張嘴。

「他被救護車送去醫院了，所幸並無大礙，你的情況反而比較嚴重。」
聽到十時的回答，廣瀨鬆了一口氣。用力眨了幾次眼睛，視野終於變得清晰了。
「現在幾點了？」
「快中午了。你被送來這裡並沒有很久。」
「……可不可以給我一杯水？」
嘴裡都是血腥味，而且都黏在一起。他用十時遞給他的水漱口後，終於覺得舒服多了。
「你看起來很慘。」
「那些學生呢？」
「正在教室裡挨罵。」
「後藤老師呢？」
「去教室了。你先好好休息，你剛才有嘔吐現象吧？現在會不會頭痛？還會想吐嗎？」
「現在……不會了。」
廣瀨坐了起來。雖然全身都痛，幸好並沒有暈眩的感覺。
「我勸你還是去醫院看一下。」
「等所有的事情處理完畢，我會去的。」
廣瀨下了床，站起來後活動了一下身體。沒問題，已經可以自如地活動了。

「謝謝你的照顧。」

「記得去醫院。」

「好。」

廣瀨向十時行禮後，走出了保健室。

廣瀨準備回教室時，在走廊上遇到了後藤。

「哎唷，帥哥，你還活著啊。」

聽到後藤的玩笑話，廣瀨笑了笑，向他鞠了個躬。後藤苦笑著拍了拍廣瀨的肩膀。

「沒想到事情鬧得這麼大。」

「對不起，我當時在場，卻還是這樣。」

「受傷的人再怎麼擔心也沒用。你趕快回家，去醫院檢查一下。因為頭部受到重擊還吐了很危險。」

「對不起……」

「不是你的過錯。我一直在擔心，早晚會發生這種事。」

廣瀨看著後藤，後藤皺起了眉頭。

「這是集體暴力。高里一直讓人感到恐懼，所以我很擔心其他人遲早會起來反抗。」

「那些人呢？」

「學務主任正在教訓他們，雖然對這些學生說作祟什麼的，他們也不可能瞭解，但如果不說，就會釀成大禍。他們以為自己是正當防衛，所以，越是教訓他們，他們越覺得自己的行為根本不是霸凌。」

「……說的也是。」

「總之，你先去醫院檢查，反正你現在也幫不上任何忙。」

廣瀨點了點頭，鞠了躬之後問：

「你知道高里被送去哪家醫院嗎？」

「聽說是日赤醫院。既然被送去那麼遠的地方，可見傷勢並不嚴重。話說回來，他只是從二樓摔下去。」

後藤說完，露出了苦笑。

「如果你要去日赤，記得去看醫生，而不是探病。」

廣瀨點了點頭，沿著走廊往回走。

他走去準備室，打算拿自己的皮包；一打開門，就看見有幾名學生在裡面。

「……原來你們都在。」

「廣瀨老師，你還好吧？」

橋上搶先問道。

「還好，你們的消息真靈通。」
「事情鬧這麼大，全校都知道了。要不要喝什麼？」
「給我一杯水。」
廣瀨坐在椅子上，對此刻的廣瀨來說，從辦公室大樓走回這裡不是一件輕鬆的事。
一個裝了水的燒杯放在他面前。野末探頭看著廣瀨的臉。
「你的臉好可怕，沒事吧？」
「沒事啦。」
廣瀨回答之後，發現桌上放了一朵菊花。
「這是誰放的？」
「是我。」野末說：「因為腦中浮現岩木學長在這裡的樣子，所以從教室那裡偷過來的。」
「是喔……」
廣瀨輕輕摸了摸，巡視著室內，發現不見坂田的身影。
「坂田呢？」
「被橋上學長趕出去了。」
廣瀨看向橋上，他皺起了眉頭。
「因為他一副幸災樂禍的樣子，我說我們是在這裡守靈，所以叫他出去。」

原來是這樣。廣瀨點了點頭，所以他們都聚集在這裡。

「岩木學長的葬禮今天舉行，廣瀨老師，你打算去參加嗎？」

野末問，廣瀨點了點頭。

走出學校，他攔了計程車去醫院。看到已經停止掛號，他乾脆放棄就診，問了高里的病房。高里住在六樓的大病房。廣瀨輕輕敲門後，打開病房的門，看到只有角落那張病床拉起了簾子。他環視病房，向轉頭看他的病患點了點頭，走向角落那張病床，輕輕拉開簾子。

他張大了眼睛，然後又立刻閉上。

高里睡著了，他的手輕輕垂在床邊，但有一隻白色的手握住了他的手。

——原來上次那個人是高里。

他清楚地回想起之前站在教室大樓窗前的那個身影。

近距離觀察時，發現那隻手的外形很完美。光滑而美麗的女人手臂宛如大理石雕刻而成，手臂從床下伸出，卻不見手臂的主人。廣瀨還來不及驚訝，那隻手就慌忙鬆開了高里的手，消失在床下。

廣瀨向前一步，微微彎腰看向床底，那裡當然什麼都沒有。

廣瀨茫然地站在那裡，然後重重地嘆了一口氣。他正擔心會不會吵醒高里，背後的病患遞給他一張椅子。他可能以為廣瀨彎腰查看是在找椅子。

謝謝。廣瀨欠身道謝後，拉開簾子，坐在床邊。他覺得這是他該為高里做的事。

高里似乎並沒有熟睡，很快就醒了。他看到廣瀨後睜大眼睛，然後坐了起來。

「你沒事吧？」

「我沒事，真的很對不起。」

他深深地鞠躬。

「那不是你的錯，不必放在心上。」

廣瀨說完，想起昨天也說過同樣的話。

「傷勢怎麼樣？」

廣瀨問，高里搖了搖頭。

「沒什麼大問題，只有擦傷和挫傷而已。」

雖說只是二樓，但學校的二樓很高，而且下方的步道又比周圍低了一層樓左右的高度，地下室是腳踏車停車場。高里跌落在通往腳踏車停放處的水泥坡道上，難以相信他從相當於三層樓的高度跌落，竟然沒有受傷。

「你為什麼不抵抗？」

高里當時沒有抵抗。廣瀨對這件事耿耿於懷。高里想要說什麼，但隨即搖了搖頭，只回答：「因為我有點嚇到了。」

廣瀨站了起來，拍了拍垂著頭的高里肩膀。

「你要住院嗎？」
高里抬起頭，露出為難的表情。
「不……醫生說，我已經可以回家了，只不過……」
「只不過？」
高里似乎難以啟齒。
「家裡沒有人來接我。」
廣瀨微微偏著頭，對他說了聲「等我一下」，走出了病房。
他走到護理站表明身分，詢問高里是否可以離開。
一位年長的護理師露出困惑的表情說：
「因為他還未成年，所以必須請家長來接他。」
「他的家人沒來嗎？」
「沒有。打電話去他家時，他的母親接了電話，說知道了，但之後打了好幾通電話，都沒有人接……」
廣瀨皺起眉頭。
「真傷腦筋，要請他家人帶健保卡來醫院，也還要付醫藥費。」
「我去跑一趟。」
「是嗎？如果你願意幫忙就太好了。」

護理師鬆了一口氣。廣瀨接過護理師交給他的醫藥費清單，放進口袋，在大廳打電話給後藤後，離開了醫院。

3

廣瀨先回到家中，好換下沾滿血跡的衣服。雖然他帶了上衣，但根本遮不住渾身的血跡。換了衣服後，他才出發前往高里的家。

高里的家位在海邊的一個古老村落深處，房子一看就很老舊，雖然整理得很乾淨，但還是難掩黯淡。

大門雖然緊閉，但並沒有拴上門栓，廣瀨推開了大門。大門內鋪滿碎石的院子裡有一條石板路，他踩在石板上，來到散發莊嚴氣氛的玄關，伸手按了門鈴。門內有人回應，他表明身分後，聽到一陣腳步聲，玄關的門打開了。

中年女人從門內探出頭，一看就知道是高里的母親。她擋在門口，露出探詢的眼神問：「請問有什麼事嗎？」廣瀨內心感到訝異，但還是說明了來意。

「醫院的人說，因為家人沒有去接他，所以無法辦理出院……」

她把手輕輕放在額頭。

「請你轉告他，叫他自己回來。」

廣瀨有點驚訝。無論再怎麼從善意的角度理解這句話，也不像是一個母親對被救護車送去醫院的兒子所說的話。

她說完這句話，轉過身，想要關上門，廣瀨慌忙制止了她。

「呃，還有醫藥費。」

「啊！」她睜大了眼，然後才終於請他走進玄關。廣瀨走進了差不多有一個房間大的寬敞玄關。

「多少錢？」

廣瀨有點不知所措，但還是把醫藥費清單遞給她。這個女人莫非把自己當成醫院派來催帳的？

「還需要健保卡。」

「我這就去拿給你。」

「等、等一下。」

看到女人想要走回家中，廣瀨立刻叫住了她。

「我不是來收帳的，請問妳為什麼不去醫院？」

她茫然地轉過頭，然後誇張地嘆了一口氣。

「我很忙，不好意思，可不可以請你代我去醫院？」

「我不覺得妳很忙。」

廣瀨忍不住話中帶刺地說。他實在難以理解這個母親的態度。

她猛然回頭看著廣瀨，用敵視的眼神瞪著他。

「如果他想回來就自己回來啊！」

她怒不可遏地說。廣瀨啞然無語。她伸手指著廣瀨。

「如果你想讓他回家，你就去接他好了，我很忙。」

她的語氣中充滿不以為然。廣瀨無法感到氣憤，而是困惑不已，無法理解她為什麼這麼激動。

「高里媽媽，他受了傷。」

「那又怎麼樣？」

聽到她盛氣凌人的反問，廣瀨內心頓時感到極度不悅，忍不住一吐為快——

「妳不是他母親嗎？」

她瞪著廣瀨，用力跺著腳說：

「即使那孩子不回來，我也無所謂。如果他想回來，我不會制止他，因為我是他的母親。」

廣瀨第一次知道什麼是驚訝到說不出話，在他茫然地愣在那裡時，她匆匆走回屋內，又很快回到玄關，把一個信封和健保卡遞到廣瀨面前。

「為什麼？」

廣瀨忍不住問道，她光著腳走下玄關，想把信封和健保卡塞進他手裡。廣瀨立刻甩開了她的手。

「因為有問題啊。」她冷冷地看著廣瀨。「是不是又死了?」

廣瀨一時沒有反應過來她這句話的意思，所以微微偏著頭。

「他的同學是不是又因為他的緣故死了?」

廣瀨微微倒吸了一口氣。她握緊拳頭，好像小孩子般扭著身體。

「你知道這是第幾次了嗎?就連我們也被當成了殺人凶手!」

淚水從她的眼中滑落。廣瀨覺得那是詛咒的聲音。

「我們又得整天關上遮雨窗過日子了，全都是因為他的緣故!」

「不是高里的錯!」

他忍不住大叫起來。他覺得高里的母親太過分了，即使別人再怎麼指責，父母不是應該保護自己的孩子嗎?

「大家都說是因為那個孩子的緣故，左鄰右舍統統都知道、大家都這麼說!即使不是當面對我說，我心裡也很清楚。」

她如此斷言。

「你知道我和我丈夫為了那孩子吃了多少苦頭?遭人白眼，被人諷刺挖苦，每次發生事情，我兒子就會被人欺負。」

「我兒子」這三個字刺進了廣瀨的心。之前曾經聽高里說，他有一個弟弟，所以他母親口中的「我兒子」指的是他弟弟，顯然這兒子並不包括高里。

「所以妳就棄他不顧嗎?」

「我不知道。」

「什麼不知道？他不是妳兒子嗎？妳有沒有想過，妳這種態度會對高里造成多大的傷害？」

她笑了起來。

「會受到傷害嗎？我從來沒有看過他露出受傷的樣子。」

「這種事誰曉得呢？也許只是沒有表現出來而已。」

「是啊，沒人知曉。因為不可能明白他內心有什麼感受，也不知道他在想什麼。」

她又笑了起來，但那是嘲笑。

「他沒有感覺，也沒有想法，因為他根本不是人。」

「妳怎麼可以說這種話？」

她揚起嘴角笑了起來。廣瀨從來沒有見過這麼醜陋的笑容。

「像他這種孩子稱為調包孩子。在他失蹤的那段時間被調了包。」

廣瀨在記憶深處尋找著「妖精的調包孩子」這個曾經聽過的字眼，他記得是在大學的英文教科書上看過這個字。那是在愛爾蘭流傳的迷信，據說愛爾蘭的妖精會偷走人類的漂亮孩子，然後留下年紀已經好幾百歲、長相很醜陋的妖精孩子。

他覺得親眼看到了母子關係的斷裂，已經什麼都不想說了。

「他從小就很奇怪，但在失蹤之前，真的是一個乖巧的孩子。我們讓調包孩子住在家裡，讓他衣食不缺，還供他上學，我覺得應該受到稱讚啊。」

說完，她捂住了臉，但從指縫中傳來的聲音讓廣瀨不寒而慄。
「早知道應該用攪火棒……」
妖精怕火，更怕鐵。只要把燒得通紅的攪火棒放在調包孩子的喉嚨上，就會變回原來的孩子。
廣瀨啞口無言地站在那裡，她突然直視著他說：
「你不會把我剛才說的話告訴那孩子吧？」
廣瀨張大了眼睛，遲遲說不出話，她突然露出害怕的表情說：
「請你不要告訴他，拜託你了。」
——太遙遠了。
廣瀨在內心呻吟。高里和周圍世界的距離太遙遠。高里放學後都留在教室，如今廣瀨才知道，並不是高里想留在教室，而是他有家難歸。
「我不會說的。」
廣瀨小聲地嘟噥，她再度把信封遞了過來。廣瀨這次默默地收下了。
「高里同學……」
廣瀨忍不住說道，他無法不說這句話。
「我看他還是暫時不要回家比較好，對吧？」
她露出訝異的神情。
「在風波平息之前，先住在我家，這樣可以嗎？」

她點了點頭，顯然鬆了一口氣。點頭之後，立刻轉身走回屋內。

廣瀨獨自站在玄關的水泥地上低著頭，他突然很想哭。

4

廣瀨回到醫院後，辦理完出院手續，便走去高里的病房。高里床邊的簾子拉了起來，他輕輕掀開一角，向裡面張望，看到高里坐在病床上盯著簾子。

高里發現了廣瀨，轉頭對他笑了笑。

「看簾子很好玩嗎？」

高里笑了笑。

「因為可以看到麻雀的影子。」

「是喔？」

微微傾斜的陽光在面向窗戶的簾子上投下窗外淡淡的樹影，完全看不到鳥的影子，只有隨風搖曳的樹枝和樹葉輕輕擺動。他正想問，哪裡有麻雀時，突然有一根樹枝動了一下，有一個淡淡的影子晃動，從跳躍的動作，可以判斷樹枝上有什麼東西。不同於樹葉的圓形輪廓，跳向旁邊的樹枝，而樹枝向風的相反方向擺動，由此判斷小鳥跳到了那根樹枝上。廣瀨覺得好像在看一齣費解的皮影戲。

原來是麻雀的影子。他恍然大悟地看向高里，高里也抬頭看著廣瀨，似乎在尋求他的同意。

「陽光刺得我眼睛都痛了。」

廣瀨說，高里微笑著看向簾子。

「有三隻。」

廣瀨聽了，又把視線移回簾子上，但連剛才看到的那隻麻雀也找不到了。他苦笑著催促高里：

「走吧，我已經辦好出院手續了。」

高里立刻收起笑容。

「對不起。」

「你不必放在心上。」

高里穿著制服，但襯衫的質地很薄，好幾處都破了，也有多處沾到了變色的血跡，看起來很破爛，不知道是扭打時還是跌下樓造成的。「穿上吧。」廣瀨苦笑著，把掛在手臂上的上衣遞給他。高里起身接過上衣，再度深深鞠了個躬。

他們去護理站道別後，離開了醫院。來到附近的地鐵車站時，高里再度鞠躬，便準備轉身離去。

「你要去哪裡？」

廣瀨在發問的同時，把硬幣投入售票機，買了兩張相同的車票。

「我這身衣服不能回學校，所以要先回家一趟。」

高里平靜地說，廣瀨忍不住嘆了一口氣。高里被救護車送去醫院，當然沒帶書包，所以他身上沒錢，打算走路回家。從學校到高里家要換電車，需要半個小時這件事，對他來說似乎並不重要。

「你今天不必回學校了，已經算你早退了。」

廣瀨說話的同時，把車票遞給了他。

「你去我家吧，雖然我家很小，但我一個人住，所以不必客氣。」

高里露出驚訝的眼神看著廣瀨，但似乎很快瞭解了狀況，他的臉上掠過一絲悲傷，低下了頭。

「我不能去。」

廣瀨並不在意他的反應，推著他的背說：

「雖然我家只有一床被子，但目前這種天氣不必擔心會冷，只不過直接睡在地上，背可能會有點痛。」

「老師。」

「先暫時讓風波平息一下。」

廣瀨輕聲說道，高里這才終於點頭，然後再度深深垂下了腦袋。

「真的很抱歉。」

「你不需要道歉。」

廣瀨沒有多說什麼，高里就了然於心，這件事更令廣瀨感到難過。不難想像，高里母子之間不知道曾經發生過多少次這樣的爭執。一想到這裡，就不由得悲從中來。

廣瀨的租屋處位在市區角落一棟老舊公寓的二樓。窗外是面向河口的堤防，但堤防比屋頂更高，所以毫無視野可言。因為住宅密集，所以雖然位在海邊，卻密不透風，夏天總是悶熱不已，唯二的優點，就是房租便宜，而且離大學很近。

「我家真的是家徒四壁。」

廣瀨說完這句話，走進房間內，高里好奇地打量著房間。

一進門，就是一間三帖榻榻米大的廚房，後方是六帖大的和室，脫鞋處旁是一個簡易浴室。

廣瀨向來不喜歡蒐集東西，所以房間內很空。只要房間堆滿東西，他就會心神不寧，這個房間內剛好有一個差不多一坪大的壁櫥，所以他甚至沒有買衣櫃。六帖榻榻米大的房間只有一張代替桌子的暖爐桌，一個書架，和一個代替電視櫃的三層架，這就是他所有的家具。

「是不是家徒四壁？」

高里聽了，搖了搖頭問：「我可以看窗外嗎？」廣瀨對他點頭後，他走到窗邊。

窗外是一個狹小的陽臺，陽臺外是堤防旁的馬路。馬路比窗戶更高，即使站在陽臺上，也只能看到斜斜的水泥地道路。由於和陽臺之間有一段距離，所以並不影響採光，只是通風很不理想。

高里拉起窗簾，觀察了窗外後，又抬頭仰望書架。廣瀨喜歡看書，但不喜歡房間內堆滿書，所以盡可能借圖書館的書，自己買的書看完之後，也會立刻清理，家中的書架上只有教科書和幾本攝影集而已。

看到高里好奇地打量書架，廣瀨苦笑著看他。

「很好奇嗎？」

「對。」高里回答。「因為這是我第一次去別人家裡。」

廣瀨覺得這句話聽了很令人傷感。他甚至沒有可以相互串門子的朋友。

「我要回學校一趟，你隨便坐。我回來之前會去你家一趟，有什麼需要我帶的東西嗎？」

高里偏著頭，只說了一句：「只要課本就好。」廣瀨點了點頭，把備用鑰匙交給他，向他解釋了家中的環境後就出門了。臨出門時，高里問他可不可以看書這件事，令他印象深刻。

5

「傷勢怎麼樣？」

一走進準備室，後藤劈頭問道。

「對不起，讓你擔心了，已經沒問題了，只是有很多地方還要腫一陣子。」廣瀨說完，自個笑了起來。

學校內一片安靜。雖然已經是放學時間，但原本全校的學生都會為明天的運動會忙得不可開交。

「高里呢？」

「聽護理師說，並沒有大問題，只有擦傷和挫傷而已。」

「是喔。」後藤小聲說道，在燒杯中倒了咖啡給廣瀨。

「那些學生呢？」

廣瀨問，後藤把腿蹺在桌子上，仰望著天花板。

「真的是傷透腦筋啊。我才剛開完會，校方最後決定不予處分。如果要求所有學生在家反省的話，我們明天就要對著課桌上課了。」

「是啊。」

「所以目前當作意外處理。高里也說是自己不小心跌落的。」

廣瀨看著後藤。

「他這麼說嗎？」

「他沒告訴你嗎？」

「沒有。」

後藤嘆了一口氣。

「推他的那些人也堅稱是高里自己跌落的。雖然在走廊上圍觀的學生說，高里是被人推下去的，但高里在被抬上救護車時說，他是不小心絆倒才跌下去的。」

「是喔……」

後藤更用力地嘆了一口氣。

「他不是壞人，絕對不是壞人，但問題太多了。」

後藤像是在自言自語，所以廣瀨沒有吭聲。

「所以，校方決定你的情況也以意外處理。」

廣瀨看著後藤，後藤挑起眉毛。

「這群因為同學發生不幸意外而情緒激動的學生，歇斯底里地圍剿同學A，少年A察覺到生命有危險企圖逃走，結果不慎從窗戶跌落。想要勸阻的實習老師和學生在推擠時不慎跌倒受了傷。」

「我知道了。」

「不好意思。」

廣瀨搖了搖頭說：

「後藤老師，高里會暫時住我那裡。」

後藤聽了，原本架在桌上的雙腳立刻放了下來。

「這是怎麼回事？」

「因為我認為他暫時不要回家比較好，我已經徵得他母親的同意。」

後藤目瞪口呆，廣瀨向他說明情況後，後藤露出了啞口無言的表情。

「……你竟然擅自做這種事。」

「對不起。」

後藤撇著嘴角。

「算了，在實習結束之前，先別提這件事。」

廣瀨點了點頭，後藤深有感慨地嘆了一口氣。

「那我下次去做家庭訪問。」

「是因為不相信我嗎？」

後藤看著廣瀨苦笑起來。

「不是。我曾經去過一次，他母親假裝不在家，之後多次打電話，她也都堅稱自己很忙，還說學校的事就交給我，看我們要怎麼處理都沒問題。一年級的時候，班導師也沒去家庭訪問過。」

這次輪到廣瀨嘆氣。

「當時的班導師生田老師氣死了。」

廣瀨淡淡地笑了笑。生田是英文老師，也是足球隊的指導老師，對教育充滿熱情。

「生田老師覺得高里的母親無法解決問題，所以去了他父親的公司，沒想到他父親說，那孩子的事都由他母親處理，他不清楚。」

廣瀨並不感到意外。

「生田老師說，他父親從頭到尾，都沒有提過高里的名字。」

廣瀨突然想起，高里的母親也一直說「那孩子」，沒有叫過高里的名字。

「生田老師也有好幾次想把高里帶回自己家，但通常想歸想，也不會真的這麼做，生田老師的兩個孩子正是調皮的年紀，也聽說了有關高里的負面傳聞，所以他就只是想一想而已。」

廣瀨點了點頭，後藤尷尬地笑了笑。

「我也不是沒想過帶他回家，只要和他母親說過話，誰都會忍不住這麼想，但我家有個說話不中聽的老太婆。」

後藤嘆著氣。

「生田老師很擔心高里，我是受生田老師之託，才會讓高里分到我班上。」

「有辦法這麼做嗎？」

廣瀨問，後藤苦笑著說：

「可以，只不過我無法幫上任何忙。」
後藤再度嘆了一口氣。廣瀨覺得他今天一直在嘆氣。
「我也想要為他做點什麼，但生田老師死了之後……」
廣瀨情不自禁地站了起來。
「你說什麼？」
「你不知道這件事嗎？」
後藤問，廣瀨搖了搖頭。
「那天是第三學期的結業典禮，生田老師來這裡對我說，高里就拜託你了。他說因為是最後一天，所以他好好激勵了高里一番，我不知道他說了什麼或是做了什麼，結果他在回家的路上開車，在彎道時出了車禍。現場完全沒有煞車痕跡，也沒有打方向盤，聽說是開車時睡著了。」
廣瀨閉上眼睛。
「有人知道生田老師那天把高里留了下來，所以葬禮時，班上的學生都說是高里在作祟。」
廣瀨深深地嘆了一口氣。
生田和岩木對高里做的事並非基於惡意，相反地，完全是出於善意，高里也很清楚這一點——但是，他們還是死了。看來這些人的死亡和高里的想法毫無關係，他們並不是因為高里而死，但他們的死，全都怪罪在高里的頭上。

所以，高里永遠都是孤獨的。

後藤深深地嘆了一口氣。

「……他並不是壞人，他真的不是壞孩子。」

6

廣瀨在準備室打電話去高里家，通知高里的家人，他打算去拿高里的行李後，便離開了學校。

靜悄悄的校園內籠罩著緊張的寂靜，雖然明天也要正常上課，但可能還需要一段時間，學校才能恢復往日的平靜。

來到高里家時，發現行李就放在玄關。有一個紙袋和一個行李袋，紙袋中放著課本和筆記本。廣瀨咬著嘴唇，但還是按下門鈴。他試了幾次，屋內沒有應答，玄關旁的所有遮雨窗都關了起來。廣瀨嘆了一口氣，拿起行李離開了。

廣瀨回家時，太陽已經快下山了，堤防上空的薄雲被染成了紅色。他打了一聲招呼後開了門，從敞開的玻璃門可以看到高里坐在窗邊看書。

他抬起頭，立刻闔上書本站了起來，說了聲「真的很抱歉」，才從廣瀨手上接過行李。

「不必在意。」

「對不起。」

「別再道歉了。」

高里聽了，微微笑了笑。

廣瀨不由得感到心痛。雖然只是淡淡的表情，但高里終於有表情了。雖然他母親那麼說，但高里絕對不可能沒有任何感覺，也不可能什麼都沒想，他只是缺少傾訴內心感受和想法的對象——即使在家裡也一樣。

暮色漸漸籠罩室內，廣瀨開了燈，前一刻還很亮的窗戶頓時變暗。

「我家裡什麼都沒有，你一定很無聊吧？」

高里搖了搖頭，廣瀨探頭看他手上的書，發現是蓋亞那高地的攝影集。

「原來你在看這本書，很棒吧？」

廣瀨問，高里點了點頭。

「我很想去那裡。」

廣瀨在換衣服時說，高里回答：「對，很棒。」

「你也想去嗎？」

「對。」

他點了點頭，又說：

「我想去羅賴馬山。」
「喔，你是說有水晶谷的那個地方。」
高里笑了笑。
「有岩石迷宮的地方。」
「岩石迷宮啊。」
廣瀨彎下身體，看向坐著的高里翻到的那一頁，那是從空中拍攝到名為「岩石迷宮」那一帶的照片，奇岩和岩石裂縫看起來宛如迷宮。因為空拍的關係，從照片上看起來那片迷宮並不大，但實際上是相當於東京巨蛋球場數十倍大的巨大迷宮。
「……我覺得、以前好像見過……」
廣瀨聽到了高里的喃喃自語，立刻看著他的臉問：
「迷宮嗎？」
高里順從地點著頭。
「蓋亞那高地的風景也……那叫似曾相識嗎？」
「那個嗎？就是神隱期間？」
「不知道。」高里搖了搖頭。「我一直在回想，但還是想不起來。」
高里的聲音中透露出內心的焦慮，廣瀨努力用開朗的聲音說：
「不必為這種事煩惱，有時候可能會突然想起來。」
他想要對高里露出微笑，卻失敗了。

「高里，再怎麼想也沒用。」

「我覺得我必須想起來，如果不趕快想起來，可能會造成無法挽回的後果……」

廣瀨皺起眉頭，他無法用任何話安慰對方。

「我覺得自己好像忘了什麼重要的約定，那是絕對不可以忘記的約定。」

廣瀨默然不語，把上衣掛上衣架，再打開壁櫥，把衣服掛了進去。他正想關上紙拉門，卻發現高里正看向自己，一臉好奇地看著壁櫥的下層。

一坪大的壁櫥其中一側的上半部分用來掛衣服，由於靠近天花板的地方並沒有設計收納櫃，所以壁櫥內部很高，除了可以放平時睡的被子以外，還有空間可以掛衣服。他在下半部分放了小櫃子，把書都放在櫃子上。高里好奇地看著那些架子，和廣瀨視線相遇時，問他：「我可以看看嗎？」

「請吧。」廣瀨後退幾步。

壁櫥左側的下層並排放了兩個小櫃子，無法處理掉的書都放在那裡。廣瀨從剛進大學時就住在這裡，整整過了四年，仍然沒有填滿這兩個櫃子。

高里探頭張望，他沒有看書名，而是伸手指向裡面。廣瀨順著他手指的方向看去，發現他指著掛在內側牆壁上的畫。

「喔喔……那是後藤老師為我畫的。」

鑲在樸素畫框內的水彩畫，用幾乎讓人懷疑是汙漬的淡薄色彩畫出了一片風景。那是一片白花綻放的原野，透明的大河蜿蜒而流，遠處有一座半透明的橋。

那是廣瀨提起「那個世界」時，後藤為他畫的。他用鉛筆勾勒出淡淡的影子後問他：「是像這樣的感覺嗎？」廣瀨說想要這幅畫，後藤當天就著了色，畫出了這幅色彩淡薄卻複雜的畫。

「為什麼掛在這裡？」

廣瀨笑了笑，指著塞在下層櫃子旁的檯燈說：

「把被子直直拉下來，不是剛好鋪在這裡嗎？」

他把手伸進壁櫥，以直角的角度做出拉下被子的動作，然後又指著壁櫥說：

「枕頭放在這裡，再把檯燈打開，馬上就可以看書。這是懶人書房，很不錯吧？」

聽到廣瀨的說明，高里笑著點頭。

「高里，你想吃什麼？」

廣瀨把襯衫丟進陽臺上的洗衣機時問，然後又指了指偏頭思考的高里身上的襯衫，示意他脫下來一起洗。

「都可以。」

「有沒有不喜歡吃什麼？」

「我沒有不吃的東西。」

「太好了。」

廣瀨在洗衣機裡裝了水，加入洗衣粉。換上便服的高里從屋內探出頭說：

「這件不用洗了，行李中有替換的制服。」

「是喔。」廣瀨指了指放在陽臺上的垃圾桶。事實上，他認為血跡並不容易洗掉，而且以他的縫補能力，恐怕也無法把襯衫上的破洞補好，所以暗自鬆了一口氣。

高里打開塑膠容器的蓋子，然後不知所措地看著廣瀨。

廣瀨訝異地看向塑膠桶內，看到了自己白天丟進去的襯衫。因為襯衫上沾到了大量鼻血，所以他乾脆丟掉了。

「很驚悚刺激吧？」

廣瀨一派輕鬆地說，高里滿臉歉意地向他鞠躬。

7

每到深夜，廣瀨的房間就可以聽到海浪聲，他很喜歡這種聽起來像是心跳的節奏。今晚他聽到了呼應海浪聲的均勻鼻息。

他已經關了檯燈，沒有燈光的房間內，只有照在堤防上的月光反射進來。他轉頭看著高里沉睡的臉。他用冬天的厚棉被當作墊被，又給他一條毛毯代替涼被。高里從來沒有去過別人家，所以除了校外教學外，這應該也是他第一次外宿。照理說第一次去別人家應該會睡不好，但他睡得很香甜。

這也是廣瀨第一次讓別人住在自己家中。他向來不喜歡別人來家裡作客，而這些話無法大剌剌地說出口，所以有訪客上門時，他並不會把別人拒之門外，只不過每次客人上門，他的內心就會感到極度不安。如果要為這種症狀命名的話，應該稱為「訪客恐懼症」吧。他會沒來由地感到不安，擔心對方會賴著不走、再也不離開他的家。他害怕對方賴著不走，破壞所有的一切。至於到底擔心別人破壞什麼，就連他自己也搞不清楚。

所以，他無論如何都不會讓別人住他家，即使讓別人進屋，也不同意別人留宿，就算是父母上門也一樣。客人可以來訪，但絕對不可以住下來。這不只是不喜歡而已，而是內心感到害怕，他無法承受這份不安，這也是他被說成是怪胎的原因。

廣瀨向來不喜歡和他人長時間相處，無論是相處起來多輕鬆的人，即使是父母或女朋友，時間一久，他都會感到不自在。雖然並不是討厭對方，但他會渾身不對勁，很希望告訴對方，讓我一個人靜一靜。如果在外面，只要一感到不自在，馬上回家就可以解決問題，但如果別人在自己家裡，就很難請對方離開。他認為這就是他不喜歡別人來家裡作客的原因。

沒想到這次竟然主動邀請客人上門，而且很清楚對方會住很久，所以實在是驚人之舉。廣瀨忍不住苦笑起來。

廣瀨翻了個身——他知道其中的原因。

廣瀨並不害怕高里，高里不會讓廣瀨感到不安，他不會「破壞一切」。用比較感傷的方式來說，高里和他同病相憐，是他的同胞。高里和廣瀨都不是「這個世界」的人，至少高里內心也有這種感傷，所以不會「破壞一切」。

「一切」到底是指什麼？廣瀨不由得思考著。是不是和喪失故國的幻想有密切的關係？

昏沉地睡著的廣瀨突然醒來。他半夢半醒地想，還有很多事要思考。他不想睡，還想多思考一下。

當他想著這些事，差一點再度進入夢鄉時，突然感受到身邊有人的動靜。是誰？他差一點跳起來，隨即想到高里睡在旁邊。對喔，高里睡在這裡——他這麼想著，再度準備入睡時，聽到了有人走動的腳步聲。這次他終於完全醒了。

高里起來了嗎？他果然睡不著嗎？廣瀨想要轉頭觀察，卻發現自己的身體完全無法動彈，無論手腳都動彈不得。不要說發出聲音，就連用力呼吸都有困難。

嘶嚕。附近響起腳步聲。可以聽到有人拖著腳，走在榻榻米上的聲音。他拚命想要看向聲音的方向，但費了很大的力氣，也只能勉強移動視線。廣瀨仰臥在那裡無法移動，看不到發出腳步聲的主人，只能用視線環視周圍。光是這個動作已經讓他渾身冒汗。這時，他終於想到，原來這就是鬼壓床。

嘶嚕。腳步聲再度響起，聲音有點遠。然後又傳來一聲，他感受到那個人就在旁邊，剛好出現在他無法移動的視野外側。只要腦袋可以轉動一公分，一定可以看到那個人。

滋滋滋。有什麼東西在榻榻米上滑動，然後完全安靜了下來。

廣瀨持續努力想要確認到底是哪裡發出聲音，從額頭冒出的汗水沿著太陽穴流了下來。他連同身體把頭轉向那個方向。再多轉一點，一點點就好。

他屏住呼吸，用盡渾身的力氣，終於成功讓視線看到了發出動靜的方向，但只在視野的角落看到在身旁熟睡的人影。

剛才是高里嗎？高里剛才起身，現在又躺下了嗎？正當他這麼想的時候，有一個白色的東西在他的視野角落動了一下。他知道是白色的手指。

白色手指在橫躺的人影另一端活動著，想要撫摸睡在一旁的高里的臉。手指爬上了高里的臉，緩緩繞向這一側，白色手臂漸漸浮現，輕輕抱住了高里的脖子。廣瀨屏住呼吸移動腦袋，終於清楚地看見了眼前的景象。

白色的手臂摟住了高里的脖子。手臂的線條豐腴，一眼就可以看出是女人的手臂。只見手臂從高里的另一側伸過來，卻不見手臂的主人，彷彿那裡特別低，有人躺在死角的位置，但廣瀨心裡很清楚，那裡當然不可能特別低。

廣瀨一邊思考，一邊凝視著高里的側臉，這時，一張臉突然從陰影中冒了出來。

廣瀨和對方四目相接。那是一張女人的臉，鼻尖以上的部位露了出來，正看著廣瀨。廣瀨想要大叫，但腹肌痙攣了一下，無法發出聲音。他無法閉上眼睛，也無法移開視線。因為光線太暗，他看不清那張臉，只見一雙瞪得圓圓的眼睛目不轉睛地看著他。

這時，他彷彿聽到一個聲音。

——你是、王的敵人？

廣瀨來不及思考這句話的意思，那張臉一下子出現在他眼前，那對滾圓的眼珠子好像突然蹦到他面前。他聞到一股濃烈的海水味，忍不住發出了無聲的尖叫，終於掙脫了束縛，整個人彈坐起來；他還來不及看清楚，那個腦袋和手臂已經縮了回去。

廣瀨探出身體想要看個仔細，卻發現那個腦袋和那隻手慢慢消失在榻榻米中。手肘以下的白色手臂，和鼻尖以上的女人臉。那雙大眼睛微微瞇了起來，咻地一聲，好像沉入榻榻米般消失了。

廣瀨喘著粗氣，噴出的汗水不斷流向下巴，不停地滴落。這時，已經感受不到任何動靜，只見冷色的榻榻米，和靜靜熟睡的高里。

他茫然地坐在那裡，回想著自己剛才見到的情景。

是女人。似乎是一頭長髮，那雙滾圓的眼睛有點像爬蟲類，或者說是魚類。同時聞到了濃烈的海水味道。那不像是女人身上的味道，而是她呼吸的味道。雖然看到了鼻尖，但不見鼻梁，也許原本就沒有鼻梁。除此以外，並沒有看到她的嘴巴、脖子或是肩膀，然後，她沉入榻榻米中。

廣瀨捂著臉，擦拭著不斷滴落的汗水。他看了一眼高里，發現他靜靜地沉睡著，剛才所發生的事並沒有影響他的睡眠。

廣瀨抱著自己的雙臂。汗水急速變冷，一直冷到了骨子裡。他摸上了手臂，上頭全是雞皮疙瘩。

他倒頭睡下後，用涼被蓋住頭。閉上眼睛，他什麼都不想，只希望趕快睡著。

＊＊
＊＊
＊＊

放學路上，小學生在暮色籠罩的街上看見一個女人。那個女人看起來很無助。小學生親切地上前打招呼，女人問他：「你知道麒嗎？」小學生回答：「不知道。」女人悄然無聲地消失了。

男人在送貨途中看見一個女人，他停下車想要問路，沒想到剛開口，對方反而問他：「你知道麒嗎？」他不記得自己認識叫這個名字的人，所以回答：「不知道。」女人消失在一旁牆壁的裂縫中。

計程車司機在夜晚的街道載了一位年輕女人，他按下計費表，把車子駛出去後問：「妳要去哪裡？」女人問他：「你知道泰麒嗎？」他沒聽過這個地名，於是回頭問：「那是一家店嗎？」女人搖了搖頭。司機很傷腦筋，連續問了好幾個問題，想要搞清楚女人到底要去哪裡，但女人幾乎沒有回答，不到五分鐘，就完全沒聲音了。司機看向背後，女人消失不見了。

一個女人在月臺上等末班車，一個年輕女人上前問她：「請問妳知道麒嗎？」她剛好有朋友叫這個名字，所以就告訴了年輕女人，年輕女人欣喜若狂，問她說，她的朋友在哪裡，所以她就把朋友的地址告訴了年輕女人。年輕女人深深地向她鞠躬，然後跳下月臺，沿著鐵軌離去。她慌忙叫住女人。這時，末班車駛進月臺，電車輾過年輕女人的身體後急速停了下來，卻不見那個年輕女人，也沒有發生車禍的痕跡。

晚上，女人正想要睡覺，發現房間角落出現一個怪獸的身影。怪獸差不多像狗一樣大小，只有一隻眼睛。怪獸不知道從哪裡進了房間，走到女人的枕邊。女人嚇得尖叫，立刻跳了起來，發現有一個年輕女人站在床腳。年輕女人困惑地摸著她的腳，嘀咕了一聲：「不是。」隨即消失了。在那個年輕女人消失的同時，她聽到耳邊有人問：「妳知道麒嗎？」她回頭一看，發現是那隻像狗一樣的怪獸在說話。她嚇壞了，搖著頭說：「不知道。」怪獸垂頭喪氣地鑽進地板消失了。

深夜，幾個男人開著車，在近郊看到一個女人，立刻停車問女人：「要不要搭便車？」女人很乾脆地點頭，坐上了車子。女人問他們：「你們知道麒嗎？」那幾個男人從來沒聽過這個名字，但相互使了眼色後回答：「知道啊。」女人問：「在哪裡？」他們回答：「現在就帶妳去。」一路把車子開到了海邊。來到海邊，女人環視四周問：「在哪裡？」那幾個男人把手放在女人身上時，後車座上出現了狗的腦袋。那條狗只有一隻眼睛。狗撲向幾個男人大咬幾口後，和女人一起消失了。三個男人中有兩個人受了傷，一個男人的手掌不見了，他們在車子上找了半天，都找不到他的手掌。

白天，一個小孩子獨自在公園玩耍。他正在沙坑裡挖沙子，一隻狗從沙子裡探出了頭。狗只有一隻圓圓的眼睛。小孩子嚇得僵在原地，狗從沙子裡爬了出來。接著，又有一隻比狗更大的怪獸現身了。小孩子第一次見到那種怪獸，兩隻怪獸齊聲大叫後，跑向空中失去蹤影。沙坑中留下一個小洞。

深夜，一個女人突然出現在某個社區公寓四樓最右側的房間內。女人從牆壁內走了出來，問坐在書桌前的少年：「你知道麒嗎？」少年沒有回答，女人露出難過的表情，消失在另一側牆壁中。

隔了一會兒，那個女人出現在四樓右側第二個房間。房間內有一個三歲的小孩，小孩和女人對看著，女人沒有說話，消失在對面的牆壁中。女人消失的同時，小孩好像被火燒到似的放聲大哭。

又過了一會兒，女人出現在右側數過來第三個房間，坐在佛壇前的老婦人大驚失色，把手上的佛珠丟過去。一隻狗像風一般出現，咬住了老婦人的腳。女人消失了，老婦人腳上留下了很深的咬痕。

第六章

1

廣瀨被鬧鐘吵鬧的聲音驚醒，發現高里已經起床了，正坐在窗邊，茫然地看著窗外的水泥路。

「早啊……」

廣瀨打了招呼，高里也笑著說：「早安。」

「你真早啊，幾點起床的？」

「才剛起來而已。」

廣瀨感到渾身沉重，費力地坐了起來。

「昨晚睡得好嗎？」

他邊坐起來邊問。

「睡得很好。」高里點了點頭。

「在別人家裡不太容易睡好吧？」

高里聽了，微微偏著頭說：

「比在家裡睡得好。」

「是嗎？」

「這裡可以聽到海浪的聲音。」

高里說話時，看了窗外一眼，然後又轉過頭笑了笑。
「我聽著海浪聲就睡著了。」
「是嗎？」廣瀨說完，起床去洗臉。他的腦袋昏昏沉沉，無法判斷昨晚到底是不是夢。
——那不是夢。
他用毛巾擦著臉，做出了這樣的結論後回到房間，高里已經收好了被子。
「不好意思啊。」
「沒事。」
高里笑了笑，伸手去拿用衣架掛在橫梁上的制服。
「高里——」
聽到廣瀨的聲音，高里停下手，轉頭看向他。
「我覺得你暫時不要去學校比較好。」
高里盯著廣瀨的臉看，廣瀨對他苦笑著說：
「最好等那些傻瓜冷靜之後再說。」
岩木的慘死和他們被迫和岩木的慘死扯上關係的恨意，讓這些學生的情緒激動，但昨天發生的事，應該可以平息學生的情緒。如果只是普通的意外，只是又添了一則可怕的傳聞而已，不過殺了同學的衝擊讓他們的情緒失控。昨天圍剿高里後，他們應該覺得出了一口氣。一天晚上的時間足以讓他們冷靜下來，有充分時間思考自己的行為是對是錯。

——這才是可怕的地方。

他們一定會想起，一旦危害高里，就會遭到報復；他們一定會想到，自己把高里從窗戶推下去，事情不可能就這樣結束。

高里似乎察覺了他的意圖，點了點頭，然後輕輕嘆了一口氣。

兩、三個看起來像是記者的人在校門口打轉，和昨天的陣仗相比，已經減少很多了。離上課時間還早，所以校園內靜悄悄的。

每天早上在教師辦公室舉行的朝會比平時提前三十分鐘，學校高層個個面露疲態。校長嚴厲叮嚀，一定要盡快消除學生的不安、早日恢復學校的秩序。目前已經定調，前天發生的意外是當事人疏失造成的意外，所以不要隨便散播謠言。

廣瀨的實習將在後天結束，明天星期五和後天星期六將按原訂計畫上觀摩課，在教師會議結束後，實習老師都被叫到休息室，嚴厲吩咐他們即使結束實習，也不要在外隨便發言。

會議結束，廣瀨回準備室的途中，在總務處前，被總務處的職員叫住了。

「你是廣瀨老師吧？」

中年女職員問道，她顴骨很高的臉上露出困惑的表情。

「這是請假單，可不可以請你轉交給後藤老師？」

二年級的班導師正在開會，廣瀨接過請假單，小小的紙片上寫了六名學生的名字，都只寫了名字，並沒有寫請假的理由。其中應該不乏害怕來學校上課而裝病的人，但不可能所有人都是這種情況。

廣瀨回到準備室，在後藤回來後，把單子交給了他。後藤皺了皺眉頭，但並沒有說什麼。

「高里今天也請假。」

後藤還是沒有回答，只是冷冷地點了點頭。

廣瀨和後藤一起走向教室。

「真安靜。」

預備鈴已經響了，但校園內格外安靜，後藤停下腳步張望著。

「——是啊，這種感覺真讓人不舒服。」

他說話的語氣中沒有平時的豁達。鴉雀無聲的靜謐深處，可以聽到漲潮般的聲音，無數呢喃形成了祕密的喧囂。

「好像充滿了緊張……」

「也許吧。」

廣瀨和後藤都沒來由地悄聲說話，極度擔心彌漫在空氣中的緊張感，會不小心破壞這份寂靜。

二年六班的教室在整座校園內顯得更加寧靜，雖然教室內有學生，但似乎個個都屏氣斂息，完全聽不到任何動靜和聲音。廣瀨躊躇著，不敢打開教室的門。後藤舉起手，吐了一口氣，若無其事地打開了門。空氣產生震動，學生的視線都集中到他們身上。

「怎麼了？真安靜啊。」

後藤巡視著教室，有四分之一的空位。

「這麼多人缺席。廣瀨，你來點名。」

後藤像往常一樣說道，廣瀨也輕輕點了點頭，走上講臺開始點名。當他叫到築城時，聽到有人回應，忍不住抬起了頭，看到了久違的熟悉臉龐。

點完名之後，發現總共有十一名學生缺席。包括高里在內，只有七名學生請了假，另外四名學生沒有和學校聯絡。「廣瀨。」聽到後藤的叫聲，廣瀨走下講臺，後藤站在講臺下看著教室內的學生。

「學校不會對你們做出任何處分，但是，沒有遭到處分，並不代表你們所做的事就不存在，只是這次的事會以意外的方式處理。」

教室內突然出現飄過一陣安心的空氣。

「高里聲稱自己是不慎跌落的——關於這一點，你們可以好好想一想。」

所有人都刻意移開了視線。後藤輕輕嘆了一口氣，教室內的氣氛依然沒變，後藤的話並沒有消除他們的緊張。

這也難怪。廣瀨忍不住想。這些學生都很畏縮、很害怕，教室內的緊張來自他們的恐懼。他們害怕的不是遭到校方處分，而是直接的報復。

2

後藤說，要去教師辦公室打電話，所以廣瀨獨自先回準備室。第一堂沒有他的課，他心不在焉地檢查著實習紀錄，不一會兒，後藤回來了。他一走進準備室，立刻好像虛脫般坐了下來，廣瀨為他泡了咖啡。

「情況怎麼樣？你剛才是不是打電話給那幾個沒來上課的學生？」

後藤聽到他的問話，重重地嘆了一口氣。

「有三個人因為意外受傷，還有四個人說是頭痛肚子痛裝病，另外三個人不清楚。」

果然出了狀況。廣瀨心想。

「傷勢嚴重嗎？」

「一個人從家裡的陽臺跌落，只有扭傷而已，問題並不大。另外一個人在車站跌落在月臺和電車之間，也只有擦傷而已。還有一個從樓梯跌落，手臂複雜性骨折，目前在住院。」

這些人都是從某處「跌落」，簡直就像在重演高里跌落的狀況。
「廣瀨，你有什麼看法？」
聽到後藤的問話聲，廣瀨看向他。
「你認為是高里作祟嗎？」
廣瀨遲疑了一下，但最後決定據實以告——
「我認為，如果是純屬巧合……」
後藤露出諷刺的笑容。
「所以，你也沒有自信說，這是純屬巧合。」
廣瀨點了點頭。
「以我對高里的印象，他是清白的。高里不是這種人，他很壓抑——」
後藤打斷了他——
「壓抑的人可能會失控爆發。」
「我知道，但他不會用這種方式爆發，我認為他不會詛咒別人去死，或是做讓別人痛苦之類的事。」
「為什麼？」
廣瀨用低沉卻堅定的語氣說：
「因為我以前就是這樣。」
後藤挑起眉毛看著他。

「你之前說，我應該可以瞭解高里。我的確瞭解他，他失去了故國。」

「失去……故國。」

「高里不記得神隱期間所發生的事，但他仍然說，那裡似乎是令他感到舒服自在的地方。我也一樣，我們有著相同的幻想。」

後藤沒有吭氣，示意他繼續說下去。

「我們並不屬於這個世界，這種幻想讓我們在世界和自己敵對時，不會憎恨這個世界，至少我無法做到。當初我一直搞不懂，為什麼總是這麼不順？後來才知道，一定是我並不屬於這個世界，所以無法融入，因為本來就很難融入。」

「是喔。」

「所以，我一心只想著回去。我從小就和母親合不來，但從來沒有希望她去死，我只想回去。」

「每個人都會有這種想法吧。」後藤說：「不光是你們，我年輕時也曾這麼想，不知道在心裡罵過多少次王八蛋。」

廣瀨嘆了一口氣。

「我知道，但我們的情況稍微不一樣。我曾經走過死亡邊緣，當時，我的確看到了那片原野，那是在我內心中明確的事實。高里有一年的空白，他失蹤了一年，從記憶中消失了一年。也許是幻想，但並非毫無根據的幻想，這讓我們在和現實對決之前就採取了逃避的態度。」

後藤直視著廣瀨，但隨即移開視線嘀咕說：
「應該只是一體兩面的問題。」
「——一體兩面？」
廣瀨偏著頭問道，後藤搖了搖頭說：
「算了，沒事。所以呢？」
「即使這些意外和高里墜落事件有關，也和高里的意志無關。只不過……」
廣瀨吞吞吐吐的。該怎麼說才好呢？有一隻白色的手在高里周圍出沒。昨天晚上看到了一個奇怪的女人。他認為即使老實說出所看到的事，後藤也未必能夠理解。
有什麼東西在高里身邊出沒，會不會並不是高里，而是那些東西在不斷報復呢？會不會是那個女人的手，抓住了築城的腳？
當他陷入沉思時，看著天花板的後藤開了口：
「你認為會造成多大的傷害？」
「你是問人數還是程度？」
「兩者。」
廣瀨吐了一口氣。築城只是提到「神隱」的事而已，橋上也只是開玩笑，但他們兩人都受到了那麼大的報復，即使不需要參考岩木的情況，也可以想像報復的程度絕對不同尋常。
「我猜想當時在場的人都會受到相應的報復，至於程度，恐怕會極其慘烈。」

「像岩木那樣嗎？」

聽到後藤的聲音中帶著緊張，廣瀨沒有回答。

「我承認，他們的確太過火了，但是，他們內心充滿了不安。一旦集體爆發，就連當事人都無法阻止事態的發展，一旦阻止，反而更加危險，你應該能夠理解吧？」

廣瀨搖了搖頭。他雖然能夠理解後藤說的話，只不過對方並不講理。高里周圍的「某些東西」不可能考慮到這些情況，就好像對岩木採取的行動中，感受不到絲毫的慈悲。

後藤注視著廣瀨，好像在等待他的審判。廣瀨再度搖了搖頭，後藤重重地嘆了一口氣，然後陷入了很長的沉默。

「……廣瀨，高里讓我感到害怕。」

後藤幽幽地說，廣瀨猛然抬起了頭，注視著仰望天花板的後藤。

「這裡經常有各式各樣的學生出入，即使有點古怪，終究是人類，可以從言談舉止中瞭解他們的家庭背景，但我看不透高里，不知道他在想什麼，甚至不曉得他有沒有在思考。因為完全是異類，不瞞你說，我覺得心裡有點發毛。」

「後藤老師。」

「我說這種話很奇怪嗎？」

「很奇怪。」

後藤笑了笑，笑了之後，將整個身體深深地靠在椅背上看天花板。

「我看到了。」
「看到了什麼？」
「我忘了是什麼時候，可能是第一學期剛開學不久，我在放學後，在學校裡走來走去，剛好經過教室前。」
後藤停頓了一下。
「——天色已經慢慢暗了，我發現有人留在教室內。是高里。我想要叫他，但我叫不出口，因為我看到了奇怪的東西。」
廣瀨覺得自己的心跳加速。
「高里坐在自己的座位上，有什麼東西盤踞在他的腳下。」
「什麼——東西？」
後藤點了點頭，站了起來，打開置物櫃，從裡面拿出了素描簿。他翻了幾頁，把其中一張出示給廣瀨。
那是用鉛筆勾勒出粗糙的線條後，用水彩著色的畫，但仍然不知道畫了什麼東西。連輪廓線都很破碎，完全無法呈現出任何形狀。
「我拚命想要看清楚，明知道他的腳下有東西，卻不知道到底是什麼。差不多像一隻大型狗的大小，蹲在高里的腳下，差不多就是這樣的感覺。」
廣瀨看著素描簿，然後想起高里畫的畫。
「我回到這裡後，立刻拿起畫筆，但只能畫出這種感覺。雖然可以回想起當時的印象，卻無法掌握外形。」

廣瀨點著頭。

「那個東西一直蹲在他的腳下，高里看著窗外，結果，課桌後方伸出一隻手。」

廣瀨再度感到劇烈的心跳，心臟幾乎從喉嚨跳了出來。

「那是一隻白色的、女人的手，這點絕對不會錯，一直裸露到上臂的手，看起來就像是大理石做的。那隻手從課桌後方伸出來，摸著高里放在課桌上的手。那隻手好像在桌子表面慢慢爬行，然後握住了高里的手，課桌下方和後方都不見人影。」

是那個女人。廣瀨心想——除了這個女人以外，他沒有在教室內看到某個影子嗎？後藤不是在說這件事嗎？

「高里似乎看不到那隻手，但是，他臉上帶著微笑。在手摸到他的瞬間，他的確笑了。那隻手立刻縮了回去，同時，他腳下的東西也被吸進了地面。」

廣瀨說不出話。

「老實說，我很高興你對高里有興趣，我很害怕，一個人思考這件事太可怕了，我無法忍受。」

廣瀨不知該如何回答，後藤苦笑起來。

「我猜想你一旦聽說神隱的事，就會對高里產生興趣。我無法理解高里，因為完全搞不懂，所以覺得很可怕——但是，我總覺得你會有不同的反應。」

廣瀨不發一語地點了點頭。

「還是說，你也對高里感到害怕？」

廣瀨搖頭，回答了後藤的問題。

「我並未感到害怕，從來沒有這麼想過。」

廣瀨說完，不經意地笑了笑。

「高里是我的同胞，應該是我遇見的人中唯一的朋友。」

後藤沒有說話，但在廣瀨說這句話時，他露出了極其複雜的表情。廣瀨對他露出探詢的眼神，他搖了搖頭，站起來，似乎突然對這個話題失去了興趣。

「後藤老師。」

後藤沒有回答，用腰上的毛巾擦了擦手，默默站在畫架前，抱著雙臂看著畫布。

廣瀨吐了一口氣，打開實習日誌時，後藤才終於開口——

「廣瀨，可不可以請你幫忙辦點雜事？」

3

這天的第二堂是化學課，二年五班和六班一起上課。下課時，五班的班長來詢問上課地點，廣瀨告訴他，今天在實驗室上課，並請他順便通知六班的學生。廣瀨來到實驗室後，在實驗室的窗前看著操場。

操場中央附近有一個微微隆起的小沙丘，那裡已經沒有花束了。岩木之前也選修了化學課，上課前，廣瀨在後藤的指示下，在他的名字上畫了一條線。在這堂課的點名簿上把岩木的名字劃掉，代表他再也不會來上這堂課了。他清楚地邊回想剛才用原子筆和直尺畫那條線時的奇妙感覺，邊打算在實習結束後去岩木家上香。那天他無法去參加岩木的葬禮。

五班的學生陸續走了進來，廣瀨在他們的協助下為實驗做準備。在整理完實驗器材時，上課鈴剛好響起，但不見六班的學生。

廣瀨不由得感到不安，對後藤說了聲「我去看看」，但後藤說他要去，轉身離開了實驗室。廣瀨在黑板上抄寫實驗步驟，內心感到極度不安。在黑板上寫完時，後藤帶著五名學生走了進來。築城也在其中。

「廣瀨，你過來一下。」

廣瀨跟著後藤去了準備室。

「怎麼了？其他人呢？」

他小聲問，後藤也小聲回答：

「罷課，他們說實驗室有太多危險物品，所以不想來這裡上課。」

顯然是害怕遭到報復。

「我去的時候，只見築城獨自站在教室外，他好像被其他人趕了出來。我問他們難道打算罷課嗎？那幾個學生才跟我走。」

「怎麼辦？」廣瀨問，後藤也嘆了一口氣，不知如何是好。

「今天姑且睜一隻眼，閉一隻眼吧……這也是無可奈何的事。」

廣瀨只好點頭。

六班總共有十八名學生選修化學課，其他二十二名選修生物課。平時上課時，生物組在五班的教室上課，化學組在六班的教室上課，所以，生物組今天不是在五班教室，就是在生物實驗室上課。選修化學課的十八名學生中，只有五名學生來實驗室上課，六名學生原本就缺席，所以有七名學生留在教室內。

在廣瀨一邊想著這些事，一邊向學生說明實驗步驟時，不知道哪裡傳來很大的聲音，似乎有人在大喊大叫。廣瀨制止了站起來的學生，和後藤一起衝到走廊上。走廊窗戶正對著體育館，右側是教室大樓。體育館內似乎正在上體育課，所以學生和老師都聚集在敞開的門前看熱鬧，他們都抬著頭，不知在大叫什麼。順著他們的視線看去，廣瀨忍不住倒吸了一口氣。因為他看到有好幾個人影站在教室大樓的屋頂。

他感到暈眩，立刻抓住了窗框。他想要移開視線，卻無法做到。

身穿制服的人影直挺挺地排排站在屋頂邊緣，似乎風一吹，就會把他們吹倒。

校方嚴禁學生去屋頂，所以屋頂並沒有設置柵欄，從眼前的情況來看，他們如何打開鎖了好幾道的門已經不是重要問題了。那幾個學生以些微的間隔排成一行，他們的手被好像繩子般的東西綁在一起，從遠處就可以看到他們的制服領帶。廣瀨不經意地計算了人數，在數到七的時候，就確定是二年六班的學生。

不要。他在內心大喊。

必須阻止他們，必須趕快阻止他們，無論如何，都必須營救他們。但是，要怎麼救他們？時間緊迫，廣瀨遠水救不了近火，即使跑過去也來不及。該怎麼辦？該怎麼辦？

席捲而來的焦躁令他無法動彈，最後只能站在原地凝視著那七個人。他感到暈眩，心跳加速，幾乎快要窒息。

那幾個學生原本像雕像般一動也不動，這時，最左端的一個人突然動了一下。廣瀨的思考停擺，腦筋一片空白，學生似乎被人從後方推了一把，重心不穩，身體搖晃起來，正放聲大喊著。被綁在一起的學生好像海浪般起伏搖晃。啊啊。廣瀨嘆著氣，不知道自己接下來想說什麼。他在無意識中閉上了眼睛。雖然他無意摀住耳朵，但完全聽不到任何聲音。

當他再度張開眼睛時，屋頂上已經找不到任何人影。

廣瀨不太記得隨之而來的混亂，完全陷入一片茫然，當他回過神時，發現自己正在準備室發呆。

他好像作了一場白日夢，然後突然醒來。雖然完全沒有真實感，但他知道，剛才的一切並不是作夢。

準備室內除了廣瀨以外並沒有其他人。後藤去了哪裡？他隨即想起，後藤正在配合警方調查剛才發生的那件事。為什麼沒有找自己去？然後又想起，自己剛才快昏過去了，所以後藤命令他休息。

記憶的片段甦醒後相互排斥。屋頂上站了七名學生。灰色的領帶綁住了他們的手。校園內的學生都仰頭看著屋頂上的人影。實驗室內陷入了恐慌。救護車。警察。學生被火速送離學校。慘叫。喧鬧。三名學生當場死亡，四名學生身受重傷。

廣瀨抱住了頭，嗚咽已經衝到了喉嚨口，但突然浮現在腦海中的想法阻止他發出嗚咽。

——要怎麼對高里說？

要怎麼告訴高里。高里應該知道會有事情發生，他一定做好了心理準備。在他從窗戶跌落的瞬間，就註定會發生今天的事，但是，一旦真的發生，該怎麼向他傳達這麼悲慘的事？

廣瀨思考著適當的表達方式，然後忍不住笑了起來。他內心完全只想著高里，雖然跌落的七名學生中的四個人，正在與死神搏鬥，但比起那七名學生，他更關心高里。

他的笑容變成了苦笑。他獨自一人苦笑著。

4

晚上九點多，廣瀨才回到家中。高里坐在窗邊，腿上放著一本攤開的書，怔怔地看著窗外。

「你回來了。」他說話時的表情很僵硬。廣瀨思考著如何啟齒，但還沒有想到適當的表達方式，高里就主動開了口：

「你今天回來得很晚。」

「是啊……」

「開會、嗎？」

高里問話時的聲音很僵硬，臉上帶著沉痛的表情。原來他已經知道了。廣瀨心想。原來他知道，那些學生一定會遭到報復。

廣瀨點了點頭，指著門外說：

「去吃飯吧，你一定餓壞了。」

他們來到一家營業到深夜的咖啡店，吃了簡單的晚餐。廣瀨沒有食慾，高里似乎也一樣。回家的路上，廣瀨邀他去散步。半月掛在天上，強風吹動薄雲。

他們沿著堤防散步了一會兒，來到了寬闊的河口。河面很寬，但多年堆積的泥沙導致河流只剩下不到原來的一半。尤其目前可能正在退潮，蛇行的黑色河水只淹沒了一半的黑色淤泥。河口外的海面一片黑暗，只見反射著月光的河水在溼潤的淤泥上流動。

「死了……幾個人？」

高里站在堤防上，低頭看著大海，小聲地問。

「目前是五個人，另外兩個人還在昏迷，但恐怕只是時間的問題。」

「發生了什麼事？」

「不知道。」

「是意外嗎？」高里問，廣瀨搖了搖頭。

「我真的不知道到底發生了什麼事。那幾個學生罷課不上化學課，留在教室裡，然後突然從屋頂上跳了下來。屋頂距離下方的走道有四層樓的高度，至少有十二公尺，或者更高。有三個人當場死亡，其餘四個人也都陷入昏迷，完全沒有醒來，其中一人昏迷後就死了，完全沒有睜開眼，另一個人雖然睜開眼，但不僅沒有說話，甚至沒有任何反應就斷了氣。所以，根本無從得知到底發生了什麼情況。」

「不是禁止去屋頂嗎？」

「是啊，但實際去看了之後，發現通往屋頂的門打開了，沒有人知道那道門為什麼會打開。」

「他們真的是自己跳下來的嗎？」

廣瀨嘆了一口氣，風帶走了他的嘆息。

「高里，我看到了，我看到他們跳下來的那一幕，還有很多人也都看到了。他們看起來像是被什麼東西推下來的，但看不到任何人，所以只能說是集體自殺。」

高里沉默了很久，夜晚的大海上吹來潮溼的海風，空氣的流動速度很快。廣瀨想起好像有一個低氣壓正逐漸接近。

「只有七個人嗎？」

「另外還有三個人受了傷沒來上課，但傷勢並不嚴重，跳樓的只有他們七個人——」

廣瀨把「這只是目前的情況」這句話吞了下去。

「是我害的吧？」

高里靜靜地吐出這句話。

「和你沒有關係。」

「早知道我應該逃走。」

廣瀨看著高里，高里目不轉睛地看著堤防外。

「早知道我應該抵抗，早知道我應該逃走，不要就這樣被他們推下去，這樣的話，至少……」

「我不認為你有能力逃走。」

「但是……」

「如果你想逃，就會遭到圍毆，就像某位前去制止的實習老師A一樣。」
高里聽了，輕輕地笑了笑，但他的笑容很快就消失了。
「不管怎麼做，都無法改變狀況，所以，這件事和你無關。」
那些學生說，實驗室很可怕，因為有很多危險的東西，所以不想去那裡。因為實驗室內有瓦斯爐和毒藥，很容易因不慎發生意外。
後藤去叫學生時，只有築城獨自站在教室外。築城告訴後藤，五班的學生來通知要在實驗室上化學課，他在門口問其他同學，要不要去實驗室？結果被其他人推出教室，關上了門，他等在門口，看有沒有其他人出來。
把築城趕出教室的學生說，你真幸運，當時不在場。
那些學生把高里推下樓時，築城並不在場。築城因為害怕高里，不敢去學校上課，反而因此救了他一命。這件事很諷刺，實在太諷刺了。
築城一度是加害者，其他人是旁觀者。因為築城曾經是加害者，所以無法參與其他人用更激烈的手段傷害高里，那些曾經是旁觀者的學生卻做了這件事。他們對實驗室產生警戒，但去了實驗室的人反而得救，只有心生警戒的人從屋頂上墜落。
高里幽幽地說：
「都是我害的。」
「不是的。」
廣瀨說，高里把手臂放在堤防上，把臉埋進了手臂。

「早知道我不應該回來。」

「高里！」即使廣瀨用責備的語氣叫他，他仍然沒有抬起頭。

「如果我一去不回，就不會發生現在這種事了。如果我不回來，對大家都好。」

因為這是事實，廣瀨沒有回答。對高里來說，也是這樣比較好。對他來說，「那裡」是一個舒服的地方，如果去了「那裡」之後不回來，就不會感到痛苦了。

風越來越大，吹起陣陣海浪。月亮和星星不知道什麼時候躲了起來，黑暗的海上是一片沒有光的夜空。黑夜又暗又重，似乎快下雨了。他們都默然不語，靜靜地呼吸著。

5

「……高里，你聽我說。」

廣瀨靠著柱子，盤腿坐在被子上。高里坐在窗邊，從窗簾的縫隙往外看。

回家後洗了澡，鋪好被子準備睡覺，卻完全不想睡。接連發生的意外導致身體極度疲勞，精神上的疲勞更嚴重，但卻完全感受不到睡意。他知道自己神經處於亢奮狀態，對睡覺這件事也感到不安。

廣瀨茫然地坐在那裡思考，高里也看著窗外發呆。

「高里，你相信幽靈或是妖怪之類的嗎？」
高里張大眼睛，露出困惑的表情。
「你沒看過幽靈嗎？」
高里搖了搖頭。
「沒有，如果說有看過什麼奇怪的東西，就是那時候——」
「只有在神隱時看到的那隻手而已？」
「對。」
「那有沒有感受過類似的動靜？」
廣瀨問，高里突然皺起眉頭。
「有沒有感受過奇怪的動靜？」
高里注視著廣瀨，陷入了沉思。
「我在你周圍看過奇怪的東西。」
廣瀨勉強擠出了笑容。
「是一隻白色的手，還有奇怪的影子。雖然都沒有看清楚，但我覺得有什麼奇妙的東西在你身邊出沒。」
廣瀨說完，忍不住苦笑著。
「真傷腦筋，我向來不相信這種事。」
高里微微偏著頭看著廣瀨，廣瀨也回望他。

「你是不是被什麼附身了？」
高里睜大了眼睛。
「所以，作祟的並不是你，而是牠們。」
白色的手抓住了築城的腳。有什麼東西讓橋上用釘子打到自己。還有人代替岩木，支撐著騎馬陣。岩木死的時候，操場上出現了奇妙的斑點。每一件事都很異常，顯然是不屬於這個世界、無法用常識分類的某種東西。
「……有獅鷲。」
高里唐突地說，廣瀨回望著高里。
「我說不太清楚那是什麼東西，就擅自叫牠獅鷲。感覺像很大的狗……應該更大，差不多有這麼大，有時候會飛起來，我想牠應該有翅膀，所以我叫牠獅鷲。」
「你見過嗎？」
廣瀨問，高里搖了搖頭。
「我只是不時感覺到牠的存在，真的只是有這種感覺而已，好像有一隻像狗一樣的動物在我身旁。從小一直這麼覺得，一開始我還以為只是心理作用。」
高里輕輕笑了笑。
「牠總是蹲在我的腳下，好像很溫馴的狗。我有時候會覺得，啊，牠在那裡。當我想要仔細看的時候，卻會發現牠不在了，不知道突然跑去哪裡了。雖然有時候覺得自己好像看到了影子，但大部分時候都看不到——之前不是有一次，你在放學後看到我嗎？」

「對。」

「那次你問了我很多問題。那時候也一樣，你走進教室後，看著獅鷲消失的方向，我還以為除了我以外的人，也可以感受到。」

是那個在教室內消失無蹤的影子。

「感覺好像養了一條祕密的狗，所以還很開心。」

高里笑了笑，但很快收起了笑容。

「有時候可以感覺到人的動靜，感覺好像有一個人在撫摸我，每次都會聞到海水的味道……我稱她為慕玕。」

「慕玕？」

廣瀨沒聽過這個名字。

「你聽過賽蓮嗎？六世紀時，有一個海妖賽蓮被人類抓到，之後受洗成為聖女，她的名字就叫慕玕。」

「是喔……」

「每當我沮喪時，慕玕和獅鷲就會出現，輕輕撫摸我的肩膀，用身體磨蹭我的腳，我想應該是在安慰我。」

他的語尾微微發抖。

「但是，為什麼？」

他平靜的聲音第一次有了感情，聲音中帶著強烈的情感。

「我很感謝岩木，真的很感謝他。」

「我知道。」

「但是，為什麼會這樣？」

廣瀨當然不知道答案。

「為什麼要這麼做？牠們從來沒有危害過我，還經常安慰我，我一直以為牠們是我的朋友。」

高里並不是在問廣瀨，而是他察覺了其中的因果關係，察覺了自己身邊出現的某些動靜，和頻繁發生的不幸之間有著無法否定的關聯。

「但是，他們為什麼會因我而死？」

牠們就像是守護者。廣瀨心想。而且是很惡質的守護者，就像過度保護的母愛般守護著高里，一旦有人傷害高里，牠們就會無情地加以排除。對牠們而言，重要的並非高里有沒有受傷，而是牠們如何判斷。牠們以為岩木是高里的敵人，所以就消滅了岩木。

終於瞭解原由了。廣瀨心想。終於知道「作祟」的原由了。必須讓牠們離開高里，否則，高里早晚會被逼到無路可退的絕境，而且，這一天並不會太遙遠。把高里推下樓的大部分學生仍然平安無事，築城和橋上只是提到不愉快的話題，就遭到了這麼大的報復，牠們絕對不可能放過目前暫時平安的大部分學生。

——但是，怎樣才能讓牠們離開高里？

那天深夜，吹起了強風，海浪一聲聲不安地翻騰著。廣瀨在熄了燈的房間內輾轉難眠，睡在一旁的高里似乎也難以入睡。

在昏昏睡去的黎明時分，廣瀨覺得耳邊響起了女人的聲音。

——你是，王的敵人，嗎？

廣瀨回答了她。

在他醒來之後，便努力回想自己到底回答了什麼，卻怎麼也想不起來。

＊
＊＊
＊＊
＊＊

一對男女站在堤防上眺望夜晚的大海。

男人默默不語，女人獨自喋喋不休。女人說的話聽起來似乎沒有重點，但其實充滿了強烈的諷刺。女人在挑釁那個男人，只是男人無意答理她。

啪答。這時，傳來有什麼東西拍打泥濘的聲音。

聽起來像是小魚從泥濘中跳起來的聲音。男人探頭向堤防下方張望，堤防下是黏稠的淤泥，雖然在黑暗中，不可能在淤泥中看到小魚，但男人還是忍不住張望。果然不出所料，淤泥的表面什麼都看不到。女人依然滔滔不絕，終於沉不住氣地開始冷嘲熱諷。

男人把手架在堤防上托著腮時，下方再度傳來聲音。噗咚。這次好像有什麼東西沉入泥濘中。女人住了嘴。

「是魚嗎？」

女人問，探頭看著堤防下方。

「是不是鰻魚？」

女人還來不及回答「怎麼可能」，下方又發出淤泥攪拌的聲音。

喀通。喀噗喀噗。噗咚。

男人皺起了眉頭，突然聞到一股強烈的海水味道。聲音持續不斷。有什麼東西在沒有光線的淤泥表面蠕動。如果是鰻魚發出的聲音，淤泥表面應該盤踞了無數條鰻魚吧？

「到底是……什麼？」

「不知道。」男人在低聲回答的同時，揮手命令女人退後，但他的視線仍然看著堤防外。啪嗤。堤防外持續響起舔舌頭的聲音，發出暗光的淤泥上泛起了漣漪。

有什麼東西在那裡。

有無數小東西在那裡。

男人定睛細看。淤泥閃著奇妙的光澤，發出聲響蠕動著。一大群東西已經擠到了下方，當他戰戰兢兢地探出身體時，女人發出了壓抑的慘叫聲。

「咦！」

他慌忙回頭看女人，發現女人神色緊張地看著海上。他順著女人的視線望去，視線停在海面上。有什麼東西在滿是淤泥的海面上，在沙洲般的淤泥正中央冒了出來。

那個黑色的東西宛如巨大的烏龜殼，距離他們不到兩百公尺。圓形的淤泥丘上隆起了那個黑影，不知是否因為從淤泥下浮出水面的關係，曲線似乎隨著滴落的泥漿不斷融化。

「那是什麼？」

海水的味道越來越濃，腳下突噗突噗的聲音越來越大，顯然正在慢慢靠近。聲音漸漸在耳邊響起，似乎正慢慢爬上堤防。

男人立刻抓住女人的手，抓住之後，推動她的身體，拔腿奔跑起來。大驚失色地愣在原地的女人被拉著離開了現場，沿著堤防旁的路往回跑，頻頻回頭看向後方。

在跑了十幾步時，轉頭看到了黑色的東西。看起來像是帶著滑順光澤的泥漿。泥漿越過堤防，發出突噗突噗的聲音滴落在路上。

女人停下了腳步，男人也跟著停了下來。像泥漿般的東西發出潮溼可怕的聲音穿越了道路，沿著水泥斜坡流向堤防下方的房子。黑色的泥流流向了圍籬外茂密的雜草叢。

男人完全搞不清楚發生了什麼狀況，轉頭看到剛才出現在河口的東西正慢慢沉入淤泥。

微微隆起的部分變成了淤泥的起伏，然後消失在淤泥下方，不一會兒，只剩下一片平坦的泥海。

「剛才的東西是什麼啊？」

男人往回走，想去確認淤泥的痕跡，女人抓住了他的手臂，搖了搖頭，示意他不要去。男人看了看女人，又看了看淤泥痕跡，終於點了頭。

強烈的海水味格外刺鼻。

「回家吧。」

男人很有力地說。本能發出了警告，最好不要靠近。如果想要確認，明天再來看也不遲，等到黑夜過去，所有的東西都無處可躲時再來確認也不遲。

兩人慌忙小跑起來，海浪緊追而來，宛如緊追不捨的觸手般，帶著濃烈的海水腥味追來。

第七章

1

翌日早晨，廣瀨來到學校時，看到一排記者站在校門前，人數比岩木事件發生時更多。

學生通常沒有這麼早到學校，他們僥倖地攔住了零星走向校門的學生和老師。老師幾乎都深深低著頭逃走了，然後硬是帶走同樣被攔下的學生，一起走進校門。被一路推著走進校門的學生似乎有點依依不捨，在被老師催促著走向校舍前，仍然頻頻回頭用好奇的眼神看著記者。

廣瀨在可以看見校門的地方停下了腳步，忍不住嘆著氣。他不想聽到一些無聊的問題。他稍微往回走了幾步，來到可以看到後門的位置，發現後門附近也聚集了好幾個人，但至少比正門前少一些。他正打算邁開步伐走向後門時，身後傳來汽車喇叭聲。

回頭一看，保健室的十時老師在車內向他露出笑容。

「要不要上車？」

「麻煩你了。」

廣瀨鞠了個躬，坐上了停在人行道旁的白色小客車，在密閉的空間內終於鬆了一口氣。

「這次的教育實習很辛苦吧。」

十時露出溫和的笑容。

「……是啊。」

「幸好明天就結束了，真有點羨慕啊。」

「我也很慶幸。」廣瀨苦笑著，十時也笑了笑，把車子靠向右側，打了右轉的方向燈後，在號誌燈前等紅燈。

「你的身體怎麼樣？」

「身上還有不少瘀青而已。」

十時笑著點了點頭，看到號誌燈變綠後，把車子駛了出去，小聲地問：

「有老師去昨天學生被送去的醫院探視時，被記者問了奇怪的問題。」

「奇怪的問題？」

「對。記者問，聽說有學生從二樓跌落，那個學生沒有來學校嗎？」

「但是，那起事件……」

校方已經把那起事件以意外處理了，報紙和電視都完全沒注意到這件事。

「不知道他們從哪裡打聽到的，一直問高里家住在哪裡。」

十時把車子駛向後門，拚命按喇叭趕走聚集在門口的記者後駛入校園。

「記者一再追問，真的是意外嗎？所以可能已經鎖定了高里，聽說也提到了受傷的實習老師，所以你最好注意一下。」

「我會小心。」

十時把車子駛入後門旁的停車場笑著說：

「如果有需要，放學時我也可以送你回家。因為校門口附近聚集了螞蟻大軍。」

廣瀨笑著點了點頭。

「不好意思，那就麻煩你了。」

廣瀨和十時一起走進教師辦公室，發現辦公室內籠罩著詭譎的緊張氣氛。老師都三五成群地聚集在一起，露出複雜的表情看著報紙。廣瀨環視著辦公室內，看到後藤站在角落，立刻走了過去。

「早安——發生什麼事了？」

後藤對他輕輕舉起手，皺著眉頭小聲地說：

「體育報上刊登了奇妙的報導，把昨天的事和之前的意外牽扯在一起，說什麼作祟之類的。」

廣瀨知道自己臉色發白，十時好奇地探出身體問：

「什麼作祟？」

該不會是說高里的事？廣瀨用眼神發問，後藤對他搖了搖頭。

「他們似乎得知了高里從窗戶跌落，和校外教學的事，還調查了生田老師的事。」

後藤苦笑起來。

「他們把這些事都扯在一起，說這所學校受到了詛咒之類的，也有相關人士說，一定是有什麼在作祟，感到很害怕。」
十時目瞪口呆地問：
「誰是相關人士？」
「應該是指你我之類的吧。」
十時微微瞪大了眼睛，然後露出了苦笑。
「我還不知道自己會害怕呢。」
「我也是。」
後藤笑了笑，皺起了眉頭。
「真是麻煩，聽說昨天也有很多記者跑去醫院。」
「好像是。」
「眼前的狀況的確容易令人產生聯想，因為才剛發生岩木的事，所以也是無可奈何的，昨天也發生了幾起小意外。」
「昨天嗎？」
「對啊，我們班上有九個學生不是從樓梯上滾下來，就是從人行天橋上跌落，缺席人數越來越多，今天恐怕沒辦法上課了。」
後藤說完，向廣瀨使了個顏色，校長剛好走了進來。

校方宣布上課時間延後，舉行了全校朝會，廣瀨從校長口中得知，跳樓的七名學生中，已經有六個人死了。

廣瀨走去教室參加班級朝會時，發現教室內很冷清。六名學生死了，另一個昏迷不醒。從前天到朝會為止，已經有十二個人因為發生意外而缺席，有四名學生請病假，再加上高里缺席，教室內只剩下十六名學生，滿臉不安地坐在各自的座位上。

為期兩週的教育實習即將進入尾聲，實習老師雖然勉強舉辦了觀摩課，但除了觀摩課以外，幾乎都讓學生自習。廣瀨按照原定計畫，在第五堂課為一年級上了自然I的觀摩課，但來參加的老師和實習生大部分都心不在焉。

上完觀摩課，回到準備室時，電話響了。住在醫院的最後一名學生也在昏迷中停止了呼吸。

2

掛上電話後，後藤把手放在額頭上。廣瀨不知道該對他說什麼，只能看著他的後背。

「廣瀨。」

後藤背對著他，低聲說道：

「我雖然害怕高里，但並不討厭他，只不過遇到眼前這種情況，我真的承受不了。」
廣瀨對著他的後背點了點頭。
「如果怨恨高里，心情反而比較輕鬆。七個人，七條人命啊。」
「目前無法斷言是因為高里才這樣。」
後藤轉過頭說：
「你不是說，高里會作祟嗎？」
廣瀨搖了搖頭。
「我只說高里和報復有關，況且，未必是報復，也可能真的只是自殺。」
「動機呢？」
「自殺的動機往往並不清楚，經常會因為一些在外人眼中看起來很莫名其妙的理由自殺。」
「你是認真的嗎？」
在後藤直視下，廣瀨垂下了眼睛。
「──後藤老師，並不是高里。」
後藤聽到廣瀨這麼說，訝異地眨了眨眼睛。
「作祟的並不是高里，而是你之前看到的那些傢伙。」
後藤看了看廣瀨，又看了看放置素描的置物櫃。

「……那個嗎？」

「對。我不知道那些傢伙到底是什麼，牠們附身在高里身上保護他，我也不知道為什麼會這樣。」

「那才不是保護。」

「雖然方法有誤，意圖卻很明確。牠們用牠們的方式保護高里，只要認為是高里的敵人，就絕對毫不留情地加以報復，藉此保護高里。」

「所以說……」後藤低聲嘀咕：「所以說，牠們不會危害高里嗎？」

「應該是。」

「既然這樣，在高里身旁不是反而更安全？雖然不知道牠們打算用什麼方法進行報復，但只要高里在教室內，就無法用讓教室的天花板掉下來，或是地板破洞的方式，即使用更姑息的方法也一樣，在高里身邊更安全，這樣解釋正不正確？」

廣瀨張大了眼睛。

「你、說得對。」

既然那些傢伙是為了保護高里，只要在高里身旁，安全的機率反而更高。

「去把高里……」

廣瀨原本想說「去把高里找來」，但後藤制止了他。「等一下。」後藤用力說完這句話，不知所措地移開視線。

「我打電話回家。」

「不要打。」

後藤顯得很慌亂，廣瀬對他的態度感到不解，忍不住偏著頭納悶。

「——太危險了。學生並不瞭解狀況，他們至今仍然害怕高里，認為是高里在作祟。可能有人會在被逼急的情況下，覺得只要高里消失就解決了問題，覺得只要高里死了，就可以逃過災難。」

「是、沒錯啦——」廣瀬停頓了一下。「但是，即使高里發生狀況，牠們也會保護他。」

可能就是因為有牠們的保護，所以高里從三層樓高的教室跌落也毫髮無傷。

後藤聽了，把頭轉到一旁。

「別這麼做，那些學生並不想和高里在一起，所以才有人裝病，向學校請假。」

「只要告訴他們，這是為了他們的安全，他們一定能夠瞭解。應該說服請假的學生，叫他們來學校——」

「你打算把真相告訴他們嗎？」

「不行嗎？」

「別這麼做。」

後藤簡短地吐出這句話。廣瀬滿腹狐疑地看著後藤。

「為什麼？」

「你要告訴他們，因為如此這般，所以要和高里在一起嗎？那根本是徒勞，所有學生不可能二十四小時都和高里在一起。」

「但是——」

「別去想這件事了，如果再有人死呢？如果高里剛好也在場，你認為會發生什麼狀況？」

「但是，眼前並沒有其他自衛的方法啊。」

「我們並不知道這種方法有多大的效果，而且風險太高，所以不可行。」

「那該怎麼辦？」

「總之，你別再提這件事了。」

廣瀨嘆著氣，他難以理解後藤為什麼突然變得這麼頑固。

「後藤老師……」

後藤沒有看廣瀨，而是站在畫架前，雙手抱在胸前看著畫布。

「廣瀨，你覺得我是怎樣的一個人？」

廣瀨不知道後藤問這個問題有什麼意圖，他偏著頭不回答，後藤看著畫布嘟噥著說：

「廣瀨，我喜歡你。」

「謝謝。」

「——所以我不希望你再提這件事。因為我不想參加你的葬禮。」

廣瀨張大了眼睛。

「後藤老師！」

「我知道我很自私，但至少我不是能夠公平地喜歡每一個人的善人。如果你說出實情、妨礙了牠們，牠們可能會對你作祟，我不想看到你變成岩木那樣。」

「你知道自己在說什麼嗎？」

後藤沒有看廣瀨。

「我當然知道，要不要我說得更直截了當——即使你說出實情，仍然會有人犧牲，因為那些學生惹了不該惹的人。如果你是為你自己做的事付出代價，那是情非得已，但不需要你為他們付出代價。」

「後藤老師。」

「我不想聽。」

後藤看著畫布苦笑起來。他的笑中充滿苦澀。

「你很受不了吧？要不要我把更卑鄙的話也一起說出來？」

「那我問你——如果你死了，高里會怎麼樣？」

廣瀨注視著後藤的側臉。

「那時可能無法和生田老師或岩木死的時候相比，你可能是高里有生以來唯一能夠理解他的人，你打算對他棄之不顧嗎？」

「我……」

後藤移開了視線，他的臉上充滿了痛苦和苦悶的表情。

「如果可以對每個人好，任何人都想這麼做，但有時候不得不決定優先順序。喜歡所有人，其實根本就是不喜歡任何一個人，至少我是這麼認為的。」

廣瀨沉默不語。他覺得後藤的這番話說到了他的痛處。事實上，廣瀨也認為一旦學生發生意外，就會增加高里的負擔，所以才會感到擔心。他內心認為那些把高里推下樓的人，無可避免地將受到或多或少的報復，但一旦報復過度，就會增加高里的負擔，所以，如果可以，他想阻止牠們的報復行為，卻完全沒想到一旦阻止，可能會危害到自己。

「如果你非要這麼做，那就由我來告訴學生，你還年輕，不需要做這麼危險的事。」

後藤的這句話更說到了他的痛處。

「……卑鄙的老頭子。」

「是啊。」

廣瀨覺得後藤好像一下子蒼老了。擔任廣瀨的班導師時，他已經坐四望五了，廣瀨突然想到，原來再過幾年，他就要退休了。

「我才不想出席你這種人的葬禮，根本是浪費奠儀。」

廣瀨低聲說道，後藤露出了苦澀的笑容，沒再說什麼，廣瀨也不再說話。

照理說，珍惜他人的感情很珍貴，卻同時存在著極其醜陋的想法。人身而為人活在這個世上，這件事本身竟然如此骯髒。廣瀨終於有了這樣的體會。

從屋頂上跳下來後當場死亡的那幾名學生的葬禮將在下午舉行，看著後藤邁著沉重的步伐離開，廣瀨打開點名簿，就像之前劃掉岩木的名字時一樣，也用直尺小心翼翼地，在這七名學生的名字上畫了一條長線。

3

今天也開了一整天的會，很多課都讓學生自習。即使是上課時間，校園內仍然一片喧鬧。後藤離開準備室後，廣瀨聽到外面傳來說話的聲音。他豎起耳朵，準備室的門猛然打開，野末和杉崎走了進來。

「咦？老師，你沒事吧？」

「身體怎麼樣？」

兩個人異口同聲地發問，廣瀨對他們露出苦笑。

「馬馬虎虎啦。」

野末誇張地打量著廣瀨的臉。

「真的沒事？聽說你昨天看起來好像快死了。」

「誰說的？」

「班上的同學啊。聽他們說，穿著白袍的實習老師臉色超難看，簡直就像是自己跳樓一樣。」

「太誇張了。」

「是嗎？因為你很純情嘛。」

「你知道純情是什麼意思嗎？」

野末哈哈大笑起來。

「不用上課嗎？」

目前是第四堂課的時間。聽到廣瀨的發問，野末調皮地張大了眼睛。

「自習啊，所以我們想來自習化學。」

他們擅自翻著櫃子，拿出了燒杯。廣瀨帶著一種得救的心情看著他們，如果一個人留在準備室，心情一定會沮喪到極點，這兩個開朗活潑的學生出現，為他帶來很大的安慰。

「聽說二年六班空蕩蕩的？」

野末拿著倒了咖啡的燒杯坐在廣瀨面前。

「是啊。」

「有幾個人？」

「十六人，通風良好喔。」

「我想也是。」

杉崎突然壓低了聲音。

「你們有沒有聽說作祟的事？」

「早就是舊聞了。」野末嘀咕道，杉崎搖了搖頭。

「不是啦，不是二年級的、那個叫……高里的？」

「不是T，還有誰會作祟？」

杉崎的聲音壓得低了。

「是岩木學長。」

廣瀨一時說不出話，野末也沉默了片刻，之後卻忍不住笑了起來。

「怎麼可能？岩木學長為什麼要作祟？」

「二年六班不是持續有人出事嗎？因為是他們殺了岩木學長啊。」

「也有五班的學生啊。」

野末說道，杉崎得意地笑了起來。

「那天不是五班和六班一起上體育課時練習騎馬戰嗎？當然有分敵隊和我隊吧？我們之前也練過，通常都是按班級來分隊，對不對？」

「到目前為止，你說的我能接受。」

「岩木學長是五班，但同班的人沒什麼好打的，所以岩木學長的騎馬隊周圍應該都是六班的人，岩木學長在和六班的人打仗時跌倒了，所以，加害者大部分都是六班的人。舉證完畢。」

「喔，有道理。」

「而且有人親眼看到了。」
「看到什麼？」
杉崎小聲地說：
「住在學校附近的同學說，晚上看到有人穿著運動服，出現在教室大樓的屋頂上。」
「運動服？」
「還有，一班的人說，在玄關那裡看到穿了運動服的人走到鞋櫃後方，運動服上沾滿了泥巴和血跡。」
「好可怕。」
廣瀨苦笑著說：
「好像只要有人死，不把他們變成幽靈就心有不甘。」
杉崎皺著眉頭說：
「又不是我說的，我只是告訴你們，有這樣的傳聞。」
「只要有人死，就會有這種傳聞。」
廣瀨笑了笑，杉崎更加不服氣地嘟起了嘴。
「但是，昨天的跳樓是岩木學長……大家都這麼說。」
「怎麼可能？」
「真的啊。在體育館上課的人聽到那些人在屋頂時大叫，救命啊，原諒我。」

廣瀨皺著眉頭問：

「他們有叫嗎？」

「對啊，所以體育館的人才會發現屋頂上有人。聽說那些人好像全夢囈般地說，原諒我。所有人都站在屋頂的邊緣，別人要怎麼救啊？所以有人說，他們好像中了邪。」

廣瀨的腦海中突然閃現了一段幻想。那些學生好像被鬼壓床，身體無法動彈，也無法發出聲音，腳卻不聽使喚地動了起來。雖然根本不想走路，但兩隻腳自動走向屋頂。原本緊閉的門竟然打開了，他們來到屋頂，一直走到屋頂邊緣。急切的恐懼讓他們終於發出了聲音。救命。

廣瀨甩了甩頭。純粹只是幻想。沒有人知道當時到底發生了什麼情況，也不能排除他們因為自我意志自殺的可能性。

「而且，今天早上……」

聽到杉崎開口，廣瀨慌忙看向他。

「今天早上怎麼了？」

「聽說一年級的教室前有泥巴的痕跡。」

「泥巴？」

「對。從泥巴的痕跡來看，好像有什麼東西在一樓的走廊上爬行。泥巴聽起來很……那個吧？」

「什麼時候的事？」

「今天早上啊，一大早的事。我在預備鈴響的十分鐘前來學校時已經被清乾淨了，好像是工友擦掉的。」

「是喔。」野末發出驚訝的聲音，杉崎又繼續說道：

「聽說泥巴的痕跡看起來就像是有什麼東西從玄關旁的樓梯下方，一直爬到六班的門口，差不多這麼寬。」

杉崎張開雙手，比出一公尺多的寬度。

「我在玄關聽到這件事，立刻衝過去看，因為我這個人天生愛湊熱鬧，沒想到什麼都沒有了，只聞到奇怪的味道。」

「奇怪的味道？」

廣瀨抬起頭，杉崎點了點頭。

「有點像是潮溼腐爛的味道，我以前聞過這種味道。」

廣瀨戰戰兢兢地問：

「海水……的味道？」

「啊！」杉崎打了一個響指。「沒錯，我就覺得那股味道很熟悉，原來是海邊的味道，有點像海邊那種爛泥巴的味道。」

野末發出驚訝的聲音——

「所以呢？海邊的味道和岩木學長有什麼關係？」

「啊？喔，對喔，怎麼會這樣？」

杉崎一臉納悶，野末笑了起來。野末開始說明傳聞都是空穴來風，但廣瀨完全沒聽到。

海水的味道。

從某種意義上來說，事實也許比認為是岩木留下的痕跡更加可怕。高里不是也曾經說，每次都聞到海水的味道嗎？

4

下課鈴聲響了，橋上很快就露了臉。

「哈囉，你有沒有聽說？」

橋上一走進準備室就問道。

「杉崎，聽說有人看到了。」

杉崎一臉得意地笑了起來。

「早就知道了，你是說岩木學長吧？」

橋上聽了，露出滿臉錯愕的表情。

「岩木？岩木怎麼了？」

被橋上這麼一問，杉崎也睜大了眼睛。

「你不是要說這件事嗎？聽說有人看到岩木學長的幽靈。」

「有這回事？」

「有啊，你說的不是這件事？」

橋上一臉驚訝地在椅子上坐了下來。

「說岩木變成幽靈這件事，我第一次聽到——不是岩木，是一個年輕女人。」

杉崎好奇地探出身體。

橋上眉開眼笑，野末遞上咖啡，他輕輕地揮了揮手。

「很常聽到類似的事，只是最近很出名，經常在這一帶出沒。」

「怎樣？怎樣？」

「一個年輕女人的幽靈逢人就問，『你認識其嗎？』如果回答不知道，女人就會消失；如果回答說知道，就會有一隻很大的單眼狗跑出來，把那個人吃掉。」

杉崎興奮地問：

「你是不是很喜歡聽這種事？」

「喜歡啊。」

野末偏著頭問：

「你剛才說的『其』是什麼意思？」

「我也不知道。」橋上嘟噥。「會不會是魔鬼的鬼？」（註4）

「找鬼幹什麼？」

「我怎麼知道？你不覺得這樣最有可能嗎？」

杉崎歪著腦袋。

「會不會是人名？我記得以前有類似的靈異事件，有一個女人在找名字的第一個字是『比』的男人。」

「什麼奇怪的故事。」橋上話音剛落，門就打開了，坂田走了進來。

坂田看了他們三個人一眼，直直走到廣瀨面前問：

「老師，你知道高里在哪裡嗎？」

廣瀨不知道他問這個問題有什麼用意，偏著頭沒有回答。

「我昨天打電話去他家，沒有人接電話，你知道他在哪裡嗎？」

「知道啊。」廣瀨回答，坂田立刻露出諂媚的笑容。

「可不可以告訴我？高里不是沒來學校嗎？我無論如何都要見到他，想和他談一談。」

廣瀨想了一下，只回答說，不能告訴他高里在哪裡。

「高里應該很快就會來學校，等他來的時候再說就好。」

註4 在日文中，「其」與「鬼」都發Ki的音。

坂田滿臉不服氣地抬頭看廣瀨。

「老師，你好像和高里關係很好嘛。」

「有嗎？」

「我覺得很不一樣，其他人談論高里的時候，和你談高里時的感覺不一樣。」

廣瀨沒有回答。

「老師，你既然和高里這麼好，可不可以讓我和他見一面？我無論如何都想和他談一談。」

他似乎不肯輕言放棄。

「你想和他談什麼？」

「各方面的事。」

坂田說話時的貪婪樣子讓廣瀨感到厭惡。

「高里現在的立場不是很為難嗎？我想要鼓勵他。」

「哎唷，坂田學長……」野末語帶諷刺地說：「我從來不知道你為人這麼親切。」

坂田冷笑一聲。

「我本來就很親切啊……但我只對值得我這麼對待的人親切。」

「真是勢利眼啊。」

「我不是這個意思，只是我討厭和一些無聊的人扯上關係，有很多人明明無聊透頂，卻自以為了不起。」

野末帶著揶揄的態度笑了起來。

「只要和高里學長當好朋友，或許就不會在你身上作祟了。」

「我才不是為了這種目的！」

坂田氣鼓鼓地說：

「我覺得大家都誤會高里了，高里算是擁有特殊才華的人，我覺得把這種人當作普通人對待並不妥當，必須有特殊的待遇，否則，高里心裡一定會不高興。」

廣瀨覺得他說的話惹人討厭，至少高里不會喜歡坂田。

「等高里回學校，你有很多機會可以和他見面，我不想做這種事。」

廣瀨說，坂田不以為然地回答：

「沒關係啦，我不會勉強你，只不過……」

坂田探頭看廣瀨的表情。

「你這種態度讓人無法苟同。」

「我的什麼態度？」

「沒什麼，你不知道就算了。」

這個人會讓人莫名地火大。廣瀨心想。野末一臉很受不了地說：

「坂田學長，你為什麼對高里學長有興趣？我覺得你有點異常。」

「你說話也太沒禮貌了。」

「我說的不對嗎？你好像很希望高里學長真的會作祟，但我覺得這會造成高里學長的困擾。」

「為什麼？」

「通常任何人聽到別人因為自己而死，都不會感到高興吧？而且，高里學長還被大家圍剿，因此受了傷。」

「所以我才想和他見面，好鼓勵他啊。如果他認為自己害死了別人而沮喪消沉，不是太可憐了嗎？這是無可奈何的事，高里就是與眾不同，是那些人搞不清楚狀況去惹他，他們自己太蠢了，高里根本不必為此感到自責。」

坂田故意大聲地嘆著氣。

「錯就錯在大家不認同高里與眾不同。其實只要不違抗高里，根本不會有人死。雖然大家都說高里會作祟，但內心並不承認這一點，所以才會發生這些奇怪的事。只要大家意識到高里與眾不同，就可以平安無事。」

坂田說完，不懷好意地笑了起來，橋上很不以為然地說：

「我才不要取悅別人。」

「反正善有善報，惡有惡報，不是不報，只是時候未到。」

橋上瞪著坂田。

「那我就實話實說了，坂田，你很奇怪，絕對有問題。」

坂田一笑置之。

「如果你不改一改這種認為只有自己才對的態度，早晚會惹毛高里。」

廣瀨沒有開口說話，坂田這個人讓他感到極度不舒服。橋上也不以為然地閉了嘴，野末和杉崎臉上明顯露出了厭惡的表情。

廣瀨站了起來，野末用眼神問他怎麼了？他只回答說：「有點事。」就走出了準備室。來到走廊上，把坂田隔離在門內，廣瀨終於重重地嘆了一口氣。

5

廣瀨離開準備室並不是有什麼特別的目的，所以漫無目的地來到一樓。從一樓的走廊來到校舍外，看到許多學生聚集在中庭的草皮上。看著他們的樣子，難以想像這所學校持續發生異常狀況。他隨意坐在門口，發現眼前的樹叢發出了聲音，一個學生從黃楊木後方探出頭看了過來。原來是築城。

「你怎麼會來這裡？」

「休息啊。你在吃午餐嗎？」

築城點頭，算是回答了廣瀨的問題。廣瀨站了起來，穿著室內鞋走去中庭，繞過樹叢時，發現築城和五反田兩個人坐在長椅上。

「啊，你穿室內鞋下來。」

「不要聲張。」

築城笑著在長椅上為廣瀨挪出一個座位，廣瀨在那裡坐了下來。築城和五反田腿上放著便當盒，但已經吃完了。

「太陽底下還是有點熱啊。」

豔陽照在長椅上，強烈的陽光形成了黑暗的陰影。周圍越是明亮，他越覺得情緒低落。

「因為這裡沒冷氣啊。」

築城笑著說。

「嗯，築城，你怎麼沒來準備室？」

廣瀨問，築城露出為難的表情。

「我也很想去，只是很怕見到橋上學長……而且坂田也在那裡。」

「怎麼？你討厭坂田嗎？」

築城皺著眉頭說：

「我原本就不喜歡他那種類型的人，但他最近越來越奇怪了。」

「奇怪？」

築城吞吐起來，五反田代替他開了口：

「他最近有點像中邪，簡直就像加入了什麼新興宗教。」

廣瀨微微偏著頭，五反田面無表情地說：

「高里教啦。」

「喔。」廣瀨小聲應著，五反田懶洋洋地聳了聳肩。
「他打了好幾次電話給我。」
「坂田嗎？」
「對啊，叫我趕快悔改。」
廣瀨驚訝地看著五反田和築城，兩個人都露出不耐煩的神情。
「他根本不管認識還是不認識，一直打電話給我們班上的同學，說服大家不要違抗高里。」
廣瀨嘆著氣。
「所以……你有興趣加入嗎？」
五反田再度聳了聳肩。
「開什麼玩笑，坂田的性格有問題。」
完全沒錯。廣瀨在內心嘀咕。
築城重重地嘆了一口氣。
「他說，受傷的人等於接受了洗禮。」
「什麼意思？」
「接受了高里神的洗禮，他說是大好機會。」
「完全聽不懂他在說什麼。」
「我也是啊。他對我說，你應該很清楚高里的能力，像你這種人，應該率先改變態度，雖然你受到了處罰，但還有洗心革面的機會，從某種意義上來說，比完全搞不清楚狀況的人更幸運，還說什麼如果不趕快改變態度，定會發生更糟糕的情況，高里已經忍無可忍了……我看他的腦筋有問題。」

「我也有同感。」廣瀨小聲地說。

「雖然我不是很懂，但是不是所謂『貧窮的人有福了』的意思？」

「好像不太一樣。」

五反田說。

「用宗教的方式翻譯坂田的話，應該是這樣。違抗高里就是犯罪，神會對犯罪的人定罪，定罪是一種神蹟。罪人因為犯了罪而罪孽深重，但因為遭到了懲罰，所以等於有幸親眼見證神蹟。雖然有人因為犯下了不可饒恕的罪而接受了死亡的懲罰，但活下來的人能有機會親眼目睹神蹟，這是一種福氣。」

築城驚叫起來：

「你理解得真透徹啊。」

「我不是理解了，而是為了理解而學習了。我想全班應該只有我一個人，會聽坂田在電話中聊一、兩個小時吧。」

「你好奇心真強啊。」

「可不可以說我求知欲很旺盛？我沒關係啊，坂田的電話對我無害，但其他人就不一樣了。」

「什麼意思？」廣瀨問，五反田聳了聳肩說：

「即使他說什麼神蹟啦、定罪啦，或是如果不悔改，就會受到更大的懲罰之類的話，我也無所謂。因為我完全沒有參與圍剿高里的事，但對那些曾經參加的人來說，坂田的話根本是威脅。」

廣瀨嘆了一口氣。

「的確……」

「那些沒來學校的人恐怕都是在裝病，即使實際受傷的人，也不至於嚴重到無法來學校上課，大家都是害怕上學。現在來學校的人，應該大多都是因為父母很嚴格，不允許他們不來學校上課。總之，坂田的電話讓大家更加不願意來學校了。」

「怎麼可能？他們只是害怕遭到報復，不是嗎？」

五反田斬釘截鐵地說：

「即使害怕，也不至於到不來學校的程度，因為已經有了替死鬼，如果是平時，他們早就來學校了。」

廣瀨偏著頭納悶，五反田張大眼睛說：

「喔喔，因為我一年級時也和高里同班，而且，我在國中三年級時，也和他同班了半年。我在國三時轉學到這裡，所以很瞭解高里的事。即使傷害了高里，也未必每次都會遭到報復。」

「是……這樣嗎？」

五反田點了點頭。

「像上次那樣，有很多人一起傷害高里時，其中便會有幾個人很慘，其他人可能會受一點輕傷或是幸運躲過一劫，幾乎都會遵循這種規則。」

「所以替死鬼……」

「高里的意圖應該不是復仇，而是殺雞儆猴，目的在於警告別人，誰敢動我，就不會有好下場。所以，如果很多人一起傷害他，只有運氣差的人會遭到嚴重報復，其他人只是受點輕傷，運氣好的話甚至可以全身而退。現在受傷在家休息的那些人，傷勢並不嚴重吧？」

「……是啊。」

「所以，已經發生過意外的人就不會再發生了，旁觀者也不會受到懲罰。每次都會有旁觀者，就是袖手旁觀、不上前阻止的那些人，但從來沒有旁觀者發生任何意外。總之，那是警告，既然是警告，繼續報復根本沒有意義。」

廣瀨點著頭。

「只要想一下就知道了，但那些同學之所以還沒有來學校上課，就是因為坂田用這種奇妙的方式在煽動。」

聽起來很有道理。

「所以到底有幾個人參加？」

廣瀨問，五反田偏著頭，從嘴裡吐出同學的名字。

「應該有二十六個。築城和其他兩個人那天沒來，我立刻上前制止，還有四個人因為制止而受了傷。除此以外，有五個人旁觀，包括高里在內共十四個人。我們班剛好四十個人，所以是二十六個。」

已經有十二名學生發生意外，七個人送了命，還剩下七個人——這七個人真的只會受一點輕傷就沒事了嗎？

廣瀨知道，自己是因為充滿期待，才認為五反田說的很有道理，但可怕的是並不是高里進行報復，那些異形怪獸能夠瞭解人類的邏輯嗎？

即使如此，廣瀨還是感到鬆了一口氣，可以明確感受到內心的緊張消除了。

*****

他沿著三樓的走廊快步走向樓梯。校舍內漸漸暗了下來，四處可見寂寞的陰影。

他瞥了一眼手錶。沒想到畫阿格里帕石膏像會這麼花時間，尤其因為美術老師米田在石膏像外包了塑膠袋，所以原本很熟悉的石膏像變得很難畫。如果在校門口叫計程車直奔繪畫補習班，不知道是否能夠在上課前及時趕到。今天的內容是速寫，那是他最弱的部分，但第一志願的美術大學經常在入學考試時要求考速寫。

他一路小跑著衝下樓梯，走向玄關。校舍的窗戶不多，而且玄關剛好被前面的房子擋住，所以完全沒有陽光。

他來到有一整排鞋櫃的空曠空間時，猛然想起最近同學之間流傳的傳聞。星期二意外身亡的學弟在學校出沒，但因為他在趕時間，所以這件事只是掠過他的腦海而已。

以學力來說，他就讀的這所學校算是好學校，但對想要考美術大學的學生來說，就未必稱得上是好學校了。他對初試很有自信，只是能否金榜題名，關鍵在於術科的成績，他沒有足夠的時間提升術科實力，而且也沒有遇到好老師。

他粗魯地拿出鞋子，把室內鞋丟進鞋櫃。他匆匆穿上鞋子，經過玄關時，發現旁邊的陰暗處有一個人影。

站在那裡的並不是之前死去的學弟。雖然他不認識那個學弟，但既然他是這所學校的學生，就不可能是女人，所以他可以斷言那個人影並不是學弟。

女人靠在鞋櫃上，白皙的臉看著他。

她是誰？他不禁暗想，但並沒有特別懷疑。因為他雖然聽說了校內的傳聞，卻並不知道最近在新市鎮流傳的傳聞。

他微微偏著頭。

「請問妳是誰？是家長嗎？」

聽到他的問題，女人沮喪地垂下雙眼，但很快抬起眼，再度看著他。

「我正在找泰麒。」

「太奇？」

她點了點頭。

「你知道麒嗎？」

他聽不懂女人這句話的意思，所以站在原地，她再度垂下眼睛。

「我很傷腦筋，必須趕快找到……」

他偏著頭回答：

「對不起，我沒聽過這個名字。」

因為她看起來太無精打采了，所以他忍不住道歉，然後又補充說：

「妳要找的是什麼？是人嗎？」

她搖了搖頭。
「麒是獸，名叫泰麒。」
「狗嗎？」
她輕輕嘆了一口氣。
「麒就是麒，所以，你並不認識……」
「對，真不好意思，沒幫上妳的忙。」
他在說話時努力搜尋著記憶，有什麼名叫奇的動物嗎？
「那你知道汕子嗎？」
「扇子？」
「白汕子。」
對他來說，這三個字比剛才的「奇」更費解。
「這也是獸嗎？」
她偏著頭回答：
「比獸更接近人，你沒見過她嗎？」
他搖了搖頭，忍不住思考「比獸更接近人」這句話的意思。
「如果不趕快找到，會發生很糟糕的情況……」
「很糟糕的情況？」
「對，會很慘。」

「會很慘……」

他突然想起學校這一陣子接二連三發生的怪事。她搖了搖頭，不知道她在想什麼。

「泰麒的動靜很汙濁，可能是被血汙染了，討厭血的獸會因為沾染血而生病。」

她一個人喃喃自語。

「半嗣好不容易找到這裡……」

他聽不懂她說的話，但內心開始覺得有點不太對勁。不對勁，這和他所瞭解的世界不一樣。

他終於想要快點離開她，於是對她說：

「妳最好趕快離開這裡，等一下警衛會來鎖門，被他發現會很囉嗦。」

她點了點頭，身體離開了鞋櫃。

對了，自己沒時間理會這個奇怪的女人，要趕快離開學校，否則來不及去補習班上課了。

她轉身走向走廊。

「不可以走那裡，外人……」

他的話還沒說完，就把後半句吞了下去。

她身影越來越淡，他還來不及叫出聲音，她的身影就好像融化般消失不見了。

他茫然地站在那裡。

第八章

1

隔天是星期六，也是廣瀨教育實習的最後一天。在教師辦公室開完朝會後，他回到了準備室，不一會兒，後藤也回來了。

「意外七，裝病八。」

後藤簡單地說了這句話，但已經把事情交代清楚了。

去到教室後，包括築城和五反田在內，只有五名學生。這是他帶了兩個星期的班級，沒想到最後一天，竟然是這樣的慘況。

原本計劃今天下午要舉行以「觀摩課研究會」為名的慶功宴，但也決定延期舉辦。

或許稱不上是補償，但他上完第四堂課回到準備室時，後藤親自為他倒了咖啡。

他和後藤兩個人用燒杯乾了杯。

廣瀨的教育實習結束了。

「後藤老師——」廣瀨在整理桌子時開了口：「我之後還可以來找你嗎？」

後藤站在畫架前，他已經多久沒有拿起畫筆在畫布上作畫了？

「想來就來，否則你恐怕也會睡不安穩吧？」

「是啊。」
後藤笑著擦了擦手。
「我去開會，等一下不知道會不會回來這裡，所以我就先說了——」
廣瀨看著後藤的臉。
「我很高興你來這裡，對高里來說，也是一件好事，他就拜託你了。」
廣瀨只是點了下頭。
寫完今天的實習日誌，又寫完反省紀錄，廣瀨闔上了筆記本。實習期間，有八名學生死亡，恐怕很少見到這麼驚悚的實習日誌。
他內心有一種奇妙的感慨，把手放在筆記本上發呆。這時，橋上帶著另外兩名同學熱熱鬧鬧地走了進來。
「啊，還沒離開。」
「太好了。」
坂田和築城並沒有來。
「怎麼了？」
廣瀨問，三個人從背後拿出超市的塑膠袋。
「慶功宴。」
「要為你舉行歡送會。」

說完，他們動作俐落地開始收拾桌子，把飲料放在桌上。不一會兒，小型宴會會場就布置完成了。

「老師，你以後會回來任教嗎？」

野末問。

「如果學校錄用我的話。」

聽到廣瀨的回答，野末皺起了眉頭。

「我們學校很少錄用新老師。」

「是啊，如果沒有招募，就要去參加教師甄試。只不過我不認為自己可以考上。」

「真無聊。」

橋上調皮地笑了笑說：

「要先拿到畢業證書吧？搞不好你要留級，那我明年就是你的學弟了。」

「那也要你能考上啊。」

野末和他們一起笑了起來。

橋上微微舉起燒杯。

「無論如何，辛苦了，總算順利結束了。」

廣瀨苦笑著說完，野末問：

「這算順利嗎？這次的實習根本是震撼教育吧，可以成為以後聊天的話題，就連岩木學長——」

野末說到一半停了下來，氣氛有點凝重，橋上苦笑著說：

「今天就先別說這些了。」

「沒錯沒錯。」杉崎也說道。「我想到一件完全無關的事。橋上學長，你聽說了嗎？好像昨天又出現了。」

野末皺起了眉頭。

「又是那件事嗎？」

「不是啦，之前橋上學長不是提到在找『其』的女幽靈嗎？」

橋上開口問：

「又出現了？在哪裡？」

「在這所學校，好像是昨天傍晚。」

「真的假的？」

杉崎很認真地點頭。

「是三年級的學長見到的。他看到玄關有一個女人，問他知不知道其，還問他知不知道白什麼的。」

「白什麼？」

杉崎抓了抓頭。

「嗯，我忘了。美術社的同學聽學長說的。」

杉崎說完，探出身體。

「但是，『其』好像是動物的名字，不是鬼。」
橋上露出不懷好意的笑容。
「搞不好只是狗走失了，那個女人在找狗。」
杉崎皺起眉頭。
「才不是呢，三年級的學長說，女人在他面前消失了。」
「三年級的嗎？他叫什麼名字？」
「不知道，我沒問。」
「搞不好在胡說八道。」
「不是啦。」
正當杉崎表示抗議時，聽到一陣慌亂的腳步聲，門打開了。是後藤。
後藤一進門就張嘴想說什麼，但看到三個學生也在，慌忙閉上了嘴。
「廣瀨。」
後藤叫了廣瀨一聲，示意他去走廊。廣瀨站了起來，來到走廊上，後藤用力關上門，小聲地說：
「廣瀨，你趕快回家。」
廣瀨張大了眼睛。
「後藤老師？」
「十時老師會送你回去，你趕快走吧。」

「發生什麼事了？」
後藤明顯很慌張。
「體育報。」
「後藤老師？」
後藤把報紙遞到廣瀨面前，壓低嗓門生氣地說：
「是高里。被他們猜中了，而且那些沒腦袋的傢伙竟然把姓名也登了出來。」
廣瀨瞪大眼睛，隨即閉上了眼睛。
他感受到一種無處可躲的不安。
太可怕了。廣瀨心想。
當高里的事傳開時，不知道每個人會有怎樣的反應——面對這些反應，又會發生什麼事？

2

廣瀨搭十時的車回到家時，發現有三個男人聚集在公寓門口。他沿著設計成陽臺的走道走向家中，那幾個男人用好奇的眼神看著他，其中一個人問：
「你住在這裡嗎？」

廣瀨沒有理他。

「你該不會就是實習老師廣瀨？」

「你是廣瀨吧？可不可以請你回答我們幾個問題？」

廣瀨不發一語地拿出鑰匙，無視跟著他的三個男人，想要走進家門。

「那個叫高里的學生被推下樓的時候，你不是就在旁邊嗎？請你說一下當時的情況。」

他輕輕推開擋在面前的男人。

「請你讓開。」

「高里是被推下樓的吧？」

「借過一下。」

「只要回答幾個問題就好，如果你堅持，我們也可以不提你的姓名。」

廣瀨甩開抓住他手臂的手，把鑰匙插進了鑰匙孔，把門打開一條縫，身體滑了進去。

有人抓住了廣瀨的手，他持續聽到相機按下快門的聲音。

「高里真的會作祟嗎？」

「集體自殺真的是高里作祟造成的？」

「你可不可以說一下，只要簡單幾句就好。」

「高里的家裡沒人，你知道他去哪裡了嗎？」

廣瀨用力甩開抓住他的手，走進了房間，連同那些聲音隔絕在門外。他抓住那拉住門、想要強行開門的手，並將其推了出去，用力關上了門。敲門聲立刻響起。他鎖好兩道門鎖，又掛上了門鍊，靠在門上輕輕喘著氣。

幸好他們似乎還不知道高里在這裡，但這件事早晚會曝光。因為他們就是靠這個吃飯，真是太危險了，高里比他們這些狗仔至今為止對付過的任何犧牲者更加危險。

「高里？」

他打開通往六帖榻榻米房間的玻璃門，發現高里逃到房間角落，蜷縮在那裡。高里的樣子讓廣瀨承受了不小的衝擊，因為他看起來簡直就像飽受驚嚇的小動物。

高里聽到玻璃門打開的聲音，抬起頭，終於鬆了一口氣般放鬆了臉上的表情，然後滿臉歉意地鞠了個躬。廣瀨皺著眉頭笑了笑。

「你見到他們了嗎？」

高里搖了搖頭。

「暫時不要外出，雖然不太自由，但總比被他們逮到好。」

廣瀨在說話時鬆開了領帶，高里對他深深地鞠躬。

「對不起，真的給你添麻煩……」

「之前不是說了，不要道歉嗎？」

廣瀨努力擠出了笑容。

「風波很快就會平息，他們很善變，這兩、三天可能會很不自由，就姑且當作是天災，忍耐一下。」

高里順從地點了點頭。

「太好了。」

高里說。廣瀨納悶地轉過頭，發現高里臉上露出安心的表情。

「我以為出了什麼事。中午之前，門外就有很多人，向左鄰右舍打聽你的情況，我還以為……」

高里越說越小聲，但廣瀨還是聽到了。

「你以為我出事了？」

高里點著頭。

「你也看到了，我什麼事也沒發生。雖然有一些小狀況，但學校那裡很平靜，我的實習也結束了，總算都告一段落了。」

聽到廣瀨這麼說，高里終於放下心，臉上的表情也放鬆了。

「那些人是報社記者嗎？」

「……應該吧。」

高里深深地鞠躬。

「真的很對不起。」

廣瀨嘆了一口氣，然後從皮包裡拿出後藤給他的報紙。

「你的處境比我更慘。」

雖然要隱瞞高里很簡單，但廣瀨認為根本沒有意義，高里有必要知道真相。
高里接過報紙看了起來。頭版當然是棒球的相關報導。
高里翻開報紙，翻到其中一頁時停下了手。
上面大篇幅刊登了某所受到詛咒的私立高中。岩木事件和七名學生集體跳樓事件都曾經是社會新聞的頭條，所以記者可能認為事到如今，再刻意隱瞞學校名字根本沒有意義，報導中提到了學校的名字。報導中還提到，在這兩起事件之間，還發生了另一起事件。一群情緒激動的學生把一個同學從二樓教室的窗戶推下去，高里的名字也以被害人的身分清楚地寫在上面。
報導輕描淡寫地指責校方試圖隱瞞這起事件，分析了那些學生把同學推下樓的來龍去脈，在這個過程中，更詳細提到了據說高里曾經遭到神隱，因此被同學孤立，以及傳聞說他會「作祟」的事。
最後，還順便整理了過去曾經發生的事件，列舉出今年春天的校外教學時，有學生意外身亡，之後也多次發生重大意外，以及去年生田老師死了，還有更早之前發生的事件——甚至提到了小學和中學時代發生的意外和死亡事件，認為這些事件都和他有關。
高里滿臉凝重地折好報紙，他的態度並沒有廣瀨原先所擔心的那麼慌張。
「高里。」
「我沒事。」

他垂著視線嘀咕。

「我、真的沒事。」

他強調的主詞似乎有弦外之音。他們沒事嗎？報導這些事件的他們，提供這些消息的他們，上門採訪的他們會沒事嗎？

高里抬頭看著廣瀨。

「我要回家。」

廣瀨搖了搖頭，他可以想像高里的母親一旦看到這篇報導，會採取什麼態度。

「如果你擔心在這裡會打擾我，那就完全沒必要。」

廣瀨說完，看向電話。

「但也許你該打個電話回家，通知他們記者可能會上門——應該已經去了。總之，提醒你家人注意，並且請他們不要說出你在哪裡。」

如果那些記者知道高里在這裡，一定會表現出更強硬的態度。這或許是偏見，但無法想像他們會採取什麼行動，更不知道守護高里的牠們會怎麼對待記者的這些行動。

高里點了點頭，說了聲「電話借我用一下」，就拿起聽筒。他按了按鍵，等了很久，然後在廣瀨的注視下掛上了電話。

「沒有人接嗎？」

「對。」

可能已經遭到了電話攻勢吧，所以高里的母親不接電話。廣瀨心想。

沒想到他也很快遇到了相同的狀況。傍晚之後，廣瀨也不斷接到電話，其中大部分電話都希望他談論高里被推下樓的事件，其中有幾通由學校打來，叮嚀他千萬不要亂說話。到了晚上，廣瀨終於投降，把電話切換到答錄機，關掉了電話鈴聲。沒想到當天晚上，答錄機的錄音帶就用完了。

3

翌日是星期天，外面的情況依然沒變，所以只能在家裡打發時間。前一天廣瀨帶著赴死的心情走出家門，買了大量食物回家，所以今天不需要出門覓食，廣瀨看電視、看書，和高里天南地北閒聊。

昨天出門採買時，順便買了素描簿和水彩顏料。高里坐在拉起窗簾的窗邊，一大早就用鉛筆作畫，旁邊放著蓋亞那高地的攝影集。

高里想要畫出那片奇岩連綿的風景，他試圖用無數線條畫出和照片很相像、但又有著明顯不同的連綿奇岩。他多次猶豫，擦掉了草圖，所以畫紙表面都已經起毛了。

廣瀨看著他的畫，獨自聊著一些無關緊要的事。高里每次都簡短附和，但並不會對廣瀨不理不睬。廣瀨覺得好像在和貓或是狗聊天，但至少高里會回答，所以比貓狗好多了。

廣瀨說到經常出入準備室的學生為他舉辦了歡送會時，高里抬起頭笑了笑說：

「希望學校可以錄用你。」廣瀨回答：「對啊。」他又笑了笑，再度看著素描簿。他們一直維持這樣的談話方式。

「對了。」廣瀨突然想起杉崎說的事。「你覺得『其』是什麼？」

高里聽了，抬起了頭，似乎有點驚訝。

「──怎麼了嗎？」

高里笑著搖了搖頭。

「那是什麼？」

「不清楚，好像是最近流行的靈異故事。」

廣瀨說完，苦笑著把從杉崎那裡聽來的事告訴了他。那只是無足輕重也無害的靈異故事。他對自己這麼認為感到很奇妙。

「橋上說，可能是鬼，但聽說是動物的名字。」

高里垂下雙眼，似乎在思考。

「是動物種類的名字？還是像小花或是太郎這種人類為動物取的名字？」

「不清楚。」廣瀨偏著頭。「這我倒是沒問。」

高里用鉛筆輕輕抵著下巴。

「可能是麒吧。」

「啊。」

「公的麒麟。」

「長頸鹿？脖子很長的那個？」（註5）

高里微微笑了笑。

「麒麟是中國傳說中的獸，我記得麒是公的，麟是母的，還是相反？因為有的書上寫的是相反……」

廣瀨拿出字典，查到了麒麟。

「麒麟……按照這本字典上所寫的，你說的才正確。麒是公的，麟是母的。在聖人出世之前現身，所以是中國的獨角獸之類的嗎？」

「麒是獨角獸，也稱為角端。」

「原來是這樣，你記得很清楚。」

「只是突然想到……」

高里有點不知所措地笑了笑。

「那你知道有什麼的名字，叫白什麼什麼的嗎？」

「白什麼？」

註5　在日文中，「麒麟」和「長頸鹿」，都讀成kirin。

「只知道叫白什麼的，其他的就不知道了。」
高里想了一下後，小聲嘀咕說：
「白汕子。」
「白三子？」
「白、汕……子。」
高里在空白處寫下這三個字後停了下來。
「怎麼了？」
廣瀨問，高里搖了搖頭，似乎感到很訝異。
「白汕子是什麼？」
他查了字典，卻沒有找到相關的詞條。
「不知道。」
廣瀨驚訝地看著高里。
「不知道？」
「我……不是很清楚，只是這個名字突然浮現在腦海……」
高里似乎極度混亂。
「……好奇怪，從前一陣子就開始了，好像會突然想起什麼……」
「那段期間的事？」
「應該是。」

高里回到這裡已經七年，持續抗拒了高里七年的記憶甦醒了。

「從什麼時候開始？」

「在我從窗戶墜樓的前一刻，他們要我跪在地上……」

廣瀨回想起那天，他第一次看到高里露出強勢的表情，堅定地說：「我不要！」

「我自己也搞不懂是怎麼回事，只知道絕對不可以那麼做。」

廣瀨看著高里滿臉困惑的樣子。

「那是絕對不可以做的事。雖然在前一秒，我還覺得只要我道歉，可以讓大家平靜，我也無所謂，但他們把我強壓在地上的瞬間，我立刻覺得絕對做不到。」

「高里，這是因為——」

每個人都有自尊，瞭解什麼是屈辱。廣瀨原本想要這麼說，但高里強勢地打斷了他。

「不是你想的那樣。不是因為覺得丟臉或是不甘心，而是我覺得不可以這麼做，絕對不可以跪在他們面前。」

他住了嘴，似乎對自己這麼認真感到很不好意思。

「你是因為這個原因，所以那時候發呆嗎？」

高里點了點頭。

「當我這麼想的時候，隱約想起某個人，我的注意力集中在那件事上……」

「某個人是誰？」

「不知道，只是感覺到一個影子，雖然知道是一個人，卻不知道是誰……」

高里嘆著氣。

「就是從那個時候開始。我在這裡看到蓋亞那高地的攝影集後，覺得這片風景似曾相識……很像蓬山。」

「朋山？」

「蓬萊的蓬，蓬山。腦袋裡突然冒出這個字眼，卻完全不知道那是哪裡。」

廣瀨走到書架前拿出地圖。日本或是日本以外的地方，有這種山嗎？但是，他看了索引，卻找不到叫這個名字的山。

廣瀨看著素描簿，那是用無數線條畫出奇岩的奇妙風景。那是蓬山，是和高里消失的一年有某種關聯的地方——

4

就在這時，安靜了一陣子的門鈴聲再度響了起來。

廣瀨看向廚房的方向，隨即移開了視線。門鈴持續不斷，而且還聽到了有人叫廣瀨的聲音。

「老師。」

廣瀨站了起來。

「廣瀨老師。」

似乎有學生在叫他，除了那個叫聲以外，還聽到幾個人交談的聲音，似乎在問按門鈴的人話。

廣瀨站了起來，走到玄關，輕輕打開了門。

「啊，你果然在家裡。」

說話的是坂田。他背後的幾個男人也趁機說了什麼，廣瀨鬆開門鍊，打開了門。

「進來吧。」

他催促著坂田，然後沒有看外面的男人一眼，就關上了門。

「好大的陣仗。」

坂田脫鞋子時說，他似乎很樂在其中。

「如果你羨慕，分一點給你——找我有什麼事嗎？」

廣瀨走回六帖大的房間時問。

「我想知道高里在哪裡，即使去他家——」

坂田說到這裡，發現高里就在眼前，驚訝地張大了嘴。高里微微向他點頭。

「高……」

坂田差一點叫出高里的名字，廣瀨制止了他。坂田目瞪口呆地看著廣瀨，廣瀨用眼神示意門外。

廣瀨關上了玻璃門。

「不好意思，可不可以請你不要告訴別人，他在我家的事？」

「好啊，但為什麼高里會在這裡？」

「說來話長，他父母請我照顧他。」

「是喔。」

坂田站在那裡，低頭看著高里。高里雙手放在闔上的素描簿上，微微低著頭。

坂田在他旁邊坐了下來。

「高里，你這一陣子都沒來學校，我很擔心你。」

高里用不帶表情的雙眼看著坂田，沒有說話。

「我打電話去你家、去你家找你，也都沒有人，遮雨窗全關著，我還在想，你到底去了哪裡。」

高里完全沒有回答，只是微微皺起了眉頭。坂田完全不放在心上。

「對了，高里，你認識我嗎？雖然我們從來沒有同班過。」

「不認識。」

高里的回答極其簡短。

「我想也是，我姓坂田。我一直想找機會和你聊一聊。你現在的處境不是很為難嗎？但我是你的朋友。」

坂田說完，一個人滔滔不絕地說了起來，高里幾乎沒有吭聲。坂田問話時他會回答，如果坂田不發問，他就不開口，面無表情地看著坂田的眼睛。

廣瀨有一種奇妙的感慨。這就是最初見到高里時的感覺，從他的態度，難以想像前一刻還面帶微笑地和自己聊天。

——誰說高里沒有感情？

廣瀨帶著複雜的心情看著高里平靜的臉龐。原來他是用這種方式生存。什麼都不說，什麼都不看，所以沒有人瞭解高里，也沒有人觀察高里。這兩件事的先後關係如何？到底是高里排斥這個世界，還是這個世界無法接受高里？

「岩木是自作自受。」

坂田繼續喋喋不休。

「他竟敢動手打你，這是萬萬不可的事。還敢說什麼作祟，就在他身上作祟！他根本不應該懷疑你，雖然這樣的結果很令人遺憾，但他是自作自受。」

「是嗎？」

高里說。他的聲音平靜卻有力。

「是啊，完全是那些想要測試你的人的問題。」

「岩木根本沒理由要死，無論是怎樣的人，都不可以發生這種事。」

坂田有點被高里的氣勢嚇到了，連續眨了幾次眼睛，突然露出了笑容。

「每個人都有天命，岩木是因為他的天命已到，所以才會死，你沒必要自責。」

高里垂下雙眼，沒有回答。

坂田完全不在意高里的反應，再度自顧自說了起來。他說話的重點就是其他人多麼愚蠢無聊，因為太愚蠢，所以看到聰明的人，也只會覺得是異類。他們完全不瞭解，雖然他們蔑視異類，其實他們才應該遭到蔑視——坂田不斷重複這些內容。

廣瀨內心感到極度不悅和不安，他完全無法理解坂田這種人的思考方式。坂田一再重複的這番似是而非的哲學，令廣瀨感到極度不悅，同時也感到不安，有一種崩壞的感覺。他似乎看到原本堆滿房間的無色透明磚塊，從坂田的周圍開始崩塌。

5

過了很久，坂田也絲毫沒有打算閉嘴，長篇大論地從自己的經驗中引用實例，試圖證明人類多麼愚蠢。

廣瀨耐不住性子，用委婉的方式勸他該離開了，坂田聽不懂他的暗示——也可能是假裝沒有聽懂。當天色漸漸暗下來後，廣瀨終於難以啟齒地開了口：

「坂田，我們差不多該準備晚餐了。」

坂田聽到廣瀨這麼說，笑了笑回答：

「是嗎？你們這麼早吃晚餐。」

「我很少在家裡煮，所以很花時間。」

「啊，你們儘管吃，不必在意我，我很晚才吃午餐。」
廣瀨嘆著氣。
「不好意思，有人在旁邊看著我們吃飯會很不自在。」
「那你們吃飯的時候，我去外面等？」
「這樣你不是會很晚才回家嗎？」
「我住在這裡也沒問題啊，我爸媽不會管我這種事。」
廣瀨再度嘆了一口氣。
「我家很小，也沒有多餘的被子。」
「我睡廚房也沒問題，我的專長，就是不管到哪裡都可以睡。」
坂田笑著說，廣瀨不悅地說：
「不好意思，可不可以請你回家？」
坂田收起了笑容，用好像在看什麼奇怪東西的眼神看著廣瀨。
「我在這裡很礙事嗎？」
廣瀨不假思索地想要否認，慌忙把話吞了下去。
「……現在亂成一團。」
「喔，是喔。」
坂田冷冷地說完，站了起來，對高里揮了揮手。
「我先走了，雖然現在不得不走，但我還會再來看你。」

廣瀨深深地嘆了一口氣。

「坂田，你也知道外面的狀況，別再來這裡。」

坂田想要說什麼，但最後只嘀咕了一聲「是喔」，匆匆轉身走向玄關，用凶惡的眼神瞪了廣瀨一眼，才終於離開。廣瀨在鎖門的同時，深深地嘆了一口氣。

走回房間時，高里用一臉困惑的表情抬頭看廣瀨。廣瀨苦笑著說：

「對不起，我實在忍無可忍了。」

高里淡淡地笑了笑。

「我也是。」

「真的是一種米養百種人。」

廣瀨靠在書架上茫然地嘆著氣，高里點了點頭。

「是啊。」

像坂田那樣的人總是令廣瀨感到沮喪，這種時候，誰都會發自內心地想要回去那個世界。

「我以前曾經希望自己變成仙人。」

高里偏著頭看他。

「差不多是高中的時候，我很想躲進深山，開墾一塊不大的農田，過自給自足的生活——我是認真這麼想。」

高里淡淡地笑了起來。

「我能理解。」

廣瀨苦笑著說：

「但即使是深山，土地還是要花錢買，農田也不可能一年四季都能夠收成，所以必須有一點積蓄。於是我就想，必須等出社會工作，存夠了一筆錢才能實現這個夢想，只是太遙遠了，最後就放棄了。」

「必須去南方。」

「南方？」

「要去一年四季都很溫暖的地方。日本的深山不行，要去熱帶雨林的叢林，那種隨便可以找到食物的地方。」

廣瀨驚訝地看著他。

「小說裡的那些漂流故事，都是漂流到南方島嶼，如果是北方，就不可能有後續故事了。」

「有道理。」

高里淡淡地笑了笑，然後看向手邊的攝影集。

「委內瑞拉似乎不錯。」

「奧揚特普伊山？」

位在蓋亞那高地被稱為奧揚特普伊山的桌山山麓，住著一個名叫萊梅的老人。他是出生在立陶宛的白人，在那裡過著自給自足的生活，大家都稱他為「仙人」。

「羅賴馬山。」

「羅賴馬山的山麓嗎？可以成為『羅賴馬山的仙人』和萊梅老人較勁。」

這種想像令人心情愉快。如果住在密林中，旁人就無權干涉了。然後可以開墾叢林，在那裡種香蕉過日子似乎也不壞。

「既然要住，高一點的地方比較好……」

「那倒是，但是越高越冷。那裡的海拔將近三千公尺，應該無法耕種。」

「耕種可能沒辦法，但寒冷倒不是問題，因為那裡的陽光很強烈。」

「撿『水晶谷』的水晶拿去賣，你覺得怎麼樣？」

高里笑了起來。

「不行啦，別人不可能默許的，況且，那裡是八百公尺的懸崖絕壁，下山去賣也太辛苦了。」

「那我還有另一個想法，『岩石迷宮』還沒有人去過吧？我們可以找金主贊助，製作一份『岩石迷宮』的詳細地圖，這樣也可以打發時間，簡直是一舉兩得的妙主意。」

「……這個主意真不錯。」

「我就說吧？」

廣瀨和高里小聲地笑了很久。

「但要怎麼畫地圖？走三天就會在迷宮裡迷路。」

「當然要在『岩石迷宮』旁搭一個小屋，從外側漸漸向內側逼近，勘查地形。」

「迷宮長三公里，寬也有一點五公里。」

「可以在調查進行的同時移動小屋。『岩石迷宮』的岩石不是都很大嗎？光看照片，可能無法瞭解有多壯觀，一定差不多有一棟大樓那麼大，因為受到多年的侵蝕，變成了凹下去的奇怪形狀，只要用心找，一定可以找到能夠住人的地方，就像土耳其的卡帕多奇亞一樣。」

以奇岩和地下城市出名的卡帕多奇亞也是廣瀨嚮往多年的地方。

「我們可以同時調查岩石，分別為岩石命名，就像為星星命名一樣。」

高里笑了起來。

「要帶指南針嗎？」

「要啊，要帶指南針和繩子，粉筆搞不好也可以派上用場。」

「那裡很多雨，也經常有迷霧。」

「那要帶雨傘和雨靴。」

高里輕輕笑了起來。

「雨傘？」

「對，打雷很可怕，所以不能帶金屬傘架的雨傘。一手拿雨傘，一手拿繩子，不是很夢幻嗎？」

「那紅傘比較好。」

「紅傘？」

廣瀨問，高里笑著點頭。

「一定要紅色，因為岩石的顏色太暗，在宛如大樓般的奇岩林立的迷宮中一片濃霧，然後出現一把紅傘，真是太夢幻了。」

廣瀨笑了起來。

「那我要用黃色的。」

廣瀨和高里兩個人輕聲笑著，天馬行空地聊著這些事，當天晚上就完成了隱居生活的計畫。

*
**
**
**
**

她打開窗戶。

那是住家三樓的窗戶，窗外可以清楚地看到宛如一艘黑色大船的學校大樓。因為學校大樓和小學校外教學時參觀的油輪很像，所以她一直認為那是一艘船。

不知道為什麼，她很怕那艘油輪，所以也很怕夜晚看到的這棟建築物。最近發生了很多離奇事件，她就讀的高中流傳著很多可怕的傳聞，但是在聽說這些傳聞之前，她就很怕眼前這所學校——害怕學校的建築物。

她知道窗戶正對著教師辦公室所在的辦公室大樓，目前窗戶都拉下了百葉窗，否則可以清楚看到窗邊辦公桌上茶杯的顏色。

辦公室大樓後方更高的那一棟，是之前發生跳樓自殺事件的教室大樓，旁邊是特別教室大樓，後方露出一小塊的是社團大樓。

她靠在窗前看著那棟可怕的大樓。雖然她覺得很可怕，也很討厭那棟大樓，但如果不在睡前看一下，就會覺得心神不寧。她猜想自己心中，一定是想要確認那不是什麼可怕的東西，只是夜晚的學校而已。

她用手托著臉頰，看向校舍。這時，她微微皺起眉頭，把手撐在窗框上探出身體。

有什麼東西在教室大樓移動。她的房間離教室大樓太遠，所以看不清是什麼東西，於是打開書桌的抽屜，從裡面拿出小型望遠鏡。那是之前參加社團時為了賞鳥而買的。

用望遠鏡一看，發現那是一個人影。

她所就讀的那所學校的女生都很崇拜這所學校的男生，有一段時間，那些大膽的女生都流行趁著夜晚偷偷溜進學校，把情書塞進自己喜歡的男生的置物櫃。因為社團大樓使用頻繁，一樓的窗戶經常忘了鎖，所以才能玩這種遊戲，但後來有人不慎被警衛發現，所以這個遊戲也就中止了。

因為她看到的人影是女生，所以忍不住想起這個遊戲。難道現在還有人在玩這個遊戲嗎？她忍不住想，然後又想起了在學校流行的另一個傳聞。

她拿著望遠鏡的手忍不住發抖。因為她看到那個女人漫無目的地在窗戶內走來走去。她用望遠鏡觀察後才發現，那是走廊上的窗戶。

她渾身發抖，放下了望遠鏡，一下子無法看清眼前的景象，但視力很快就恢復正常。這時，她看到教室大樓的屋頂有什麼東西在動。她情不自禁地再度拿起了望遠鏡，抬頭看向屋頂。

屋頂上有一隻看起來像是狗的動物。為什麼狗會跑到學校的屋頂上？那是一個很不吉利的地方，不久之前，還有七個人從那裡跳下來，狗出現在那裡太格格不入，也太可怕。

她拿著望遠鏡移動以改變視野，決定徹底觀察整個校園，否則無法安心入睡。當她看向旁邊時，看到了通往特別教室大樓的迴廊，她在二樓發現了一個黑影，看起來像一頭很大的牛。她繼續往旁邊移動，看到了社團大樓的窗戶，當她仔細打量時，發現有什麼東西在牆上爬行。彷彿是深紅色、長度和窗戶高度相似的水蛭，像蛞蝓般從下向上爬行。她順著牠爬行的方向往上看，發現屋頂邊緣已經有好幾隻水蛭。她又看向下方，建築物下方也有十幾隻水蛭蠕動著。

黑色侏儒一般的東西在中庭走動，當她看向操場時，發現像是巨大變形蟲的東西黏著操場。

這是怎麼一回事啊？她把望遠鏡丟在一旁。那所學校怎麼了？

她嚇得想要關上窗戶時，發現天空中有流星。她順著光望去，才知道根本不是星星。她茫然地張大了嘴。

那是外形像鹿一樣的怪獸，但和鹿不同，牠的身上發出淡淡的光，飄然降落在教室大樓的屋頂。奇怪的是，她並未感到害怕，前一刻的不安突然煙消雲散。

怪獸很快消失不見了，卻讓她帶著極其平靜的心情關上了窗戶。

第九章

1

隔天早上，廣瀨不到六點就醒了。

昨晚和高里天馬行空地閒聊，直到兩點多才睡覺，所以總共睡了不到四個小時。廣瀨昏昏沉沉地坐了起來，發現高里已經起床，換好了制服。

「高里……你！」

「我要去學校。」

「但是……」

廣瀨的話還沒有說完，高里就打斷了他：

「現在外面沒有人，所以出去沒問題。」

他笑了笑，深深地鞠了個躬。

「這幾天謝謝你的照顧。」

言下之意，他打算回家了。

「高里。」廣瀨輕喚了一聲。雖然高里住在這裡，為廣瀨帶來了很大的不便，但他仍然不希望高里回到那個母親身邊。

「即使你回家，也無法改變狀況。我已經被鎖定了，就算你離開，也只會讓我擔心而已。」

高里低著頭，沒有回答。

「還是你想家了？」

高里立刻抬起頭，露出無助的表情。

「我無家可歸。」

廣瀨點了點頭。

「即使我回家，也沒有人感到高興。無論是我爸媽還是弟弟，都希望我不要回家——老師，你也一樣吧？」

廣瀨輕輕嘆了一口氣。

「不瞞你說，我的確感到很厭煩，但不是針對你，而是對守在外面的那些人，還有對學校的那些人。」

廣瀨說話時，把身體靠在牆上。

「但是，那不是你的錯，我也不希望你離開我家，反而希望你留在我身邊。這是我自私的想法，如果是我，不會想回那個家，所以也無法忍受你回去那裡。」

廣瀨看著高里。

「你應該也不想回去吧？所以每天放學後都留在教室不回家。」

高里緩緩搖頭。

「我不是……不想回家。」

「那是怎樣？」

「我只是覺得回家了，也會造成他們的困擾。」
廣瀨嘆著頭，抓著剛醒來的腦袋。
「我無法理解你的思考方式。雖然不討厭，但很難理解。」
高里微微偏著頭，垂下雙眼，似乎在思考該怎麼表達。
「無論對我爸媽還是弟弟來說，我不回家都比較好。我會害到別人，而且是很可怕的小孩，只要在我身邊，就會讓人心情惡劣。我知道大家都這麼看我，所以覺得最好不要留在家裡。」
廣瀨嘆著氣。
「為什麼很可怕？為什麼你知道別人這麼想，卻不感到生氣？」
「因為……這是事實。」
「事實？你……」
高里露出不可思議的表情。
「大家都這麼說，你不覺得我可怕嗎？」
聽到高里的問題，廣瀨說不出話。
「我從來不覺得你有什麼可怕。」
「老師，你是怪胎。」
「也許……吧。」
廣瀨說完，輕輕笑了。

「你就繼續住在這裡。」
廣瀨說，高里搖了搖頭。
「我想休學。」
廣瀨打量著高里平靜的臉龐。
「你說什麼？」
「我一直在想這件事，我覺得自己最好不要去學校。因為我走進人群會造成危害，也會造成別人的困擾，只是我遲遲下不了決心，所以，當中學老師建議我考這所學校時，我也就聽從了他的建議。」
高里說完，露出了苦笑。
「我想，我之前是因為感到害怕。因為我的人生一直沒有目標，所以很怕失去立足之地。就好像在攀爬懸崖的途中，我知道自己雙手沒有抓到任何東西，就更害怕連雙腳踩的地方也崩潰。我應該是一直不願放棄自己是高中生的立場。」
「——所以呢？」
廣瀨輕聲問道。他的語氣有點咄咄逼人。
「我打算休學後離家。雖然我和其他人一起工作，就像去學校讀書一樣，都會造成別人的困擾，但我相信如果是短時期，應該沒有太大的問題。雖然要不斷換工作，但有很多人都用這種方式生活……」
廣瀨感到怒不可遏。雖然是因高里而感到憤怒，但並不是高里令他憤怒。為什麼高里無法平靜度日？他為此感到憤怒，也對高里竟然可以心平氣和地說出這個事實感到憤怒。

「所以呢？你到底抓到了什麼？」

既然主動離開自己站立的地方，如果雙手不抓住某些東西，就會跌入懸崖下的萬丈深淵。

「我想去羅賴馬山。」

廣瀨看著坐在他面前的高里，腦中閃過這簡直「無聊」的想法，他的願望只是想去南美看看那座奇岩林立的山，和眾多人沒有明確目的，卻緊抓著自己立場的欲望相比，簡直太過微不足道。

高里笑了笑。

「很無趣嗎？但這是我在自己現實生活的延長線上，找到的第一個願望。」

「那你就去啊。」

廣瀨沒好氣地說。

「你可以歷經千辛萬苦去看『岩石迷宮』，然後發現那裡並不是蓬山，再失望地跑回來。」

高里露出極度悲傷的表情。

「……對不起，我竟然對你亂發脾氣。」

廣瀨無地自容地低下了頭，也許是想要向高里道歉。

「可不可以等我一下？我也要出門。」

高里看著站起身的廣瀨。

「如果你想休學，不是得和後藤老師談嗎？我陪你去。」

「你……是不是對我感到很失望？」

「不。」廣瀨搖了搖頭。「我應該只是希望你能平靜過日子、擁有幸福的人生。至於什麼才算是幸福，必須由你自己決定。」

廣瀨勉強擠出笑容。

「唯一遺憾的是，你不是為了自己的心願而放棄，而是不得不放棄，所以才想要這麼做。」

說完，他打開了小浴室的門。

「即使是多年後，當你決定要去時，記得通知我一聲——我會送你紅雨傘。」

這次他真的笑了。高里也鬆了一口氣，露出了笑容。

2

因為還是清晨，所以學校周圍沒有人影，校門也還沒有開。廣瀨和高里從後門爬進學校，坐在體育館後方別人看不到的地方發呆。

他們閒聊著，等到上學時間，才偷偷從體育館後方走出來。

廣瀨拍了拍高里的肩膀，送他走去教室大樓。班上的同學看到高里不知道會有什麼感覺，會說些什麼、做些什麼。原本打算送他去教室，但他搖搖頭婉拒了。高里臉上的表情很平靜，宛如下定決心的殉道者。

廣瀨從捷徑筆直走向特別教室大樓，盡可能避開他人。他在這裡實習了兩個星期，當這段時間結束後，學校再度變成拒絕廣瀨這個外人進入的地方。他走在空無一人的走廊上，獨自想著這些事。

走進準備室時，後藤露出驚訝的表情。

「你知道實習已經結束了嗎？」

後藤問，廣瀨點了點頭。

「你不是說我隨時都可以來嗎？」

「我的確說過，但沒想到你今天早上就來了。」

廣瀨輕輕笑了笑，然後露出嚴肅的表情說：

「今天我是來當護衛的。高里來學校了。」

後藤看著廣瀨。

「……是嗎？」

「我叫他放學後來這裡，因為他有事要和你討論。」

「討論？高里找我討論？」
「當然是找你啊。因為他要討論休學的事，不找你找誰啊。」
後藤瞪大了眼睛。
「休學？他休學要幹什麼？」
「聽說要去工作。」
「是你煽動他嗎？」
「怎麼可能？是他自己決定的。」
「是嗎？」後藤小聲地說：「我班上的學生越來越少了。」
廣瀨沒有說話。
「對了，你有沒有看到？」
聽到後藤這麼問，廣瀨抬起頭，後藤挑了挑眉毛。
「今天出版的週刊上刊登了關於高里的內容，所幸沒有提到他的名字。」
「是喔……」
廣瀨陷入了沉思。
預備鈴響了，後藤走出準備室去參加朝會，當他回來時，臉上露出了複雜的表情。
「二十六。怎麼樣？很了不起的出席率吧？」

「有二十六名學生出席嗎？」
「是啊。可能隔了星期天之後，他們的心情也平靜了，反正是好事一樁啦。」
「班上的情況怎麼樣？」
後藤再度露出複雜的表情。
「基本上和平時一樣。高里原本就是那樣，其他人也恢復了事件發生前的狀態，也就是敬而遠之，事不關己的態度。」
廣瀨微微偏著頭。
「完全和以前一樣嗎？」
「也許有一點不一樣。當我打開教室的門時，有兩、三個人圍在高里的桌子旁，一看到我就走開了。」
廣瀨的內心掠過一絲不安。
「該不會？」
後藤搖了搖手。
「不像是發生過什麼爭執，感覺像是在閒聊。」
廣瀨感到很納悶。
「閒聊？和高里？」
「不要問我。等一下你問他就好。總之，我覺得氣氛很和諧。」
廣瀨陷入了沉思。他實在很難想像那個畫面，就好像參加以高難度出名的考試，發現考題簡單得離奇的感覺。

「對了，高里家的人有沒有打電話給你？」

後藤問，廣瀨搖了搖頭。

「沒有，昨天高里打電話回家，也沒人接電話。」

「是喔。」後藤嘀咕了一聲。

「昨天我在家時接到一通電話，高里弟弟就讀的學校老師打給我。因為他弟弟星期五和星期六都曠課，那個老師問我是否知道是什麼情況。」

「喔？」

「他爸爸也連續兩天曠職，同事想到他小兒子就讀的學校，所以打電話去學校詢問，沒想到小兒子也曠課；打電話去家裡，似乎也沒人在家，結果就把電話打到我家來了。」

廣瀨有一種不祥的感覺。

他猜想高里的父母假裝不在家，所以故意不接電話。高里的母親之前說，他們必須關起遮雨窗過日子，一家人應該躲在家裡，但會連他父親也不去上班嗎？

「我會在放學後去看看。」

廣瀨說，後藤露出驚訝的表情。

「你打算在這裡等到放學後嗎？」

「我不可能在上課的時候離開學校，因為門口聚集了很多記者，反正我也想送高里回家，就順便去看一下。」

橋上他們在午休時間來到準備室，看到廣瀨，無不露出驚訝的表情。

「廣瀨老師，你怎麼會在這裡？」

橋上劈頭問道，廣瀨只好對他苦笑。

「我們還特地幫你舉辦了歡送會，真是不知感激啊。」

「對啊，我剛才還忍不住陷入感傷，想說以後打開這道門，再也看不到你了。」

廣瀨輕輕戳了裝腔作勢的野末。

「今天是有事來學校，因為那些狗仔的關係，所以暫時出不去。」

「原來是這樣啊……」他輕輕拍了拍手說：「每次上學和放學時，他們都會問一些問題，聽說昨天還打電話去築城學長家，說想瞭解T同學墜樓的事，而且打了三次。」

廣瀨苦笑著說：

「要不要我告訴你，因為可疑的意外而受傷的某實習老師A接到多少通電話？」

橋上露出憐憫的眼神。

「……真不幸。」

野末探出身體問：

「該不會也守在你家門外？」

「星期六和星期天，門外始終有兩、三個人。」

「哇！太慘了……」

這時，又有兩名稀客走了進來。

「咦？老師，你怎麼會在啊？」

是築城。

橋上拉出折疊椅。

「築城，好久不見了。最近好嗎？」

「還不錯啦。」

他坐在橋上搬出來的椅子上。野末把倒了咖啡的燒杯放在他面前。

「好久沒有為你服務了。」

「謝啦。」築城說完，回頭看著廣瀨。

「高里來上課了。」

「聽說了。」廣瀨不置可否地點了點頭，野末探出身體問：

「終於來學校了嗎？感覺怎麼樣？」

「很奇怪的感覺。」

築城一臉無趣地說。

「很奇怪？是因為某位T學長的關係嗎？」

「雖然是因為高里的關係，同學對高里的態度完全變了，感覺很奇怪。」

廣瀨問：

「剛才聽後藤老師說，有幾個人圍著高里。」

「就是啊，那些一直把高里當成空氣的同學，一看到高里，竟然立刻圍了上去，為之前的事道歉，簡直就像是在演哪齣拙劣的青春偶像劇。」

野末插嘴說：

「高里，我們以前錯了，大家都誤會你了。我們是朋友，大家說對不對——是不是這樣？」

築城笑了起來。

「差不多是這樣，現在他們也開開心心地一起吃午餐，而且比早上的人還多，看了覺得好噁心。」

廣瀨皺起眉頭，他實在無法理解這種變化。

「可能他們終於認識到T學長是特別的人吧。」

築城納悶地看著野末。

「這是坂田的論調。他認為T學長是特別的人，大家應該把他捧在手心，上次還在這裡說得口沫橫飛呢。」

聽到野末這麼說，築城很不耐煩地嘆了一口氣。

「他腦筋有問題，午休的時候，也以一副很熟絡的態度來找高里，班上的同學應該不是受到坂田的影響，但看了覺得很噁心。」

築城說完，看著野末。

「不過，野末的形容沒錯，那些人的確好像把高里捧在手心。」

廣瀨沉思。這代表著什麼意義？坂田不可能有這麼大的影響力，那到底是什麼原因讓那些學生有這麼大的改變？

「對了，老師。」野末抬起頭。「今天出版的週刊上有關於高里的報導。」

「喔，我聽說了。」

「聽說星期六體育報的報導還提到了他的名字。」

廣瀨點了點頭。築城突然叫了起來：

「會不會是坂田爆料？」

所有人都看著築城。

「星期四放學後，坂田和一個看起來像是記者的人去了咖啡店，他洋洋得意地說了半天。雖然我沒聽到他具體說什麼，但好幾次聽他提到高里的名字。」

3

放學後沒多久，高里就來到準備室。他行了一禮後走進來，用平靜的口吻說：

「我想休學。」

後藤的回答也很平靜。

「休學後有什麼打算？」

「我要去工作。」

「找到工作了嗎？」

「還沒有。」

後藤露出真誠的眼神看著他。

「我會幫你留意有沒有好工作，即使遠一點也不是問題。你也需要做一些準備，至少忍到九月底再說。」

高里聽了，深深地鞠了個躬。

「謝謝。」

他們的談話就這樣結束了。

放學時，十時開車送他們回家。高里起初堅持不需要送他回家，但看到聚集在校門口的記者，然後又聽說了後藤接到電話的事，才終於答應。

高里的家門緊閉。不知道是否因為家中沒人，所以附近不見記者的身影。下車後向十時道了謝，廣瀨看了一眼鐵柵門旁的信箱，狹窄的投遞口內塞滿了報紙。

高里從外側打開門栓，整棟房子面向馬路的窗戶遮雨窗都關著，乍看之下，家裡似乎沒有人。

高里按下玄關的門鈴，家中完全沒有任何動靜。他連續按了好幾次，家裡仍然一片陰森的沉默。

「好像真的不在家。」

廣瀨說。高里點了點頭，一臉納悶地從書包裡拿出鑰匙，打開門鎖後，把手放在玻璃門上，說了聲「我回來了」，然後打開了門。

廣瀨之前來過的玄關靜悄悄的，沒有任何動靜，放在鞋櫃上的花都枯萎了，而且有一股異臭撲鼻而來。

「你有沒有聞到什麼臭味？」

廣瀨問，高里也納悶地點了點頭。

「是什麼？」

「你是問味道嗎？」

「對，好像是什麼腐爛的味道。」

說到這裡，高里倒吸了一口氣，驚恐地睜大了眼睛。

「難道……」

廣瀨覺得心跳加速，他踏進玄關，才走了一步，就清楚聞到了屋內的異臭。

「……媽媽。」

高里打開了正面的紙拉門，臭味更強烈了。一定出了大事。廣瀨心想。看到高里胡亂脫掉鞋子，想要衝進屋內，廣瀨立刻制止他。

「你留在這裡。」

高里搖了搖頭，經過脫鞋處，走進四帖榻榻米大的房間。廣瀨也跟著走了進去。那個房間有三側都是紙拉門，高里打開右側的紙拉門，來到了走廊。裡面的空氣很混濁，散發出黏膩濃烈的異臭。

「高里，你最好別走進去。」

他抓住想要沿著走廊跑進去的高里手腕。

「報警吧，你最好等在這裡。」

「……但是！」

他對面無表情的高里搖了搖頭，突然隱約聽到了輕微的聲音，好像是撫摸榻榻米的聲音。

「什麼聲音？」

高里立刻豎起耳朵，然後對著走廊深處叫：「媽媽。」立刻聽到某種甩著重物的聲音。廣瀨和高里互看了一眼，廣瀨率先沿著走廊往裡走。

「高里太太！妳在家嗎！」

走廊上積著薄薄的灰塵，筆直向屋內延伸的走廊前方持續傳來聲音。當廣瀨來到走廊上時，剛才的異臭更加強烈了，即使用嘴巴呼吸，腐爛的臭味也好像黏在喉嚨。

廣瀨循著聲音發出的方向往裡面走，在走廊上走沒幾步，發現其中一側是大型玻璃落地窗，另一側都是紙拉門。落地窗外的遮雨窗沒有拉下來，只拉下窗簾，陽光隔著淺色圖案的窗簾布照了進來。
他探頭窺看附近的房間，發現那裡是兩間相連的和室，似乎是起屋室。聲音是從屋內深處傳來的。
當他來到走廊盡頭時，發現走廊分別通向左右兩側，右側似乎是盥洗室，聲音好像是從左側傳來的。
他轉向左側的走廊，把手放在第一個房間的紙拉門上。
「這裡是？」
因為用手帕捂著嘴，所以說話的聲音很模糊。高里茫然地回答，是爸爸媽媽的房間。
廣瀨輕輕打開紙拉門。一打開門，立刻有什麼東西飛了過來，他差一點失去重心。有什麼東西從打開的門縫中飛了出來，他立刻緊張地繃緊身體，看到了微小的影子，原來是成群的昆蟲。
「……那是什麼？」
高里問，廣瀨定睛看著在旁邊飛來飛去的昆蟲。
「是蒼蠅……」
異臭刺鼻。廣瀨再度小心翼翼地把手放在紙拉門上，把剛才打開一條縫的門用力推開。打開一看，發現是一間四帖半大的小房間，另一側窗戶外的遮雨窗是打開的。雖然拉著窗簾，但房間很明亮。屋內有一個放著花瓶的櫃子和一張書桌。通往隔壁房間的紙拉門半開著，那裡也很亮。

雖然看不清楚房間內的情況，但可以看到榻榻米上鋪著地毯，地毯上到處都是令人毛骨悚然的顏色，肥大的蒼蠅一路打著轉飛來。

高里發出近似悲鳴的痛苦叫聲衝進了小房間，廣瀨立刻想要伸手制止，但已經來不及了。

高里站在半開的紙拉門前，愕然地注視著房間內。廣瀨茫然地看向地毯，試圖從那片腐爛的顏色中瞭解眼前的狀況。

那間房內發現了高里父母的屍體，另一個房間內發現了他弟弟的屍體。他們似乎是在熟睡時遭到攻擊，都是在逃出被子的狀態下斷了氣。三個人當然全不是自然死亡。

地毯上成群的蛆將屍體多處啃得只剩下白骨。因為正值夏末，氣溫很高，屍體都嚴重腐爛。即使如此，廣瀨仍然可以發現，這三具屍體原本就已經面目全非。這絕對不是自殺或是意外。

警察把廣瀨找去問話。高里失魂落魄，神情呆滯。警察趕到時，請高里確認屍體，但面對面目全非的屍體，根本難以確認。最後在已經失去原本的形狀、變成一團肉泥的手上發現一枚金戒指，高里回答說，那應該是我媽媽的結婚戒指。

4

他們去警局說明了情況。由於高里家門窗緊閉，所以屍體腐爛所散發出的惡臭十分嚴重，根本無法長時間留在那裡。

結束之後，警車護送他們離開警局。因為大批記者等在警局周圍，一個看起來很親切的便衣警察用上衣蓋住了高里的頭，一路護送他們到停在後門旁的警車前。他對聚集在稍遠處小門旁的記者說「要考慮一下家屬還是未成年的孩子」，所以應該是基於善意，但高里看起來就像是被押送的嫌犯。

廣瀨的公寓前只有兩、三名記者，其他人可能都去了警局或是高里家，廣瀨引開了記者，高里趁機進了房間。

高里茫然若失地閉口不語，廣瀨只能靜靜地坐在高里旁。

後藤在深夜造訪，高里看到他時，深深地鞠了個躬，但完全沒有說話。

「高里，你受苦了。」

後藤對他說道，高里也沒有回答。後藤心疼地看著高里，然後回頭看向廣瀨。

「警方說是什麼時候死的？」

「目前認為是三天前的晚上到黎明時分。」

「是意外嗎？」

廣瀨搖了搖頭。

「目前認為是他殺，因為屍體已經肢離破碎。」

廣瀨說不下去了。他看到的屍體似乎是有人基於惡意，故意弄得面目全非。他看到屍體時受到了不小的衝擊，那已經不像是屍體，而是用人肉亂捏一通的黏土作品殘骸。

「有偵查員說，很像是被野狗啃食過的屍體，但詳細結果必須等解剖之後才知道。」

「是喔。」後藤嘀咕一聲，在腰間摸了半天。難得穿西裝的後藤今天沒有帶毛巾，他很生氣地在褲子上擦了擦手。

「他只有父母和弟弟這三個家人嗎？有沒有親戚？」

「父親和母親的親戚都住得很遠，高里也不太清楚，好像幾乎沒什麼來往。」

後藤點了點頭。

「葬禮呢？」

「警方已經進行安排。好像有些葬儀社和警方有合作關係，透過警方的介紹後，就全權交給他們處理了。解剖最快要到明天晚上才能完成，所以，守靈夜和葬禮都會在後天之後才舉行。」

「是嗎？」後藤說：「外面真安靜啊。」

「總算安靜了。」

那些記者並不知道高里在這裡。

後藤回頭看著高里問：

「高里，你明天開始請喪假吧？」

高里抬起頭，點了幾下。

「我向你表達由衷的哀悼，你要堅強。」

高里聽了，仍舊面無表情地點了點頭。

後藤離開後，高里終於開了口。廣瀨這才發現，高里茫然若失並不是因為突然失去了家人。高里問廣瀨：「果然是因為我嗎？」

廣瀨一時無法回答。

如果要論加害者，對高里來說，他的家人才是最大的加害者。如果要報復，高里的母親才是最應該受到報復的人，牠們不可能放過她。只不過他們雖然是高里的敵人，但高里需要他們，需要他們的庇護，以保障高里最低限度的生活，所以之前始終沒有動手。因為廣瀨的出現，他們失去了作用。

廣瀨想起三天前的晚上到隔日早晨的事，就是發生跳樓事件的那天晚上，他聽到了一個聲音。

——你是王的敵人嗎？

他記得自己當時回答了這個問題，卻一直想不起來回答了什麼。此刻終於想了起來，他當時回答的是否定的答案。

——不，我不是敵人。

那天晚上，高里的家人死了。這個巧合沒有任何意義嗎？牠們是否在確定廣瀨並非敵人後，因認為不再需要高里的家人，所以才會去消滅他們？

果真如此的話……廣瀨望著正注視自己的高里。

——果真如此的話，王是誰？

廣瀨看著高里無助的眼神，搖了搖頭。

「無論是誰幹的，都不是你的過錯。」

無論是不是那些傢伙幹的，都不是高里的錯。

「因為你是被害人。」

「……是嗎？」

廣瀨明確地點了點頭。

「高里，並不是你的錯。」

高里低著頭，始終一臉茫然的他，終於流下了眼淚。

5

隔天早晨，廣瀨被敲門聲吵醒。他半夢半醒地鬆開門鍊，打開門，突然有一支麥克風遞到他面前。

門前的通道上擠滿了人。

「聽說高里在這裡。」

廣瀨立刻關上了門，背後傳來了陣陣叫聲。「讓我們和高里說話！」高里坐了起來，隔著敞開的玻璃門，不安地看著廣瀨。被發現了，廣瀨心想。不知道是警方走漏風聲，還是其他人透露的，這種難以忍受的狀態可能會持續好一陣子。

電話鈴聲響起後，就持續不斷地響個不停。因為警方說要打電話來，所以不能關掉電話鈴聲，廣瀨不知如何是好。為了消除噪音，他打開了電視，沒想到晨間的談話性節目幾乎都在討論這起事件。

「只剩下他孤單一人，目前他正住在曾經是實習老師的學長家中。」

一臉嚴肅的女記者站在廣瀨的公寓前報導，他不願看到這些，所以就切換頻道，沒想到那一臺說出了廣瀨的姓名。

不斷打來的電話中，除了要求採訪的記者以外，還有各式各樣的人。大學的同學、認識的朋友，以及後藤和其他高中的相關者，當然還有廣瀨的母親。

廣瀨的母親在電話中責備他，就是因為他不願接受父母的管教，一個人在外面生活，才會被捲入這種事情。

『電視拍到了你開門的樣子，你現在馬上回家一趟。』

廣瀨回答說，現在沒辦法回家。他的母親又說：

『至少把那個孩子趕出去，不需要由你來照顧他，竟然被捲入這種事，而且連名字都被公布了。』

廣瀨沒再說什麼，掛上了電話。

還有公寓的房東和左鄰右舍打來的電話，幾乎都是向他抱怨，要求他把記者趕走，讓他們平靜過日子。連毫無關係的第三者也打電話給廣瀨。有女人說：『聽我的話，趕快把高里趕出去。』也有男人威脅他：『如果繼續隱匿高里，會受到上天的懲罰。』還有對高里表示同情、激勵、疑問、指責和為難。

也有二年六班的學生打電話來，都是表示哀悼和激勵。

「他的周圍持續不斷地發生各種意外和死亡，都說是因他作祟而起，也許是因為這個原因，親子關係也相當惡劣。」

記者在中午的談話性節目中如此報導。廣瀨關掉了電視。關掉電視後，立刻感到惶恐不安，擔心屋外的記者在他毫不知情的狀態下做出什麼可怕的事。他努力克制內心的不安，但忍了一段時間，終於又忍不住打開了電視。他一直重複著開電視、關電視的動作。

傍晚時，附近的鄰居上門，幾乎都是前來投訴，希望他趕快處理門外那群記者的問題，其中有一個女人說，她的孩子在學校發生了意外，會不會也和高里有關。

警方打來電話，說解剖過程很不順利，要到明天中午過後，才能將遺體交還給家屬。廣瀨打電話到葬儀社，轉告了這件事，然後關掉了電話鈴聲、拔掉電話線，不願再受電話鈴聲的干擾。

高里一動也不動地低頭坐在那裡，不時露出有話要說的眼神看著廣瀨，但幾乎沒有說話。

入夜之後，當周圍終於漸漸平靜後，他深深地鞠了個躬。

「真的很對不起，給你添了這麼多麻煩。」

廣瀨覺得高里一直在道歉。

「那不是你的錯。」

廣瀨說，高里默默地搖頭。

「並不是你給我添麻煩。」

高里淡淡地笑了笑，然後恢復嚴肅的表情嘆了一口氣。

「我知道自己的存在只會給周圍人帶來困擾，但我怕死。」

「高里。」

廣瀨輕聲喝斥，高里微微笑了笑，又立刻垂下視線。

「我知道自己不該回來，但至少希望可以再回去。」

說完，他又深深鞠了一躬。

「請你原諒我，但我不知道回去的路。」

廣瀨嘆著氣。廣瀨非常瞭解這種想法，眼前的世界並不屬於自己，自己應該活在另一個世界，所以才無法適應這個世界。

「你不需要道歉，是媒體和那些圍觀的人造成了很大的困擾，和你完全沒有關係。」

廣瀨雖然這麼說，但他明白完全沒有說服力。如果廣瀨沒有讓高里住到家中，或許就不會被捲入眼前這場紛擾，這個問題還無法找到答案。換成是廣瀨，恐怕也會為此感到自責，即使如此，他也絕對無法對高里棄之不顧。

雖然開了冷氣，房間內的空氣仍然混濁而沉重。廣瀨說，開點窗戶吧。高里站了起來，稍微打開窗簾，又打開了窗戶。這時，立刻聽到了窗外的叫聲：

「你就是高里嗎？」

廣瀨立刻跳了起來，衝到窗邊，發現一個手拿相機的男人站在離窗外很近的堤防上。廣瀨拉著高里的手臂，把他從窗戶旁拉開。這時，響起一陣按快門的聲音。在廣瀨關上窗戶、拉起窗簾時，聽到一個聲音：

「竟然連自己的父母也不放過！」

高里臉色蒼白，廣瀨拍了拍他的肩膀。高里雙手掩面，廣瀨默默拍著他的肩膀，忍不住詛咒起自己的無力，除了拍肩以外，他無法為對方做任何事。

6

遺體在翌日中午過後完成解剖，家屬可以領回。警方預料到會有媒體包圍，所以特地派車來迎接。

「已經查明死因了嗎？」

高里問，同行的刑警偏著頭回答：

「該怎麼說呢，聽說目前得出的結論是遭到動物的攻擊，等一下應該有專人進行詳細的說明，好像是被狗之類的動物殺害的。」

他又偏著頭繼續說：

「但是，屋內並沒有任何動物，而且門窗都從內側鎖了起來，這麼大型的動物根本無法進入。」

刑警帶他們來到某所大學後，負責解剖的人員進行了稍微詳細的說明。

「從牙齒的形狀可以判斷下顎的大小……從下顎的大小來推測，應該是比狗更大型的動物，比方說，老虎或是獅子之類的動物。」

法醫學教授似乎深感不解。

「雖然請了這方面的專家進行討論，但專家認為並非貓科動物的齒形，很像是犬科的大型動物，最後還是無法做出明確的結論，恐怕只能靠警方的偵查來解決了。」

教授露出難以理解的表情。

遺體直接送去火葬場火化。因為遺體早就面目全非，即使保留下來也沒有任何意義。高里抱著三位家人的骨灰離開了火葬場。

葬儀社安排了附近的寺院，守靈夜和葬禮都將在那裡舉行。因為警方搜查工作尚未完成，所以高里暫時無法回家。他們搭葬儀社的車子來到寺院，發現門口已經擠滿了媒體記者，走進不大的本殿，已經有幾名弔唁者在那裡等候。

弔唁者幾乎都是從遠方趕來的親戚。他們和高里家平時似乎真的沒有來往，高里一一詢問了對方的姓名和關係。

到了這個階段，廣瀨真的無法幫上任何忙，只能坐在本殿的角落。後藤和幾名學校的人也趕來了，會場漸漸熱鬧起來。

後藤他們來了不久之後，親戚之間為接下來該由誰照顧高里發生了爭執。起初每個人都拐彎抹角地表示拒絕，但隨即有人想起隨著近年的開發，這一帶的土地價格急速上升。高里家到祖父母那一代為止都務農，擁有不少農耕地。祖父母死後，農地全都出售或出租。出售的土地應該變成了現金，出租的土地也有租金收入，於是這些親戚轉而開始爭著收養高里。高里一臉淡然地看著這些親戚當著他的面爭吵。

廣瀨忍無可忍，來到了庭院，夜風很涼爽，後藤跟在他身後走了出來。

「真是——看不下去啊。」

「是啊……」

後藤在鐘樓的邊緣坐了下來。

「一開始互推，後來卻變成互搶。等他們想到那個傳聞，恐怕又會推來推去了。」

後藤半開玩笑地說，但廣瀨笑不出來。

「也許吧。」

「——怎麼了？你好像比高里更受傷。」

廣瀨沒有回答。

人類不是動物，正因為不是動物，所以才這麼齷齪醜陋。

「怎麼了？嗯？」

「……我今天和高里一起去了火葬場。」

後藤看著廣瀨。

「在燒骨灰時，我和他一起在外面等。高里在哀悼死者，我在為遺族擔心——為什麼他們就無法這樣呢？」

「廣瀨。」後藤嘆著氣。

「外面的那些人也一樣，沒有任何人聽到別人說他會作祟這種事會感到開心，他們為什麼不瞭解這一點？既然害怕，就躲遠一點，無論是無視他的存在或是不相往來都沒有關係，為什麼要特地找上門來？為什麼不可以放過我們？」

後藤沒有回答。廣瀨一旦開了口，就再也無法繼續忍耐了。

「因為我們降臨在這個世界，所以才會活在這裡。因為不能放棄生存，所以才拚命活著。我們也覺得很厭煩啊，既無法理解他人的想法，也覺得他人打造的世界很可怕，但也不能說放棄就放棄——」

「廣瀨！」後藤用勸戒的語氣叫著他的名字，但他不予理會。

「雖然不回來比較好，但我們不小心回來這裡了。雖然我們應該回去，卻不知道該怎麼回去。這個世界充滿不合理和惡意，我們根本無法適應。」

「廣瀨。」

後藤用強烈的語氣叫了一聲，廣瀨轉頭看他，他露出了苦笑。

「我說廣瀨，我希望你別再用『我們』這種說法。」

廣瀨觀察著後藤的表情。

「為什麼？」

「因為我覺得你和高里不大一樣，就是這麼簡單。」

廣瀨皺起眉頭。

「我聽不懂你的意思。」

「你和高里並沒有相像到可以歸為同類，我認為你把自己的感情投射在高里身上並不妥當。」

「後藤老師。」

「你和高里接觸後，變得有點厭世，至少我這麼認為。」

「那是因為發生了很多事。」
「嗯，也許吧，也許是我的心理作用，但是你以前不會動不動就說自己無法適應這個世界，似乎覺得說這些很丟臉。」
廣瀨語氣堅定地說：
「這和高里沒有關係，老實說，我一直這麼認為。」
後藤深深地嘆了一口氣。
「在我讀中學的時候——」後藤停頓了一下後，很唐突地開了口：「班上有一個女生，一直說自己是撿來的孩子。」
廣瀨似乎不太瞭解後藤說這件事的意圖，後藤對他笑了笑。
「她聲稱她是撿來的，父母都不是她的親生父母，但是，只要看她父母的臉，一眼就可以看出來長得很像，但她直到畢業之前，都堅稱自己是撿來的。」
廣瀨歪著頭，認真地聽著，後藤看著廣瀨說：
「我告訴你，每個人都認為這裡並不是自己的容身之處，每個人都至少說過一次，想要回去屬於自己的地方，但是，根本沒有可以回去的地方。即使如此，大家還是這麼說，因為大家都想逃離這個世界。」
後藤注視著自己在腿上交握的雙手。
「這裡並不是真正的世界，這並不是真正的家，父母也不是自己的親生父母——」
他稍微停頓了一下。

「每個人都認為，只要逃離這裡，就有一個美好的世外桃源，為了你所準備，所有的一切都配合你的需要，如詩如畫般的幸福世界。但是，廣瀨，根本沒有這樣的世界，根本就不存在。」

「後藤老師。」

「廣瀨，那只是童話故事。人生在世，有時候很痛苦，有時候想要逃避，所以我能夠理解你想要逃進童話世界的心情，這不會造成別人的困擾，我也不覺得這是壞事——但是，人必須生活在現實中，必須面對現實、向現實妥協。即使是無罪的童話，總有一天，也必須捨棄。」

對廣瀨來說，這句話很可怕。

「……即使如此，我也知道那並不是夢。」

「我那個女同學也真的認為她是撿來的。」

說完，後藤垂下了眼睛。

「你之前說，你從來沒有恨過別人，也沒有希望某個人消失。」

「——我的確說過。」

「我認為那不是真的。你夢想回到那個世界，這成為你心靈的安慰，也不怨恨他人。廣瀨，那是一體兩面。」

「……一體兩面？」

廣瀨皺起眉頭。他記得後藤之前也說過這句話。後藤點了點頭。

「就是同一件事情的正面和反面。你的這種思考還有另一面，你認為這裡並不是屬於你的世界，你想要回去你的世界，從另一面來看這種想法，就是希望所有的一切都消失。」

廣瀨瞠目結舌。

「希望這個世界、這個世界上的人全都消失，希望不是自己夢想中的世界全都消失——不就是這樣嗎？」

後藤說完，直視著廣瀨。

「王八蛋，你給我趕快消失——這和夢見一個沒有對方的世界，兩者之間到底有什麼不同？這就是一體兩面，你現在能夠理解我所說的話吧？」

廣瀨不想理解，他不想理解這種道理。他搖了搖頭。

「那不是夢，我真真切切地看過那個地方。」

「那是夢。」

後藤果斷地說，廣瀨瞪著他。

「那高里的情況又怎麼解釋？如果是，他那一年去了哪裡？那一年他在哪裡，又是吃什麼活下來？為什麼回來的時候，他比之前長高了？」

後藤點了點頭。

「我不相信有那個世界，也不相信靈魂不滅這種事，同樣的，我也不相信神隱。高里小時候曾經失蹤，這的確是事實，但並不是所謂的神隱。現實生活中經常發生一些乍看之下匪夷所思的事。高里八成是遭到綁架，被帶到某個地方過了一年，只不過他本人忘記了而已。」

廣瀨覺得他找到了破綻。

「既然這樣，高里周圍的那些傢伙是怎麼回事？高里身邊經常有人死亡，也純屬巧合嗎？」

廣瀨有點得意地反問，後藤靜靜地點著頭。

「廣瀨，你說到重點了，這就是高里令人費解的地方。無論我的理智怎麼否定，在高里的問題上，都有無法徹底否定的部分，所以我才說，高里是異類。」

「但是——」

「你的夢完全可以否定，雖然我無法證明那只是一個夢，但你也無法證明那不是夢。這就是你和高里最大的不同之處。所以，不要再陷進高里的事，你可以同情他，但不要以為你們是同胞，那只是天真的夢。」

「天真的……夢。」

「高里的夢無法完全否定，你似乎緊緊抓住這一點不放，把自己的夢託付在高里身上，試圖讓高里來證明那個世界的確存在。廣瀨，這對你並沒有好處。」

廣瀨凝視著後藤，一時說不出話。

「人類是骯髒卑賤的動物，這是我們人類背負的宿命，只要生為人類，就無法逃避這種宿命。這個世界上沒有人不自私，沒有私欲的人就不是人。」

廣瀨低下了頭，不由得覺得，原來他也不瞭解我。

眼前這個男人不是我的盟友，說到底，他也只是這個世界的人。後藤無法理解廣瀨，廣瀨也無法理解後藤。他突然覺得很遙遠。世界原來這麼遙遠。如果可以回去，他很想回去，回到那個白花盛開的樂園——

這是一體兩面。他似乎聽到了後藤的聲音。

——為什麼想要回去？

因為這個世界的人終究無法理解廣瀨，所以他想離開這個世界。

——這意味著想要一死了之嗎？

不是想要一死了之，而是想要回去。

——回去之後，那裡的人能夠理解你嗎？

我想，應該能夠理解我。

——那只是一體兩面。

只要逃離這裡，在某個地方，就有另一個世外桃源，那裡的人完全瞭解自己，一切都配合自己的需求。

好想回去。眼前這個世界並不屬於自己，沒有人瞭解自己——消失吧。這種世界趕快消失，另一個世界中，有瞭解自己的人。

——到底有什麼不同？

廣瀨深深地低下頭。

淚水突然滑落。

「廣瀨，不要拒絕我們。」

後藤深沉的聲音響起。廣瀨無法回答。

人身為人類這件事本身竟然如此卑賤。

廣瀨低著頭自問自答了很長時間，然後突然產生了一個疑問。那是很微不足道的疑問，幾乎無法用言語來形容。這個疑問有點像是違和感，他忍不住用手摸著額頭，思考著是怎樣的違和感。

＊＊＊＊＊＊

她在深夜醒來，躺在被子裡一動也不動，集中自己的注意力，思考為什麼醒了。她緩緩眨了眨眼睛，似乎聽到了什麼聲音。奇怪的是，她已經睡意全無。看了一眼枕邊的鐘，發現才睡了兩個小時。她轉過頭，看著躺在旁邊那床被子裡的丈夫熟睡的臉。

她輕輕地嘆了一口氣。這一陣子經常睡不著，整天感到惴惴不安。接下來的生活到底會因為那個孩子發生怎樣的變化？

他出生時很可愛，是在期待中出生的長子。婆婆是一個很嚴厲的女人，對孩子百般挑剔，不知道為什麼，婆婆對那個孩子特別冷漠無情。那孩子並沒有因此鬧彆扭，他心地善良，雖然很聰明，個性卻直率溫和，從小就察覺到她和婆婆之間的婆媳關係不好，每當她偷偷哭泣時，總會伸出小手安慰她。

——全都怪那次的神隱。

大兒子遭到神隱後，只有和大兒子相差一歲的小兒子留在她身邊。當時她有多麼悲傷。小兒子因為祖母的教育方針造成了不良的後果，他個性狡猾，很小就懂得察言觀色，而且行為很粗暴，但畢竟是她的兒子，所以仍然很疼愛他。她知道自己曾經想過，如果失去的是小兒子該有多好。

孩子回來後，不記得這段期間發生了什麼事。雖然她想方設法要讓大兒子回想起失蹤的那一年到底發生了什麼事，但孩子的記憶始終拒絕她。母子之間在時間上的落差，導致了他們母子關係的齟齬。最初是小兒子受了傷，接著，鄰居的孩子也發生了意外。那孩子回來半年左右，她開始覺得不對勁。不光是她，左鄰右舍也似乎生出了同樣的想法，一年之後，大家都知道了這件事，都用冷眼看他們母子，漸漸地，和左鄰右舍的交往也發生了問題。

差不多就在那個時候，出現了作祟的傳聞。大家都對那孩子敬而遠之，開始欺負小兒子。那時候，小兒子和那孩子同一學年，但只有小兒子在學校遭到嚴重的霸凌。中學時，被同學打得右側耳膜破裂。當她去找加害者的父母理論時，還沒有開口，對方家長就說：「他哥哥不是造成很多人受傷嗎？」她只好把滿腔怒火吞了回去。她不得不吞下。毆打小兒子的同學並沒有死，既然他有作祟的能力，為什麼不讓欺負弟弟的同學也去死？

話說回來，那孩子的確很乖巧，成績和品行都比小兒子好太多了。小兒子有多次被輔導的紀錄，在三年級時的升學指導時，老師建議他考最差的高中，卻建議那孩子報考近郊的明星學校。

——又發生了。她忍不住想。

有人因為那個孩子而死，至今為止，不知道已經有多少人了。

她躺在被子中掩著臉時，聽到枕邊有輕微的動靜，好像是呼吸的聲音。她抬頭看向枕邊，黑暗中，只看到紙拉門淡淡的白色，沒看到任何東西。當她收回視線時，再度聽到了清晰的呼吸聲，很像是狗在急促呼吸時的聲音。

她跳了起來，轉過身看著枕邊。這時清楚地聽到了喘息聲，但即使瞪大眼睛，也完全看不到任何東西。她站了起來，想要打開燈，正當她舉起一隻手，想要打開電燈開關時，突然有什麼東西咬住她的腳，把她用力向下拖。她慘叫一聲，跌倒在地，覺得被咬住的腳陣陣疼痛。

「怎麼了？」

丈夫用帶著睡意的聲音問。她正專注在自己的事上，無暇回答丈夫的問題。

她想要確認傷口，發現自己腳踝以下的部分不見了。這時，她第一次知道，原來嚴重的傷勢不見得和疼痛成正比。

她抬頭想要找自己的腳，卻只見一片漆黑盤踞在前方。她大聲慘叫，卻只聽到痙攣般的呼氣聲。

「怎麼了？」

丈夫終於清醒地坐了起來，那片漆黑也同時行動，撲向丈夫剛從被子中露出來的肩膀。丈夫慘叫著，從被子裡爬了出來，連滾帶爬地逃到榻榻米上。隨著一聲沉悶的聲音，他的手臂掉落在榻榻米上，只聽到像是水滴打在雨傘上的聲音，應該是鮮血滴在什麼上面。

宛如一片黑暗的黑色動物追趕著丈夫，她茫然地看著眼前發生的一切。有什麼東西撲向丈夫，丈夫慘叫連連，但慘叫聲越來越弱，夾雜著咕嚕咕嚕的噁心聲音。

黑暗倏地直起身體，她終於看到了丈夫的身體。他的肚子被咬開，平時一直很在意的鮪魚肚凹下去一個大洞，但丈夫的身體仍然不停地抽搐。

黑暗轉向了她。

——我早就知道了。

她在內心自言自語。

我早就知道，早晚會死在那孩子手上。她也覺得這樣的結果理所當然。

——因為我一直想殺了那孩子。

黑暗漸漸逼近，她緩緩閉上眼睛。視野完全變成了一片漆黑。

也許是那片黑暗撲向了她。

第十章

1

翌日，寺院的小小正殿內湧入了大量弔唁者，令人驚訝的是，有十幾名學生蹺課前來參加葬禮。他們都是二年六班的學生，但坂田並不在其中。這些學生笨拙地上了香，對高里說著激勵的話。廣瀨帶著無法釋懷的心情看著照理說應該是溫馨的景象。

弔唁的人數多得出乎意料，大部分人甚至不認識高里，本殿和寺院內到處聚集著三五成群的人，肆無忌憚地小聲談論著傳聞，從不小心聽到的談話中，他知道，他們只是來參觀傳聞中的瘟神。

這場葬禮只有骨灰，所以並沒有出殯儀式。高里按禮儀簡短致詞後，弔唁者紛紛起立。就在這時，四周傳來一聲地鳴般的巨響，聚集在本殿的弔唁者同時看向聲音傳來的方向，發現參拜道上彌漫著沙煙，所有人都驚叫起來。

山門崩塌了。

周圍立刻陷入一片慌亂。廣瀨衝出本殿，跑向山門的方向。山門不大，卻頗具古寺的風格，如今橫倒在一旁。在散亂堆積的木材、瓦片和土牆中，看到無數手腳，還有鮮血、呻吟——和照相機。

守在山門前的媒體記者都被壓在山門下。廣瀨抬起頭，發現那些幸運躲過一劫的記者茫然地看著瓦礫堆。

「這些白痴。」

突然聽到有人說話，廣瀨回頭一看，發現有三名二年六班的學生聚集在擠過來圍觀的人牆附近。

「他們把事情鬧得這麼大，怎麼可能平安無事？」

「對啊，整天播報作祟、作祟，自己卻不相信。」

他們不時瞥向某個方向，高里臉色蒼白地站在那裡。

站在門前的記者開始叫嚷，有人喊著：「快叫救護車。」有人在問：「有沒有拍下來？」也有人指著高里說：「他果然會作祟！」一群記者開始瘋狂按下快門。

高里採取了行動。他衝向瓦礫堆，搬開散亂的瓦礫。人牆中也有幾個人急忙加入搶救的行列。他們搬開瓦礫，將受傷者拉了出來。

近郊的救護車全都趕來營救，幾輛救護車趕到後，開始運送傷者。廣瀨在人群中尋找高里的身影，最後發現他在本殿旁被前來弔唁的學生圍住了。

廣瀨走了過去，聽到有人語氣溫柔地說：「你一定嚇壞了吧？」

「高里，你的臉色很差。」

「真的耶，找個地方休息一下比較好。」

「你這陣子辛苦了，我去問一下，有沒有地方可以休息。」

那個學生說完，走去問一位在參拜道上看著傷者被送上救護車的年長僧侶。

廣瀨覺得他終於瞭解了其中的奧妙——這幾個學生正在阿諛、奉承高里。

眼前有一個作祟王，他用恐懼統治了周圍。有一天，周圍的人揭竿起義，試圖打倒作祟王，消除恐懼。但是，王沒有被推翻，他被人從三層樓高的教室推下，仍然毫髮無傷，接著展開了肅清。那些想要打破恐懼的人遭到了恐懼的報復，於是，這些人決定服從。既然革命無法成功，就要努力避免造成作祟王的不悅，更不能激怒作祟王。絕對不能違抗，只有笑臉相迎，才能保住小命。這是他們唯一的路。

高里很孤獨，他面對的是徹徹底底的孤獨。

一輛救護車鳴著警笛聲離去。

這起意外造成九人死亡，二十多人受到輕重傷。當天的電視新聞不斷重播那個瞬間所拍到的畫面。

山門突然傾斜，站在山門下的人還來不及發出叫聲，山門就坍塌了，那一剎那，很像是堆得太高的積木塔倒了下來。

那天晚上，廣瀨和高里一起回到公寓時，發現周圍很安靜，之前聚集在門口的大批媒體記者完全不見了，公寓前的道路空蕩蕩，對面鄰居家的圍牆破了一個洞，用塑膠布蓋了起來。廣瀨感到很奇怪，但還是不發一語地走向公寓的樓梯。站在家門口時，他忍不住愣住了。

門上貼了一張紙，上面用麥克筆粗暴地寫了「滾出去」三個字。廣瀨撕下那張紙，握在手心中，打開了家門。

看了那天晚上的新聞報導，終於知道了公寓前沒有人影的原因。

在山門坍塌的同時，廣瀨公寓附近也發生了意外。一輛車子失控地衝向等候在公寓門口的媒體記者，造成兩人死亡，四人受傷，其中一名死者就是那輛車子的駕駛，所以無法瞭解車子失控的原因。

原來如此，難怪那些記者都嚇到了。

某位硬派主播在新聞報導中提到山門坍塌和車子失控兩起意外時，只說是「因為採訪某起事件，造成媒體工作人員不幸犧牲」，但民眾應該很快就會知道是哪一起事件。

高里看新聞時臉色蒼白，廣瀨發自內心地同情他。因為他的存在而引發了如此重大的慘劇，到底有多少生命因他而死？

廣瀨帶著和昨天之前稍有不同的憐憫看著高里的臉龐，然後將視線移向半空。

廣瀨認為，這一連串行動的目的，應該想要消滅敵人，但思考方式顯然很孩子氣。媒體記者不可能善罷干休，明天一定會派另一批記者前來，而且下一批記者比之前那些人對高里更加充滿惡意。牠們到底會怎麼做？難道也統統加以排除嗎？

然後最終打算與所有人為敵嗎？用這種方法全力保護高里，將會使高里無法繼續生存，也會失去立足之地。

「高里。」

廣瀨叫了一聲，高里轉頭望著他。

「要不要趁現在去散散步？」廣瀨勉強擠出笑容。「到了明天，恐怕又無法出門了。」

2

今晚沒有月亮，沒有路燈的堤防上一片漆黑，堤防外宛如黑漆般的暗泥不斷湧入。

「你的祖母是怎樣的人？」

廣瀨低頭看著腳下的水問道。高里難掩內心的困惑，似乎難以理解他為什麼突然問這個問題。

——這是圈套。

廣瀨看著高里的臉，在內心自言自語。這是圈套，你不要上當。

高里偏著頭回答：

「應該……就是很普通的奶奶，可能有點嚴格吧。」

「嚴格。」

「她在管教方面很嚴格，算是很傳統的人……我記得她經常糾正我像是拿筷子的方法，或是吃飯時要跪坐這些事。」

「是嗎？那真的很嚴格。」

高里露出微笑。

「比起父母，我更怕奶奶，因為她會毫不留情地打我。那次也一樣。」

廣瀨凝視著高里。

「你是說神隱的時候？」

高里點了點頭，露出帶著苦笑的笑容。他的表情令廣瀨感到難過，因為他完全不明白自己正走進圈套。

「我不太記得是什麼原因了，好像是……奶奶問誰把洗手間的地上弄溼了，卻沒有擦。弟弟說是我弄溼的，但我沒有，所以就否認，說並不是我。」

「所以是你弟弟弄溼的？」

高里搖了搖頭。

「不知道，我沒看到。如果我看到是誰弄溼的，就可以告訴奶奶了，但我也不知道是誰，所以只能回答說，不是我。」

廣瀨覺得他的思考方式很有趣，難道他沒有懷疑堅稱是他弄溼的弟弟，才是罪魁禍首嗎？

「結果呢？」

「奶奶也覺得應該是我弄溼的，罵我為什麼不乖乖道歉，把我趕到庭院裡，說在我說實話之前，不讓我進屋。那時候是二月，外面正在下雪。」

高里笑了笑。

「天氣很冷，但我知道並不是我弄溼的，如果要道歉，就必須謊稱是我弄溼的，但奶奶經常說，說謊是最可恥的行為。」

「……結果呢？後來怎麼樣了？」

高里笑了笑。

「我不知所措，不知道該怎麼辦。外面越來越冷，太陽也下山了，我很想進屋，但我又不能說謊。這時，突然一陣暖風吹來，我朝暖風吹來的方向一看，看到一隻手。」

「……怎麼了？」

面帶微笑的高里看著廣瀨的臉，突然露出訝異的表情。

你落入圈套了。廣瀨努力把這句話吞了回去。

高里。眼前這個看起來無力而不幸的少年。

「你該不會討厭你祖母？」

「沒有。」高里搖了搖頭。

「她不是很嚴格嗎？你一定很討厭她。」

「我從來沒這麼想過，雖然每次挨罵，我都會很害怕。」
「即使她冤枉你，在寒冷的冬天把你趕到庭院裡，你也不恨她？至少那時你恨她吧？」
高里搖著頭，他的表情看起來不像在說謊或隱瞞。
「但這也沒辦法啊，因為奶奶不知道是誰弄溼的，弟弟又說是我，所以她只能相信弟弟說的話……」
「你沒懷疑是你弟弟弄溼的？」
「為什麼？弟弟說是我啊。」
「正因為這樣啊！你並沒有弄溼，但你弟弟在沒看到你弄溼地板的情況下，卻堅稱是你弄溼的，是不是想把自己做錯的事嫁禍給你呢？」
高里滿臉驚訝，然後似乎終於想到了這個可能性。
「啊，你這麼說——好像也有這種可能。」
廣瀨忍不住嘆著氣。高里的態度看起來不像是演出來的，這反而具有更重要的意義。
「你不會對你弟弟感到生氣嗎？」
廣瀨低聲問道，高里露出了笑容。正因為他不擅長笑，所以他的笑容看起來真實。
「並不一定是弟弟——而且，已經是很久以前的事了。」

廣瀨看到他的笑容就明白，獵物已經落入圈套了，只剩下收網而已。
廣瀨微微吸了一口氣，然後盡可能用平靜的聲音說：
「高里，是你嗎？」
高里露出茫然的表情，似乎聽不懂廣瀨這句話的意思。廣瀨再度低聲道：
「就是你。」
「我……怎麼了？」
「是你幹的。」
高里張大眼睛，然後皺起眉頭問：
「我幹了什麼？」
「報復。全都是你幹的。」
高里注視著廣瀨的臉，他的眼神中交織著各種不同的表情。
「我猜想你應該是在潛意識中做了這些事，即使是這樣，也全都是你做的。」
「……不是。」
他的聲音中帶著驚愕，無論表情還是神態，都透露出完全無法理解廣瀨為什麼要這麼說。
「絕對沒錯，你想要加害某人，你在潛意識中想要報復時，你所具備的『力量』就會去執行。」
「力量？」

「如果說是特異功能或許聽起來太老派了，總之，是某種特殊的『力量』，這種力量代表你的意識完成了復仇行為。」

高里拚命搖頭。他看起來不像在生氣，只是難掩哀傷。

「你討厭你的家庭，想要逃去某個地方，你的潛意識使那種『力量』發揮了作用，讓你消失，然後去了某個地方，可見這是種超級強大的力量。看到不喜歡的人就加以排除，感到寂寞時就會呼喚慰藉。」

「這……不可能。」

高里堅定地搖著頭。

「你只是沒有意識到這件事而已，你具備這種『力量』，你在內心深處憎恨那些加害你的人。」

高里沒有回答，瞪大了眼睛凝視廣瀨。好像是一個突然被遺棄的孩子般無法理解眼前的狀況，不知所措地感到哀傷。

「人類是很骯髒的動物，是骯髒而卑賤的動物。」

人類不是野獸，所以才這麼卑賤而不純潔。

「人的靈魂不是光或是玻璃組成的，而是惡毒的自我組成的，人活在世上，無法像你一樣，不怨不恨任何人，人類無法做到這一點，不可能不怨恨別人，你只是在隱藏這種感情，否則就是你不願意承認，假裝這種感情並不存在。」

「……不是的。」

廣瀨正視高里。

「那你為什麼向橋上打聽築城的名字？因為你想要報復，那些人談論你不想被人提起的事，所以你想要報復。」

「不是這樣。」

高里抬頭看著廣瀨。

「我不是因為這個原因才打聽的，不是因為這個原因打聽築城的名字，因為三年級的學長說了那些奇怪的話，我只是想知道是誰有這種想法。」

「高里。」廣瀨嘆著氣，搖了搖頭。「這是欺騙，我不會上當的。」

因為廣瀨也活在自我欺騙中。

「是真的，我是覺得居然有這麼奇怪的傳聞，所以才會問。」

「高里！」

廣瀨打斷了高里的話。

「別再解釋了，你應該很清楚，即使繼續下去，也不可能有任何改善，只會讓你越來越喪失立足之地、讓你的敵人越來越多，而且敵人會越來越可怕。」

高里搖著頭。

「高里，人無法光靠美好的事生存。為加害你的人哭泣，哀悼那些動手打你的人固然美好，但人類無法用這種生活方式活下去。」

「……別再說了。」

「你可以還手，也可以怨恨、詛咒別人。不要再假裝沒有察覺，不要把你的自我逼入絕境。」

高里深深地低下頭。

「請你不要再說了。」

「不要捂住耳朵。」

「拜託你，真的不要再說了。」

「高里！」

「請你不要再做任何事！」

高里露出真摯的眼神抬頭看著廣瀨。

「拜託你，請你不要死。」

他的聲音聽起來很真誠。

他是無法承認，還是不願意承認？

高里低下頭，廣瀨拍了拍他的肩膀說：

「……回去吧。」

3

那天深夜，接到了後藤的電話，請高里隔天去學校。後藤說話的語氣不太對勁，廣瀨猜想他可能喝醉了。後藤喝酒很正常，只是廣瀨從來沒有看過他喝酒。

第二天，高里拜託廣瀨陪他去學校。廣瀨對高里第一次有求於他感到驚訝，但還是默默點了點頭。

走出家門，發現公寓前的路上，聚集的記者人數多得驚人，他們一看到高里，立刻起了騷動，幸好十時開車來接廣瀨和高里。當他們跑向車子時，聽到了震耳欲聾的叫罵聲。

廣瀨和高里按後藤前一晚的指示來到準備室，後藤等在那裡，看到廣瀨時忍不住挑起眉頭，但什麼話都沒說。

「高里，真對不起。」

「不會……」

「不好意思，可不可以請你去校長室一趟？校長有事找你。」

高里看了後藤一眼，但沒有說任何話，而是看向廣瀨。

「老師，對不起，你可以陪我去嗎？」

「我嗎？」

後藤驚訝地叫了起來：

「喂喂，校長並沒有要找廣瀨啊。」

高里看著後藤說：

「我很害怕，如果廣瀨老師不陪我，我就不去了。」

後藤愕然地看著廣瀨，廣瀨也看著後藤，後藤一臉難以接受的表情拿起了電話，撥了內線，把高里剛才說的話告訴了對方。

對方似乎不同意，後藤在電話中為高里和對方傳話，最後終於掛上電話，露出了奇妙的表情。

「廣瀨，那你陪他去吧。」

來到校長室，發現除了校長以外，學務主任和二年級的學年主任也都在那裡。他們表情尷尬地看著高里和廣瀨，板著臉請他們坐在沙發上。

「呃，高里同學。」

「是。」

「首先向你表示沉痛的哀悼，你日後的生活決定了嗎？」

「還沒有。」

校長輕咳了一下。

「聽你的班導師說，你打算休學。」

「對。」

校長頻頻點頭，然後露出詭異的笑容。

「我知道你最近很不好過，家人去世，你也需要一段時間平靜自己的心情。我想你應該很希望找一個地方，好好整理目前為止所發生的事，以便之後重新出發。」

廣瀨目不轉睛地看著校長。

「只要你提出休學申請，校方隨時可以受理。」

廣瀨站了起來。

「校長是暗示高里離開這所學校嗎！」

學務主任瞪著廣瀨。

「沒有人這麼說啊，你不要插嘴。」

校長抬眼看著廣瀨，再度把視線移回高里身上。

「怎麼樣？」

高里點了點頭，臉上沒有任何表情。

「我回去之後，就會辦理手續。」

校長明顯鬆了一口氣，露出了笑容。

「不必這麼著急，你可以去樓下拿申請表，再用郵寄的方式寄回來。原本需要家長同意，但你目前沒有監護人，所以也沒辦法了。」

太卑劣了，廣瀨忍不住想。他終於知道後藤昨天晚上為什麼借酒消愁。學校想要趕走高里，因為找不到處分的理由，所以只能逼他主動休學。因為高里目前沒有監護人，所以校方不惜在高里服喪期間把他找來學校。過一段時間，他或許會有監護人，但屆時校方已經受理了高里的休學申請。即使想要追究責任，他們也可以一問三不知。這種心態簡直卑鄙無恥。

高里絲毫不以為意，平靜地鞠了個躬表示瞭解。校長虛情假意地笑著對即將離開學校的學生表達關切，廣瀨忍不住握緊了拳頭。

結束之後，他們正想離開校長室，學務主任卻叫住了廣瀨。廣瀨停了下來，高里也停下了腳步。

「廣瀨，你等一下再走。高里，你可以回去了。」

高里聽了學務主任的話，反問：

「我留下來不行嗎？」

廣瀨驚訝地看著高里，學務主任也一臉為難地看著校長。

「你先出去吧。」

「我不要。」

高里大聲而堅決地表達了意見。廣瀨驚訝地看著他揚起的臉。

學務主任走了過來，想要抓住高里的手臂。

「總之——」

「如果你們硬要趕我出去，我就去告訴記者，你們要求我申請休學。」

學務主任滿臉錯愕地看著高里，高里露出淡淡的微笑。

「我也可以說是你們脅迫我。」

校長室內的老師都露出不悅的表情，廣瀨驚訝不已，高里的態度只能用「判若兩人」來形容，完全不像他認識的高里。

「廣瀨。」學務主任皺著眉頭說：「今天的事——」

「我不會說的。」廣瀨不以為然地說：「這裡所發生的事，我什麼都沒看到，也什麼都沒聽到。實習期間發生的事也一樣，今後我不會和這所學校有任何牽扯——這樣可以了嗎？」

看到幾個老師點著頭，廣瀨催促著高里，一起走出了校長室。

離開校長室，走回準備室期間，廣瀨感到的不是憤怒，而是驚愕。他很想問高里，到底是怎麼回事？但還是把話吞了回去。他好幾次都想問，但每次都把話吞了下去，最後走到樓梯時，他才終於開了口：

「高里，不好意思，我等一下要去大學一趟。」

高里看著廣瀨問：

「我不可以和你一起去嗎？」

「我要和指導老師討論一些事，不好意思……」

「拜託你，請你帶我一起去，我不會妨礙你們的。」
高里的表情很認真，廣瀨終於瞭解了他的意圖。
——只要在高里身旁，安全的機率反而更高。
後藤之前曾經說過這句話。
「拜託你了。」
廣瀨深有感慨地看著仰望自己的高里。
「我騙你的。」
高里張大了眼睛。
「對不起，我剛才是騙你的。」
他深感羞愧地低下了頭。
「高里，謝謝你。」
「……因為我不知道。」高里低著頭說：「即使我再怎麼思考，也不知道到底是不是我做的，甚至不知道是不是心裡很恨這些人，卻假裝沒有這回事。」
他的聲音微微發抖。
「不管是我做的，還是其他人做的，我都不知道該如何阻止。但是，如果是我做的，就不可能做危害自己的事；如果有誰在保護我，應該也不會害我，所以……」
為什麼是高里？廣瀨忍不住想。為什麼高里必須承擔這種命運？
「謝謝。我們去後藤老師那裡，我猜想他目前正陷入極度自我厭惡中。」

4

回到特別教室大樓，走在走廊上時，廣瀨聽到有人叫他。他停下腳步，東張西望。高里也停下腳步。那是在地球科學實驗室前。

「廣瀨。」

實驗室的門敞開著，聲音是從裡面傳出來的。聽起來像是後藤的聲音。

「後藤老師？」

「廣瀨嗎？不好意思，可不可以來幫我一下？」

廣瀨往實驗室內張望，靠操場那一側和靠走廊這一側的窗前都拉著黑色簾幕，實驗室內宛如黑夜般黑暗，只見一個人影蹲在實驗室後方。

「後藤老師，怎麼了？」

他一走進實驗室，門立刻在他背後滑動關上了。

「老師！」

他聽到高里緊張的叫聲。

廣瀨慌忙伸手抓住裝了一小塊毛玻璃的門，但無論怎麼拉，怎麼搖，那扇門都文風不動。門外傳來高里的叫聲。

廣瀨在試圖打開門的同時，觀察著實驗室內。原本蹲在實驗室最後方的人影站了起來，整間實驗室內，只有目前拉著的門上小窗戶是唯一的光源，微弱的光線使人無法看清站起來的人影到底是誰。

那個影子從桌子後方來到通道上，彎下身體，雙手撐在地上。廣瀨凝視那個影子，忘了正在努力打開那道門。

那個影子趴在地上，從大實驗桌之間爬了過來。通道比周圍更暗，更看不清那個影子，只聽到那個影子光著腳走進來的聲音。廣瀨揉著眼睛，那個影子宛如黑暗的一部分，不知道什麼時候多出了幾條手臂，正用四條前肢和兩條後腿慢慢爬過來，同時發出淡淡的海水味道。

果然來了。廣瀨心想。

——高里，你的自我果然無法原諒我。

影子發出輕微的聲音漸漸逼近，手臂的數量又增加了，每前進一步，每爬行一次，手臂就逐漸增加，在不知不覺中，變成了一隻巨大的蜈蚣。

「如果殺了我，就只剩下你孤獨一人了。」

像蜈蚣般的影子從通道爬了過來，和廣瀨之間只剩下不到兩公尺的距離。靠著小窗照進來的光線，可看到那個影子身上閃著像化膿的血般的顏色。

「你無處可逃了，知道嗎！」

影子突然站了起來，已經完全沒有人的輪廓。廣瀨不假思索地躲到實驗室的角落。那個影子站立時，足足有兩公尺高，揚起彎曲的脖子，搖晃著像蛇一樣的上半身，終於看到了牠眼鼻很尖的臉。
那是高里的自我，因為始終被抹殺，所以在暗中不斷扭曲，當然變得極度醜陋。人在內心飼養這麼醜惡的怪物。
怪物搖晃著慢慢靠近，混濁的海水味道越來越強烈，張開血膿色的下顎，內側的牙齒在從窗戶照進來的微弱光線下微微發亮。他突然想起在高里家中看到的屍體悽慘的樣子。
——原來是牠幹的。
廣瀨極度冷靜地想道。在他閃過這個念頭的同時，怪物揮動前肢，他的胸口受到衝擊，接著是肩膀。一陣被掏空般的疼痛，他立刻用手按住肩膀，手心有溫熱的感覺。
他的膝蓋一軟，當場跪在地上。怪物帶著一股強烈腐臭的海水味道，逼到廣瀨面前。廣瀨的視線停在牠的牙齒上，無法移開。
就在這時，隨著玻璃碎裂的聲音，一道閃光照進實驗室。
怪物似乎嚇了一跳，停了下來。
「老師！」
怪物聽到高里的叫聲，立刻彎下身體，轉頭看著高里。廣瀨看到牠身後靠走廊那一側的黑色簾幕掀了起來，正午的陽光從那裡照了進來，廣瀨看到了牠醜惡的樣子，當簾幕垂落時，牠再度恢復成漆黑的影子。

被刺眼光線灼傷的視力終於恢復，廣瀨看到了怪物後方的高里。

「趕快住手！」

高里大聲說道：

「為什麼要做這種事？有什麼目的嗎？」

怪物彎下身體，無數隻手撐在地上，迅速逃向一旁。擋住視野的東西消失後，廣瀨可以清楚看到高里用銳利的眼神看著怪物。

「他不是我的敵人！請你不要再對付他了！」

怪物步步後退，垂頭喪氣，身體縮成一團，就像狗挨罵時的樣子，廣瀨不由得感到滑稽。

「你到底是誰？你和我有什麼關係？」

怪物立刻縮著身體，牠的影子也縮小了，越來越像普通動物的影子。

「如果這一切都是為了我，你們最應該懲罰的是自己！」

高里看著廣瀨，快步跑了過來。

「你還好嗎？」

「……沒事。」

廣瀨在回答時，仍然注視著那個影子。那個影子已經完全變成了狗的外形。

「我們……」

那個影子突然開口說話，高里回頭看著牠。
「有責任和義務要保護你。」
那是一個低沉的男人聲音，影子縮得更小了。
「……責任和義務？」
「我們是因為你而存在。」
「什麼意思？」
「就是因此而存在……就是這麼……定的。」
隨著喀啦喀啦的散落聲音，影子已經變成宛如嬰兒般的大小。
「這到底是怎麼回事！」
只聽到喀啦一聲，怪物的身影消失不見了。
教室外突然響起叫聲──
「高里！」
這次真的是後藤的聲音。
實驗室的門一下子就打開了。走廊上除了後藤以外，還有將近十名老師。明亮的光線下，發現高里身上有無數割傷的傷痕，實驗室靠走廊那一側的是木框窗戶，有一扇窗戶被打破了，走廊上散落了很多玻璃碎片，地上還有一張椅子。
後藤對其他人說：「這裡交給我吧。」廣瀨把手伸進打破的窗戶，把黑色幕簾翻了起來，實驗室內沒有任何異常。

5

「我聽到有人打開化學實驗室的門。」

後藤在學校附近醫院的候診室，露出困惑的表情說。

「走去一看，發現高里神色緊張地拿了一張椅子出來。我問他發生了什麼事，他說你被關在隔壁實驗室了，所以就和高里一起衝了過去。實驗室的門的確打不開，我還來不及思考該怎麼辦，高里已經打破窗戶、衝進了實驗室。我想要跟進去，他叫我不要進去。看到他用一臉嚴肅的表情說很危險，就連向來大膽的我也忍不住有點害怕。」

「是喔……」

「而且，高里一走進實驗室，裡面就沒有任何動靜。我想要掀開簾幕，觀察裡面的情況，沒想到簾幕變得好像鐵塊一樣，一動也不動，所以我只好等在走廊上，除此以外，我還能做什麼？」

他說話的語氣好像在為自己辯解，廣瀨忍不住笑了起來。只要胸肌一動，就會感受到灼燒般的疼痛。縫合時打的麻醉劑還沒有退，但廣瀨完全不覺得有任何效果，鎖骨下方的傷和肩膀上的傷雖然很深，所幸並未見骨，因為傷口看起來像是被銳利的刀刃割破的，所以只好說是撞到玻璃窗割傷的，可能是因為和真的被玻璃割傷的高里一起接受治療的關係，老醫生並未起疑。

接受治療後回到學校，學務主任問了當時的情況。廣瀨只說被關在實驗室內，因為他認為沒必要多說什麼。

結束後，剛好是午休時間，十時說，等他開完午休會議，就會送他們回去，廣瀨和高里回準備室打發時間，發現後藤不在，四名學生都在那裡。

「後藤老師呢？」

「在開會。老師，聽說你又受傷了？」

野末打量著廣瀨，廣瀨稍微掀開向後藤借的白袍，露出包紮的繃帶。

「縫了傷口嗎？」

「看來有一段時間不能泡溫泉了。」

「這麼慘啊。」

野末在說話時，不時瞥向高里，其他人也一樣。只有築城用冷漠的視線看著高里，高里淡然地承受他們的視線。

「對了。」杉崎突然開了口。「老師，你有沒有聽說，坂田學長發生了意外。」

廣瀨瞪大眼睛看著杉崎問：

「你說什麼？」

後藤完全沒有向他提這件事。

「昨天早上，他搭地鐵時從月臺上掉落，被進站的電車撞到。」

廣瀨知道自己面無血色。

「他好像打算蹺課去哪裡，剛好在路上發生意外。因為地鐵已經放慢了速度，所以並沒有死，但傷勢很嚴重，他陷入了昏迷。」

——所以並不是高里。

廣瀨一臉愕然地回頭看著高里，注視著高里驚訝地張大眼睛的臉。

原來和高里的自我沒有關係，而是帶有其他意志的生物幹的。

「對不起……」

高里訝異地轉頭看廣瀨。

「原來不是你，對不起。」

「……為什麼是坂田？」

高里喃喃自語。

「會不會真的是意外？」

廣瀨搖了搖頭。

「是報復，我想應該錯不了。」

高里露出極度困惑的表情。

「只要有很小的理由，就可以進行報復，但完全沒有理由報復坂田啊。」

坂田為什麼會遭到報復？他看起來像是高里的朋友，完全想不到任何他會遭到報復的理由。

野末叫了起來——

「該不會是因為他爆料？」

說完，他看著築城。

「爆料？」

高里也看著築城，廣瀨問築城：

「築城，你把那件事告訴高里了？」

「沒有。」

築城表情僵硬地搖了搖頭。

「我沒有告訴任何人，我不可能到處去說有關高里的事。」

高里看著廣瀨。

「好像是坂田把有關你的傳聞告訴了記者。」

高里睜大了眼睛。

「應該真的是他說的，否則，他沒有理由遭到報復，搞不好也是他告訴記者你的下落——不是你，你根本沒機會知道這件事。」

廣瀨向他鞠躬道歉。

「我不應該懷疑你。」
高里緩緩搖著頭，他似乎還搞不太清楚狀況。
這時，有人敲響了準備室的門。
打開門一看，十幾名學生站在那裡，大部分是二年六班的學生，但也有幾個其他班級的學生。
「……有什麼事嗎？」
站在最前面的二年六班學生開了口：
「聽說高里在這裡。」
「對啊，在……」
廣瀨指了指室內，高里偏著頭看他們。
「廣瀨老師，你真的受傷了嗎？」
今天早上出門時穿的衣服已經無法再穿了，所以他包著繃帶的身體上頭只穿了一件白袍。由於可以明顯看到繃帶，所以廣瀨老實地點了點頭。
那些學生立刻破口大罵，坐在室內的高里和其他人都站了起來。
「為什麼？」
其中一人用手指著他。
「廣瀨老師不是讓你躲在他家裡嗎！坂田不也是你的朋友嗎？你為什麼要害他

們！」

另一個學生蒼白的臉上流著淚。

「你連父母也殺，朋友也不放過，你到底想把我們怎麼樣？」

「你根本沒在管是敵人還是朋友，不管是誰，想殺誰就殺誰吧？」

像慘叫般的罵聲此起彼落。

為了避免遭到作祟報復，他們俯首稱臣；為了保住性命，他們向禍神阿諛奉承；最典型的人物——不管他本身是否有什麼企圖——就是坂田。沒想到坂田也發生了意外，保護高里的廣瀨也受了傷，就連應該站在高里那邊的家人也遭到了殺害。

「等一下！這是誤會！」

廣瀨遭到攻擊是有原因的，坂田並不是只有善意而已，至於高里的家人，他們根本沒保護他。

「你們不要衝動！」

廣瀨大聲叫著，傷口頓時像灼燒般疼痛，他忍不住彎下身體。那些學生看了，情緒更加激動。看到他們想要衝進準備室，廣瀨立刻張開雙手，扶著門和門框，擋住他們。

「高里，快逃！」

最前面的學生撞向廣瀨，廣瀨立刻被撞倒在地。他目前的身體根本發揮不了太大的作用。

「別鬧了！」橋上大喝一聲。「你們知道這麼做會有什麼後果嗎！」

「當然知道。」有人大叫著。「既然他不管是朋友還是敵人都要殺，即使變成他的敵人也無所謂！只要沒有高里——」

橋上拿起桌上的廣口瓶丟了過去。廣口瓶打到窗框，打破了窗戶玻璃，廣口瓶也碎裂了。聽到玻璃碎裂的聲音，衝進準備室的學生停了下來。

「只要沒有高里就怎麼樣？」

橋上看著那些學生。

「你們想怎麼樣？啊！」

學生的激動情緒頓時冷靜下來。

「難道你們想殺了高里嗎？殺了他，你們就可以高枕無憂了嗎？恐怕得睡去感化院或是觀護所吧？」

「你想幫高里嗎？」

有人問道，橋上嗤之以鼻。

「我只是討厭笨蛋。」

「……你給我記住！」

「我當然會記住，因為我是你們的恩人。」

那幾個學生看了看站在牆邊的高里，又看了看橋上，每個人臉上的表情都很複雜。

雙方僵持不下，高里開了口：

「我會申請休學。」

所有人都看著高里。

「我決定休學了，今天是來辦休學手續的。」

準備室內鴉雀無聲，有人突然笑了起來。歇斯底里的笑聲立刻傳染給周圍的人，在幾名老師聽到吵鬧聲趕來之前，他們一直笑個不停。

6

十時開車送他們回到公寓，發現等候在公寓前的記者更多了，廣瀨推開把麥克風遞到他面前的記者，好不容易才擠到樓梯口，衝上通往二樓通道的樓梯，所幸那些人並沒有跟上來，但不知道從哪裡飛來一塊石頭，像核桃般大小的石頭在通道上彈了幾下，發出尖銳的聲音。

門上貼了一張很大的紙。

寫著「勸告」兩個字的紙上密密麻麻地寫了一堆小字，廣瀨伸手想要撕下時，又有一塊石頭飛了過來。背後響起一陣罵聲。廣瀨乾脆不撕了，匆忙逃進房間。

三點開始的談話性節目也都在討論這起事件，媒體之間似乎已經逐漸達成共識，認為高里是敵人。他們當然不可能相信「作祟」現象，雖然沒有明說，但他們都拐彎抹角地暗示高里親自復仇的可能性，每一個主播在報導時的語氣都毫不留情。

不知道接下來會變成什麼樣？廣瀨看著拿起素描簿的高里。一旦被所有媒體貼上是敵人的標籤，就會成為人類的敵人。這並不是誇張，而是實際可能發生的事。高里已經失去了監護人、失去了學籍，雖然他說要去工作，但他能夠找到工作嗎？這場風波何時才能平息？民眾什麼時候才會忘記這件事？

廣瀨看向高里，他拿著畫筆，正在素描簿上作畫。就像第一次看到他畫畫時一樣，他將所有意識都集中在畫面上，但此刻的他，已經沒有當時那份靜謐的真摯，顯然有什麼事嚴重影響了高里的情緒。

畫紙上的「岩石迷宮」塗上了綠色顏料。深綠色的奇岩，彷彿長滿了青苔。高里迅速上完色後，陷入了沉思。他注視著畫面，微微偏著頭。

「──怎麼了？」

「我覺得好像不太對……」

即使如此，這項作業對高里來說，仍具有重大的意義。廣瀨輕輕露出微笑，但突然感到不安。眼前這名少年到底是誰？攻擊廣瀨的影子說，牠有責任和義務保護高里。報復並不是高里的意志，也和他的潛意識無關，異形怪獸基於異形怪獸的邏輯保護著高里，但牠們為什麼有責任和義務保護高里？牠們又到底是誰？

——你是王的敵人嗎？

廣瀨不由得想起之前聽到的聲音。「王」是什麼？是不是指高里？如果是指高里，他為什麼被稱之為「王」？

「高里。」

聽到廣瀨的叫聲，他抬起頭。

「如果聽到『王』這個字，你會想到什麼？」

「……王嗎？」

高里複誦著這個字，稍微想了一下，然後說：

「泰王。」

廣瀨坐了起來，傷口一陣劇痛。

「太王？他是誰？」

高里不知所措地搖了搖頭。

「我也……不清楚。」

「怎麼寫？」

「安泰的『泰』……」

——泰王。廣瀨在嘴裡唸著這個名字。

「泰王是名字？還是稱號？」

高里訝異地皺起眉頭，注視著畫面深處。他的眼神飄忽，似乎在努力尋找什麼。

「和你失去的記憶有關嗎？」
「……應該是。」
「既然你還記得，代表這個名字對你來說具有重要的意義，你還可以想到什麼？任何事都沒關係。」
高里搖了搖頭。
「我想不起來了。」
「那就當作是聯想遊戲。」
廣瀨從旁邊拿了一張紙。
「上次提到蓬山時也一樣，比起繪畫的影像，你對語言的記憶更加深刻。把你能夠想到的字眼都統統說出來。」
「但是……」
「不是關於『王』這個字也沒關係——對了，神隱。說到神隱，你會聯想到什麼？」
高里目不轉睛地盯著畫面中的某一點，好像那裡寫著答案。
「記憶。」
廣瀨立刻寫下這兩個字。
「然後呢？」
「模糊。不安。事件。異類。異邦。異境。喪失……手臂。喧囂——」

「麒麟。」

「麒麟的圖。吉兆、角端、角、孔子、轉變、選定、王、誓約。」

據說孔子曾在荒郊發現麒麟的屍體，長嘆道：「吾道窮矣。」至此為止，廣瀨還能理解，但完全不瞭解之後的聯想到底代表了什麼意義。

「……這些是什麼？」

高里搖了搖頭。

「不知道，我只是想到什麼就說出來。」

「是喔……」廣瀨點了點頭，又繼續說了下去：「白汕子。」

「水、女人、守護、海妖。」

廣瀨皺著眉頭。

「原來是和水有關的女妖怪？」

廣瀨問完之後，突然張大了眼睛。

——高里之前怎麼叫牠的？

廣瀨在記憶中搜尋。是妖怪的名字。海妖的名字。對了，叫賽蓮。賽蓮在被抓到時，取名為慕玕。那到底是什麼？

高里也茫然地喃喃說著這個名字。

「慕玕。」

那個女人就是白汕子嗎？

「老師，這個——」

廣瀨制止了他。

「沒關係，我們繼續——蓬山。」

高里閉上眼睛。

「奇岩、羅賴馬山、蓋亞那、故鄉……樹、蓬廬……宮。」

廣瀨把紙遞到高里面前，他寫下了「蓬廬宮」幾個字。

「——王。」

高里立刻回答：

「泰王。」

高里回答後，再度閉上了眼睛。

「誓約、麒麟、十二王。」

「十二王？」

不知道為什麼，高里一臉快哭出來的表情。

「十二國有十二王。」

說完，他看著廣瀨。

「泰王是稱號，戴極國的國王就是泰王。」

廣瀨注視著高里說完後所寫下的「戴極國」幾個字。

「還有呢？」

高里捂住了臉。

「不知道，我想不起其他的了……」

廣瀨看著便條紙。高里曾經失去的記憶，那一年的片刻。他在七年前遭到神隱，然後——廣瀨想到這裡，不禁在內心苦笑起來。這種想像太荒唐了，但是，既然那些怪獸真實存在，有這種荒唐事也不足為奇。

高里在七年前遭到神隱，在某個異界生活了一年。那裡有十二國，有十二位君王，泰王是其中之一，君王和麒麟之間立下「誓約」後結合。綠色的奇岩是連綿的蓬山，在那之上的是蓬廬宮。

廣瀨看著趴在暖爐桌上的高里。

——你是泰王。

如果那個女人是白汕子，那隻怪獸就是麒麟。麒麟不是說「有責任和義務」嗎？如果這就是「誓約」的內容，只有身為君王的人才會因為這個誓約受到保護。

但是，不知道為什麼，廣瀨就是無法把這句話說出口。

他無法分析自己的這種心情，為此感到手足無措。高里很希望回想起神隱期間的事，希望瞭解所有和過去相關的資訊，但自己為什麼無法說出口？

廣瀨感到不解，但還是無法說出這句話。

＊＊＊＊＊＊＊＊＊

他站在溫熱的夜晚街頭。雖然已經半夜，但還有很多人聚集在街頭。他附近那片蓋上藍色塑膠布的圍牆下方，有人供奉了花束。

他們都帶著怒氣看著眼前這棟公寓，他更充滿憤怒地看著那扇黑暗的窗戶。他的朋友被壓在山門下死了。他無法原諒這件事。那個乍看之下溫和無害的少年竟然運用怪力亂神，用恐懼支配周圍的一切。

他不允許那個少年不受任何制裁，繼續活在這個世界。正義不允許這種情況發生。

他是正義的代言人，手上握著比劍更強大的武器，罪惡必須公諸於世，必須遭到懲罰。報導的自由就是為此而存在，那個少年卻用骯髒的手法加以妨礙，他絕對無法坐視這種情況發生。

他點了一支菸，把打火機放回口袋時，發現一名獨自站在遠處的攝影師搖搖晃晃地走進背後的小巷。

一定是太累了，這裡的所有人都累壞了。他心想。

他抽著菸，注視著二樓的窗戶。面向馬路的窗戶旁有一道門，門上有白色的紙。那是公寓的住戶貼的。在場的所有人都知道是誰貼的，但他們無意報導。他也知道是住在身後那道圍牆對面住戶的老爹丟的石頭，只是他不打算告訴少年。

他把已經抽完的菸蒂丟在腳下，用鞋尖踩熄後，不經意地看了一下四周。發現原本守在這裡的六個人只剩下一半。現在的人真沒毅力。他在內心嘀咕著。他打算徹夜守在這裡，明天早上，會有其他記者來接班。在此之前，他要守在這裡，看那個少年有沒有逃走。

站在附近的一個男人走進旁邊的一道門內。他看見男人進門的樣子。因為光線的關係，看起來好像是被拖進門內。他猜想男人應該是進去撒尿。這傢伙真沒家教。

他坐在地上，靠著圍牆。已經腰痠背痛的他又點了一支菸，猛然發現不知不覺間，已經聽不到其他人竊竊私語的聲音。

不知道哪裡傳來一道發悶的聲音。他看向聲音的方向，剛好看見一名雜誌記者走進小巷。他看到記者的腳消失在小巷內。似有若無的微風吹來，飄來一股難聞的味道。可能是河口淤泥的味道，有點像血腥味。

他茫然地看著公寓，緩緩地抽著菸。抽完之後，把菸蒂在柏油路上捺熄。就在這時，他似乎隱約聽到慘叫聲。他慌忙左顧右盼，才發現夜晚的街道上只剩下他一個人。

他站了起來，左右走了兩、三步，伸長脖子，向左右的街道張望，卻不見任何人影。寂靜的房屋如同廢墟般林立，他想要去找剛才走進那道門的男人，因為未免進去太久了。如果不小心在別人院子裡睡著，又會遭到投訴。

走了幾步，他聽到旁邊傳來動靜。那是塑膠布發出的聲音。他注視著塑膠布。蓋在圍牆上的藍色塑膠布內側有什麼東西在動，他看著塑膠布，動靜漸漸消失了，恢復了原來的寧靜。

他走向塑膠布。塑膠布蓋住了圍牆上的破洞。他輕輕掀起沉重的一角，這時他才發現，放在腳邊的花束不是菊花，而是金盞花。

——是奶奶供在佛壇上的花。

他不經意地想到，撇著嘴角笑了起來。一邊笑，一邊掀起了塑膠布的一端。

圍牆上的洞內，出現一個漆黑的東西。

第十一章

十二國記

1

廣瀨一大早就被警車的聲音吵醒，公寓前傳來刺耳的警笛聲。廣瀨坐了起來，高里似乎也醒了，便也跟著坐了起來。兩個人皺著眉頭互看。房間內還很昏暗。

廣瀨起床走去廚房，把窗戶打開一條縫，觀察著窗外的情況。警車停在公寓門口，無數人影走來走去。

「……怎麼了？」

「不知道。」

廣瀨想去外面瞭解情況，但想到會被那些記者包圍，就打消了念頭。人群漸漸聚集，只聽到喧鬧聲和像是悲鳴般的叫聲。廣瀨心想，一定出了什麼大事。

看了一會兒，發現公寓前聚集了黑壓壓的人群，那些像是圍觀的人影不時抬頭看向公寓，同時可以聽到斷續的聲音。

「死了……六名……記者。」

廣瀨聽到人群的聲音，忍不住臉色鐵青，慌忙關上了窗戶。高里露出不安的表情。

「……又出事了？」

廣瀨勉強擠出笑容，對他搖了搖頭。

「不知道。等一下就會知道發生什麼事了，時間還早，再睡一下吧。」

聽到廣瀨這麼說，高里並沒有懷疑，順從地躺了下來。他不安地翻來覆去了一會兒後，傳來輕微的鼻息聲。廣瀨明白他是太累了，他承受的負擔太重了。

廣瀨也一樣。可能有點發燒，覺得身體懶洋洋的。腳放在冰冷地板上的感覺很舒服。廣瀨坐在廚房內，感受著地板的冰涼。

不到一個小時，公寓陷入一片喧鬧中，接著，傳來敲門聲。廣瀨站了起來，把門打開一條縫。一名身穿制服的警官站在門外。

「把門打開。」

警官盛氣凌人地說，廣瀨不發一語地打開門鍊。中年警官走了進來，一進門，立刻打量著屋內。

「發生什麼事了？」

廣瀨問。警官用冷淡的視線看著廣瀨。

「有記者被殺了，總共有六個人。」

廣瀨屏住了呼吸。雖然他曾有預感，但實際聽到時，還是感到很震撼。從敞開的玻璃門，可以看到高里坐了起來。

「昨晚有沒有聽到什麼可疑的動靜？」

「沒有。」廣瀨搖了搖頭，警官看向高里問：

「那你呢？」

「……沒有。」

「是嗎？」警官說完，轉身準備離開。在走出房間時，他回頭看著廣瀨他們說：

「如果想到什麼，請隨時通知警方。」

說到這裡，他露出令人發毛的笑容說：

「──自首當然也沒問題。」

廣瀨一時說不出話，警官關上了門。廣瀨用顫抖的手關上了門。

不到半個小時，外面傳來陣陣喧譁。他們關上門窗，靠在一起，外面的聲音越來越大。又過了一個小時，聽到有人敲門。外面的人用盡力氣用力拍打著門。

「出來！出來把話說清楚！」

高里聽到怒罵的聲音，整個人僵在那裡。公寓前的叫罵聲不絕於耳。

他們看了晨間新聞，終於得知了詳細的狀況。

深夜時分，六名守在公寓前的媒體記者遭到殺害，所有人都疑似遭到狗或是其他動物的攻擊。因為高里家之前也曾經發生過類似的情況，目前警方正和衛生所合作，展開捕捉野狗的行動。

廣瀨不難想像那些悽慘的屍體。如果高里沒有及時制止，廣瀨應該也會落入相同的下場。這種想像讓他不寒而慄。

主播的語氣比前一天更加惡劣，廣瀨很擔心他們隨時會說出「活祭異類」之類的話，立刻關掉了電視。

敲門聲持續不斷，有人用力敲打著門，拍打流理臺前的窗戶，也有人大聲責罵，或是大叫著：「滾出去！」

中午之前，有人開始丟石頭。他們聽到有什麼堅硬的東西打在門窗上，結果發現是拳頭大的石塊打破窗戶飛了進來。廚房的地上有很多石頭，有些石頭用紙包了起來，其中一張寫著：「消失吧。」看了一張之後，就無意再看第二張。

過了一會兒，石頭不再是從公寓下方，而是從公寓的通道上丟過來。有幾塊石頭打破了玻璃窗，飛到他們腳邊。廣瀨忍無可忍地拿起電話，把聽筒放在耳邊時，卻沒有聽到撥號聲。廣瀨打量著聽筒，意識到電話線可能被人剪斷了。

接著，堤防那一側也有人丟石頭過來，還聽到了叫罵聲。面向陽臺的窗戶玻璃被打破後，石頭接二連三地飛進屋內。廣瀨帶著高里躲進小浴室，兩個人聽著外面持續破壞的聲音，不發一語地蹲在那裡。

十二點半時，警察終於趕到，但廣瀨覺得已經過了漫長的時間。「已經沒事了。」廣瀨聽到聲音後打開門，發現之前曾經見過站在門口的男人。想了一下才回想起是當時來接他們去領遺體時的刑警。

刑警把他們帶去警局，以集團暴力事件被害人的身分說明了相關情況，做完報案筆錄後，後藤在十時的陪同下也趕到了警局。

「廣瀨，你沒事吧？」

後藤一走進他們坐著的小房間，立刻問道。廣瀨把手指放在嘴脣上，用眼神向他示意窗邊。高里正坐在椅子上，靠著窗框睡著了。

「他身體不舒服嗎？」

十時小聲地問。

「應該只是累了，這陣子發生太多事了。」

後藤和十時點了點頭，後藤走到窗邊，低頭看著高里。

「已經決定由誰收養他了嗎？」

「不清楚，目前的狀況無暇顧及這些事。他的親戚都回家了，也許是故意不把話說清楚。」

後藤低頭看著高里小聲地問：

「不知道他接下來會怎麼樣。」

廣瀨沒有回答。

高里看了新聞報導後，曾經小聲嘀咕：「不是已經叫牠們住手了嗎？」那些傢伙似乎無視高里的意志，只想要完成自己的責任和義務。

「真希望有親戚願意收養他，帶他去遠處，隱姓埋名生活……但結果可能都一樣。」

只要那些傢伙還在，無論高里去哪裡，牠們都會如影隨形地想要完成自己的任務——果真如此的話，高里的未來沒有任何光明。

廣瀨想起之前的想法。必須讓牠們離開高里，這種想法比之前更加迫切，只是他不知道方法。

後藤嘆了一口氣，回頭看著廣瀨，用眼神示意十時。

「十時老師願意把房子借給你們住，你們暫時先去那裡住。」

廣瀨抬頭看著十時說：

「……不好意思。」

十時露出爽朗的笑容說：

「別這麼見外，你們想住多久就住多久。對了，你們可能需要日常生活用品吧，只要告訴我，我隨時可以幫忙拿過去。」

「但是，十時老師……」

「小意思啦。」他笑著向他眨了眨眼。

廣瀨深深鞠了一個躬。有人明知道事情的嚴重性，仍然願意伸出援手，這件事令他發自內心地感到高興。

2

十時的家位在新市鎮的海邊，是一間套房。

十時送他們到公寓後，大致說明了家中的情況和周邊的環境，在離開之前，還為廣瀨換了繃帶。

「真的很抱歉。」

廣瀨和高里異口同聲地說，十時大笑起來。

「電話我已經設成答錄機了，所以請不必理會。」

「謝謝。」

「如果衣服或是其他東西不夠，家裡有的東西就隨便拿去用。」

「但是……」

「別擔心，我家裡沒有任何見不得人的東西。」

十時挺起胸膛道。看到廣瀨他們深深鞠著躬，他笑著離開了。

十時的家位在這棟八層樓房子的四樓，光線明亮，住起來很舒服，寬敞的陽臺可以看到大海。廣瀨打開了窗戶，這一陣子整天都關上窗戶、拉上窗簾過日子，所以打開窗戶後，立刻感到心情舒暢。傍晚的海風很涼爽，夏天的腳步漸漸走遠了。

「高里，真是太好了。」

廣瀨說，高里淡淡地笑了笑，點了點頭。他站在陽臺上，聚精會神地低頭看著大海。他從今天早上開始就很少說話，想到他可能在想又有人死亡這件事，廣瀨不由得感到心痛，努力用開朗的語氣說：

「現在終於可以出去吃飯了，等天黑之後，我們去吃飯，順便散步吧。」

他在說話時打開了電視。電視上正在播報六點的新聞。在山門坍塌意外中住院的一名雜誌記者去世了。

打開報紙，看到了坂田死亡的報導。原來他死了。廣瀨心想。雖然他並不喜歡坂田這種人，一旦真的死了，還是會感到難過。

「坂田……死了。」

抬頭一看，發現高里探頭看著報紙。

「好像是。」

廣瀨忍不住開始計算自實習以來，到底死了多少人，立刻覺得自己太無聊而作罷。那些傢伙到底殺了多少人？如果包括過去在內，人數一定很龐大。

廣瀨突然想到一件事，立刻向高里確認——

「高里，你之前不是說，從小就可以感受到牠們的動靜嗎？是在神隱之前嗎？」

高里想了一下後回答：

「我記不太清楚了，但應該是之後。」

「你周圍開始有人受傷也是在神隱之後嗎？」
「應該是。」
「那我知道了。」廣瀨折起報紙。「牠們會不會是從那裡跟過來的？你起初看到的是慕玕──白汕子的手臂，你在那裡被牠們附身了。」
高里困惑地垂下視線。
失蹤的一年多時間內，到底發生了什麼事？高里為什麼會被帶往異界並和那些傢伙有牽扯？而且，他為什麼又回來這裡？牠們為什麼跟著高里來這裡──廣瀨滿腹疑問，但只要高里的記憶不恢復，就永遠無法解答這些疑問。
「我到底是誰啊。」
高里幽幽地說。廣瀨低下頭，還是無法對他說：「我猜想你應該是泰王。」
「為什麼會找我去呢？」
高里嘀咕著，似乎和廣瀨在想同一件事。
「我的存在到底有什麼意義？為什麼又回來這裡？是我自己的意志？還是其他人的意志……」
高里說完後，看著廣瀨問：
「我到底是哪一個世界的人？」
不知道為什麼，廣瀨感到極度手足無措。
「當然是這裡的人啊。」

廣瀨慌忙說道，高里垂下了雙眼。

「……是嗎？」

「當然啊，你根本不特殊，這一切都不是你的錯。你只是不小心誤闖那個世界——也許是被那些傢伙強行帶去那裡，才會背負這些災難。」

廣瀨語氣堅定地說，但高里似乎並不接受。

「如果可以想起更多事……」

他嘀咕著。

「至少可以回想起回去的路。」

廣瀨不再回答。

天黑之後，他們出門去吃飯。吃完飯後，去海邊散步。走到堤防只要十分鐘左右，廣瀨住的地方離河口很近，這裡和他住的地方不一樣，大海看起來並不髒。堤防下有一大片可以稱之為沙灘的沙地。接近黑色的銀色水面上，有一輪好像剪下指甲般的弦月。

「不知道你去的國度在哪裡。」

廣瀨走在沙灘上問道，高里偏著頭。

「那些傢伙原本應該是那個世界的動物，你回來的時候，牠們基於某種原因跟著你一起回來。牠們是為了保護你，既然牠們這麼說，應該不會錯吧。」

高里沒有回答。

「盡忠職守固然好，但好像有點太忠實了，尤其最近……」

廣瀨苦笑著說，高里停下了腳步。

「怎麼了？」

高里皺著眉頭，似乎在思考什麼嚴肅的問題。

「……你會不會覺得越來越嚴重了？」

「啊？」

「岩木、班上的同學、採訪的記者……我覺得最近的報復手段越來越激烈……」

廣瀨張大了眼睛。

「的確是……」

或許可以說，現在已經毫不在意別人的眼光了。高里周圍經常發生意外，每一起意外看起來都是偶發事件。之前五反田也說，只是為了殺雞儆猴，但那些傢伙最近所做的一切，已經超越了警告的範圍，簡直就像是殺紅了眼。

廣瀨表達了自己的意見，高里也點頭表示同意。

「到底要持續到什麼時候？」

高里小聲問道。

「到底要死多少人？」

「不知道。」

「我……」高里欲言又止，廣瀨示意他說下去，他搖了搖頭說：「沒事。」

廣瀨內心不由得感到訝異，視線移向大海的方向。海浪宛如搖籃般起伏不已。為什麼說不出口？廣瀨忍不住捫心自問。

他搞不懂自己為什麼無法問高里，你是不是泰王？開口問這句話令他感到不安，卻又不知道為什麼不安。

廣瀨巡視海面，視線突然停了下來。因為他看到遠處的海面上有一點微光，好像有什麼會發出微光的東西沉在海裡。

「高里！」廣瀨叫了一聲。「那是什麼？」

高里看向海面，注視著廣瀨手指的方向。

「很遙遠……是不是很大的東西？」

「不會是……夜光蟲吧？」

廣瀨和高里注視著海面，那個東西越來越大，在差不多像棒球那麼大時，廣瀨終於驚覺到一件事。

「它正在向這裡逼近。」

原來光不是越來越大，而是正在向這個方向逼近，而且越來越大，速度快得非比尋常，即使是快艇也沒有那麼快。

近距離觀察時，發現光又弱又大。當光更加靠近時，才發現那是一群身上會發出磷光的東西，淡淡的光宛如螢光，微弱的白光正朝向岸邊逼近。

裡。

「高里，快逃！」

廣瀨把心裡的想法說了出來。那些東西直直地向沙灘衝了過來，最好趕快離開這裡。

「來不及了，牠們的速度很快……」

廣瀨抓住高里的手臂。

「高里！」

廣瀨正想拉高里的手，被他制止了。

「有牠們在，一定沒問題的，請你和我在一起。」

在他們說話時，那些東西也越來越近。那群白色東西擠得密密麻麻，直徑超過五公尺，光亮緊貼著水面漸漸逼近，抵達岸邊時，隨著海浪被打到沙灘上。看起來像是很多白色的人聚集在一起。海浪把發出磷光的人打到沙灘上，然後就留在沙灘上，宛如溺死的屍體。下一波海浪打來，又有新的屍體堆疊在屍體上。

「屍體嗎？」

廣瀨問，高里搖了搖頭。

「不是屍體……」

的確不是屍體。被海浪打到沙灘上的東西痙攣般蠕動著，牠們蠕動著四肢，緩緩撥動著沙子，沒有頭髮的腦袋如同烏龜般抬了起來，看著廣瀨和高里。

廣瀨握著高里的手臂步步後退。

海浪不斷打向沙灘，那些東西一波一波地被打上岸，抬起了頭。好像白蠟般發出磷光的身體看起來就像是某種模型，笨拙地爬了過來，像極了腐爛的溺死屍體，發出一股像是瘴氣般濃烈的海水味道。

廣瀨和高里瞪著那些東西步步後退，後背突然撞到了堅硬的東西。他們已經退到了堤防的下方。

廣瀨呼吸急促，東張西望地觀察著，在暗青色的堤防表面尋找著顏色更深的缺口。他終於找到了缺口，只是距離遠得令他感到絕望。

那群東西爬行而來，最前面的那些緩緩地試圖包圍他們。

「……汕子。」

高里竊聲說道。

「汕子。」

那群東西停了下來，在距離廣瀨和高里只剩下一個手臂長度的沙地上出現了一個小型漩渦。漩渦像一個碗公般凹了下去，露出了白色手指，隨即出現了一隻伸向天空的白色手臂。

——那個、女人。

廣瀨來不及驚訝，周圍的沙子已沸騰起來。沸騰的沙子噴向天空，從沙子中竄出兩個影子。一紅一白的兩個影子落在那群東西和廣瀨、高里之間。

白色的影子有著女人的腦袋和手臂，下半身是白色的怪獸。紅色的影子看起來像是巨大的狗，渾身覆蓋的不是毛皮，而是沾滿黏液的鱗片。

廣瀨愕然地看著一紅一白的怪獸，異形怪獸壓低了身體，好像在威嚇。原來就是牠們藉由大量的流血和殺戮保護著高里。

那群溺死屍體笨拙地搖晃著腦袋，同時張開了潰爛的嘴巴，做出好像在吐東西的動作，用壓扁的聲音朝向夜空叫喊：

——台輔。

——廉台輔。

牠們發出呻吟般的聲音好像在呼喚誰，巨大的叫喊聲被吸入漆黑的夜空。

——在這裡。

——在這裡。

——在這裡！

一白一紅的影子突然消失，那群屍體也低下頭，開始挖沙子，轉眼之間就鑽進沙灘，接二連三地從地下消失了。當挖沙子的聲音停止後，沙灘上留下一大片漏斗形的洞穴。

過了好一陣子，才終於再度聽到海浪的聲音。

「那……是什麼東西？」

廣瀨終於吐出一口氣。

昏暗的海灘上，只留下那些東西鑽入沙子中的痕跡，即使他們戰戰兢兢地巡視周圍，也看不到任何影子。海灘上靜悄悄的，白色的沙子猶如凍結，四周彌漫著滲入沙子的濃烈海水味。

海水的味道。

來自大海的東西當然有海水的味道，廣瀨卻感到極大的震撼。之前聽學生說，學校走廊上有泥巴的痕跡，在廣瀨的內心，海水的腥味已經和不安緊密地結合在一起。

廣瀨跪了下來，稍微挖起些許沙子，當他撥開沙子時，發現腥味更重了。

來自大海的怪物。廣瀨抬頭看著站在一旁的高里，他滿臉驚愕地站在那裡。剛才的奇怪景象有可能和高里毫無關係嗎？

「高里。」

聽到叫聲，高里終於回過神似的看著廣瀨。

「那是什麼？」

高里深深地嘆了一口氣，搖了搖頭。

「不知道。」

廣瀨再度巡視周圍。放眼望去，是一大片有著無數洞穴的荒涼沙灘，只能感受到前一刻的變化，似乎發生了某些巨大的改變。內心的不安導致心跳加速，和海浪聲一起錯落有致地震撼著月光稀微的夜晚。

3

翌日，廣瀨在中午之前醒來，他自鋪在地板的被褥上坐了起來，看向一旁的床鋪，發現高里不見了。

他環視房間內，不見高里的身影。打開小浴室的燈，排氣扇開始轉動，卻也無聲無息。廣瀨站了起來，走向陽臺。掀起窗簾一看，發現高里站在外面，他正靠在欄杆上看著下方。

「高里？」

他叫了一聲，高里驚訝地抬起頭。他又叫了一聲，高里才靜靜地轉過頭。

「怎麼了？」

廣瀨問，他搖了搖頭，露出淡淡的笑容。

「早安。」

「嗯。」廣瀨點了點頭，也走到陽臺上，像高里一樣低頭向下看。

「有什麼東西嗎？」

「沒有……我只是在想，比學校的屋頂更高……」

高里說完又笑了笑，然後走回了房間，廣瀨不解地跟在他身後。

廣瀨進入房間後，拿起遙控器想要打開電視。高里說：

「好像發生了火災。」

廣瀨回頭看著高里。

「……你說什麼？」

高里坐在那裡，低下了頭。

「你的公寓，昨天晚上……」

廣瀨慌忙打開了電視，電視上還沒有開始播報午間新聞。

「幾點的時候？」

「深夜……好像是三點左右。」

早報應該沒有刊登這個消息。廣瀨原本想問死了幾個人，但立刻把話吞了下去。因為問高里這個問題太殘酷了。

他準備了吐司和咖啡當作午餐，在開始吃之前，午間新聞開始了。

廣瀨和高里昨天以前住的公寓，在今天凌晨三點之前發生火災，整棟公寓全都燒光了。起火點在一樓的房間，起火原因是瓦斯爆炸。這場火災奪走了三條人命。

廣瀨看著新聞，忍不住感到暈眩。

——徹底的報復。

這一定是針對有人丟石頭以及在門口貼的那張紙所採取的報復行為，雖然廣瀨早就料到會發生這種事，但現實還是令他感到絕望。

每死一個人，高里的退路就會一條一條被封鎖。事情鬧得越大，高里就越無立足之地。

廣瀨感到極度噁心。高里還剩下任何可能性嗎？他在這個世界平靜安穩地生存下去的可能性，到底還剩下多少？

「對不起……」

「這不是你的過錯。」

這樣的對話到底還要重複多少次？

廣瀨環視著室內。你們。就是聲稱要保護高里的你們，一白一紅的你們，你們難道不知道，高里不是被別人，而是被你們慢慢折磨而死嗎？

這一天，高里一句話也沒說。雖然對他說話時，他會回應，但根本稱不上是對話。他努力想要露出笑容，但他的努力完全無效。下午的時候，後藤來找他們，廣瀨請他全權處理火災的後續事宜。

這天傍晚，發生了另一起火災。打電話來通知他們的正是之前那名刑警。

高里的家被燒了一半。是附近的小學生縱火，鄰居剛好看到三個小學生從高里家跑出來，警方立刻逮捕了他們，問及縱火動機時，他們說，因為擔心房子還在，高里遲早會回家。

他們害怕高里再度回家，在新聞中看到廣瀨的公寓發生火災後，想到只要燒了高里家，他就無法再回來了。

高里得知這個消息後，沒有任何反應，相關的事宜也同樣交由後藤代為處理。

那天晚上，廣瀨在半夜醒來。他沒來由地醒來，發現高里盯著他。高里的表情看起來很難過。他很想對高里說話，但他太想睡了，根本說不出話。高里似乎發現廣瀨醒來了，對他深深鞠了個躬。明天起床之後要問這件事。廣瀨這麼想著，再度閉上了眼睛。

——也可能只是在作夢。

看完正午的新聞報導，正打算關掉電視時，看到了字幕跑馬燈上出現的這則新聞。

廣瀨站了起來，高里則發出了近似悲鳴的聲音。跑馬燈訊息顯示，學校突然崩塌了。

「請你趕快去看看。」高里抬頭看著廣瀨說：「因為我沒辦法去。」

廣瀨點了點頭，衝出了房間。跑到電梯之前，都覺得好像踩在雲上走路。

星期一中午，學校內有很多學生。他們怎麼樣了？經常出入準備室的那些學生呢？還有老師呢？廣瀨帶著希望他們都平安無事的祈禱奔跑著。在電梯門關上之前，他一心為此祈禱，在電梯開始下樓時，猛然想起昨晚的夢。

在這一刻之前，他完全忘了那個夢，也不知道為什麼現在會突然想起。現在回想起來，難以判斷到底是不是夢境。他在想這些事時，電梯已經到了一樓。廣瀨衝出公寓，不知道為什麼，他不經意地回頭看著背後。身後是一棟八層樓的建築物，八個樓層的陽臺朝向屋頂整齊排列。

廣瀨突然想起昨天早上，高里看到陽臺時的情景。

——這種時候，為什麼去想這種事？

廣瀨小跑起來，想要甩開這個記憶，卻無法做到。

高里站在陽臺上往下看。廣瀨回想起當時那份無法釋懷的感覺。

高里看著下方時的背影。手肘伸直的線條、肩膀用力的形狀，這一切是否在暗示什麼？

——我只是在想，比學校的屋頂更高。

高里不可能去過學校的屋頂，只是基於想像說這句話。他一定是因為站在高處，所以想起了那些不幸的同學。

——還是說？

廣瀨忍不住咂著嘴。

他感到極度不安，不祥的預感侵蝕著他的身體。

他轉身跑回公寓。一旦採取了行動，內心就更加充滿不安，他不顧一切地奔跑，完全忘了自己受了傷。

高里不在房間內。廣瀨衝到窗邊，看到通往陽臺的落地窗從內側鎖上後，暗自鬆了一口氣。

「高里？」

高里不可能不在家。

廣瀨突然想到，高里會不會去了屋頂，但立刻想到十時曾經說，無法上去這棟大樓的屋頂。

高里到底去了哪裡？

他突然想到了逃生梯。逃生門雖然從內側鎖住，但從逃生門走出去並沒有任何問題。廣瀨立刻轉身往外走。

他穿越了四樓筆直的走廊，輕輕打開了逃生門，頓時感受到強風吹來。逃生梯的樓梯口不見高里的身影，他輕輕關上逃生門，盡可能不發出任何聲音，從欄杆探出身體向上張望，整個人立刻僵住了。

頂樓的樓梯口有一個人影。

他差一點叫出來，慌忙吞了下去。他感到一陣強烈的反胃，好像有異物經過喉嚨。他鬆開抓著欄杆的手往上走，在金屬樓梯上每走一步，都會發出巨大的聲響。

廣瀨脫下鞋子，光著雙腳，躡手躡腳地以最快速度衝上樓梯。

連他自己都很驚訝可以憋著氣、一口氣衝上四層樓的樓梯。當他帶著祈禱的心情走上最後的樓梯時，看到站在樓梯口的高里握著欄杆，低頭看著下方。

欄杆很低。如果廣瀨出聲叫高里，高里只要重心一偏，隨時可能墜下樓。他屏住呼吸，祈禱自己不要發出聲音，彎下身體，當他走到最後一段樓梯的中間時，高里跨過了欄杆。

廣瀨的心臟快跳出來了，完全不記得自己怎麼衝完最後的樓梯。當他聽到樓梯口的巨響回過神時，發現高里的身體跌落在欄杆的內側。

「你……」

廣瀨不知道自己想說什麼，伸手抓住了高里的右手，這才想起是自己把高里拉進來的。

「你為什麼要這麼做？」

他的右手握得緊緊的，揮起左手，對著倒在樓梯口，張大眼睛看著自己的那張臉揮了下去。他知道自己這一拳就像小孩子惱羞成怒在打人。

自己因為情緒激動而打了無力抵抗的對方。正因為他瞭解高里為什麼會決定爬到這麼高的地方，所以更覺得絕對不能讓他跳下去。

「希望你能瞭解——」聽到靜靜的說話聲，廣瀨抬起頭，他的牙齒不停地發抖。

「這是我唯一的選擇。」

「胡說。」

他把被自己壓在底下的身體拉了起來，拉起被自己僵硬的手握住的手臂。

「老師。」

事到如今，他居然還可以這麼平靜地說話，這件事令廣瀨感到難過。他的聲音顯示，他並不是失去理智才這麼做。

廣瀨想要打開逃生門，卻怎麼也打不開，才想起逃生門無法從外側打開這件事，抓著對方微弱抵抗的手臂走向樓梯。

「老師。」

「如果你要跳，我也會跟著跳下去。」

他脫口說了這句話。太卑劣了，沒有比這更卑劣的話了。他感受到自己握著的手臂繃緊了一下，隨即順從地跟著廣瀨走下樓梯。

廣瀨的雙腿發抖，每走一步，就覺得幾乎要跪下去了。當他們終於來到下一層的樓梯口時，高里又叫了一聲：

「老師……」

廣瀨察覺到他語調上的變化，回頭一看，高里正抬頭看著他們前一刻所在的樓梯口。

有一個女人站在那裡。

那是一個年輕女人，年紀大約二十歲左右，或者不到二十歲。有那麼一下子，廣瀨以為是八樓的住戶走了出來，但立刻想到剛才並沒有聽到逃生門打開的聲音。那是一道沉重的金屬門，姑且不論打開時的情況，關上的時候不可能沒有聲音。

女人開了口：

「不可以死。」

廣瀨看向女人問：

「妳是誰？」

女人沒有回答他的問題。

「如果你死了，那一位也無法活了。」

在廣瀨準備大喊：「妳到底是誰？」之前，高里開了口：

「妳到底是誰？」

女人露出悲傷的表情閉口不語。

「妳剛才那句話是什麼意思？」

高里大聲問道。

「請妳把知道的事統統告訴我，不管是什麼事都沒有關係。我到底是誰？到底發生了什麼事？在我身邊的那些又是什麼？」

她露出憐憫的表情。

「既然你已經忘了，那乾脆不要知道比較好。」

說完，她伸手握住了逃生門，輕輕鬆鬆地向外打開了。

「請進。」

她指著門內說道。廣瀨遲疑了一下，抓著高里的手臂再度走上樓梯。女人壓住了門，靜靜地在那裡等他們。廣瀨和高里走過去時，她側身讓他們通過。經過她身旁時，聞到了淡淡的海水味道。

廣瀨走過那道門，把高里往裡面一推，不顧高里還沒站穩，立刻關上了門。女人滿臉驚訝地看著他。

「妳是誰？」

廣瀨背靠著的那道門內側傳來敲打的聲音。

「妳到底是誰？」

她垂著雙眼，然後抬起眼說：

「我是廉麟，我無法透露更多了。」

「那是妳的名字嗎？」

女人點了點頭。

「到底發生了什麼事？」

她搖了搖頭，似乎代表她不能說。

「如果有什麼方法可以救他，可不可以請妳告訴我？」

廣瀨問道，她只是垂著雙眼。廣瀨閉上眼睛，嘆了一口氣。

她小聲地喃喃：

「……沒想到會是這樣。牠們只知大義，所以請你原諒牠們。」

廣瀨無法回答，因為他不太瞭解女人說的話。

「牠們？」

「白汕子和傲濫。」

他知道女人說的是那兩個傢伙。

「牠們怎麼了？」

女人搖了搖頭，沒有回答廣瀨的問題。

「請你趕快逃吧。」

廣瀨偏著頭，她露出嚴肅的眼神看著廣瀨。

「延王即將駕到，因為泰麒失去了角，這也是無可奈何的事。一定會發生巨大的災變，請你別管他，自己趕快逃命吧。」

廣瀨不假思索地伸出手，但女人的身體向後退，宛如在風中飄搖的布。

「這是怎麼回事？」

女人搖了搖頭。

「到底是怎麼一回事！」

女人再度搖頭，然後轉過身，如同躲進了某個看不見的東西般消失無蹤。

4

廣瀨猶豫之後，決定放棄去學校。事到如今，即使他趕去學校，也無能為力，根本無法營救任何人。既然如此，就更不能離開高里身邊。

「我希望你瞭解。」高里再度重複剛才說的話。「在我家縱火的是幾個小孩子。」

「別再說了。」

廣瀨抓住高里的手腕，不願鬆開。

「他們只是小學生。」

廣瀨不理會高里。他心裡很清楚，這就是自我。

「她不是說，你不可以死嗎？」

「她是誰？」

聽到高里發問，廣瀨突然想到，那個女人為什麼認識高里？為什麼知道白汕子？然後又想到，之前是從杉崎口中得知白汕子的名字。

那個名叫廉麟的女人，莫非就是那個靈異故事中的女人？

這麼一來，很多事情是否有了合理的解釋？那個女人為什麼在找麒麟？為什麼在找白汕子？為什麼高里知道她在找什麼？

——當然是因為高里和她有關係。

「她說她叫廉麟。」
高里看著廣瀨。
「廉……麟？」
「她說白汕子和傲濫只知大義，所以希望我原諒，還叫我趕快逃，因為延王即將駕到，所以叫我快逃，還說泰麒失去了角，所以這是無可奈何的事。」
高里張大眼睛，然後垂下雙眼陷入沉思。廣瀨心想，成功了，至少成功地轉移了高里的注意力。
這時，電話鈴聲響起，但立刻轉到了答錄機。在十時預先錄好的內容之後，傳來一個此刻最想聽到的聲音。廣瀨趕緊抓起電話。
「後藤老師！」
高里抬頭看著廣瀨。
電話中傳來後藤一如往常的聲音。
『你有沒有看新聞？』
後藤開口問道。
「看到了，但我想可能去了也幫不上任何忙。」
『沒錯。』
「你平安無事嗎？」
『沒聽過禍害遺千年這句話嗎？我不理會學務主任的通知，出去外面吃飯，所以躲過一劫。』

廣瀨鬆了一口氣，有好一會兒說不出話。

『學校已經面目全非了，中庭坍塌，房子都倒了。目前還不知道受災情況，辦公室大樓有一半還在，十時老師也平安無事。』

廣瀨點了點頭，電話中傳來警笛聲和叫喊聲。

『其他情況就不太清楚了，總之，大家都排隊打電話，我就先掛斷了。晚上我會再打電話給你，或是去一趟。』

後藤說完，掛上了電話。

「後藤老師平安嗎？」

高里探頭看著廣瀨的臉。

「對，十時老師也沒事。」

廣瀨說完，打開了電視，立刻看到學校上方的空拍影像。中庭完全坍塌，周圍的房子都倒向那個洞，災情嚴重的程度令人愕然。

高里倒吸了一口氣，廣瀨語氣強烈地說：

「你不要去想一些不必要的事。」

「但是……」

「沒有任何但是。」

廣瀨斬釘截鐵地說。

「那裡一定死了很多人，雖然很慘，但死亡就是死亡，任何一個人都無法改變死亡的意義。即使同時有眾多學生死亡，也無法對自己的孩子死亡這個事實帶來任何安慰，不是嗎？」

高里低下了頭，似乎完全無法接受。廣瀨很清楚，自己說的話只是狡辯。

只因為某一個人，就引起了如此巨大的慘劇；只因為某個微不足道的不和，竟然導致如此龐大的災害。廣瀨搜尋著記憶，試圖瞭解根本的原因。至少多年來，高里是因受到周圍消極的無視而得以安穩度日——和眼前的狀態相比，的確算很安穩，但究竟從什麼時候開始，變得如此嚴重？

是這件事嗎？那個女人說的「巨大災變」，就是指這件事嗎？

即使如此，廣瀨也不認為是高里的過錯。既然沒有人有權利否定他的存在，就無法讓他來背負這些慘劇的責任，更不能讓他以死來償還這一切。

「你解開謎底了嗎？」

廣瀨看著閉上眼睛的高里。

「你是不是已經想起來了？那個女人說的話是重要的線索。」

高里搖了搖頭，不曉得是代表他不知道，還是覺得根本不重要。

「你不是很希望回想起來嗎？你不是說，覺得自己好像忘記了重要的約定嗎？」

高里沒有回答。

「廉麟、傲濫、延王、泰麒，我完全不明白這些字眼的意思，你解釋一下吧。」

廣瀨用挑釁的語氣問道，高里深深低下頭說：
「我不知道……」
「你努力回想一下，你一定知道。」
廣瀨打開素描簿，把鉛筆遞給高里。
「那個女人提到白汕子和傲濫，獅鷲就叫傲濫嗎？我原本還以為是指麒麟。」
「我……不知道。」
廣瀨發現高里不打算思考，忍不住嘆了一口氣。如果希望事態解決，應該認同高里的行為，只要高里從這個世界消失，不斷擴大的災變就會停止，但是廣瀨無法認同。
必須轉移高里的注意力，無論如何，都要在他用自己的方式解決之前，尋找可以拯救他的方法。
廣瀨關了電視，請高里抬起頭。他終於可以說出一直說不出口的話了。
「——我覺得你就是泰王。」
高里張大眼睛，立刻抬頭看著廣瀨。
「你說什麼……」
「白汕子曾經問我，你是王的敵人嗎？如果牠們在保護你，代表你就是王，所謂的王，應該就是泰王吧？」
高里張大了眼睛，一時說不出話。

「泰王，我沒說錯吧？」

「不是這樣。」他不假思索地反駁。「我不是泰王。」

「高里。」

高里不可能不是泰王。廣瀨向他詳細說明了自己的分析過程，高里仍然搖著頭。

「不是的，我可以斷言，絕對不是這樣。」

「為什麼？」

高里態度堅決地搖著頭。

「沒為什麼，因為我知道我不是。」

「那你到底是誰？」

廣瀨忍不住大聲問道。

「如果你不是，牠們為什麼要保護你？誓約不就是指這件事嗎？牠們是為了某種代價而保護你。」

「不是的。」

高里急切地否認。

「我不是泰王，不是我，他是……」

說到這裡，高里突然把話吞了下去。

廣瀨抓住他的手，看著他的臉問：

「『他是』？」

高里露出茫然的表情。

「高？」

高里看著半空的視線緩緩移向廣瀨。

「他是我的主上。」

「主上？」

「我怎麼可以忘記……」

高里站了起來，走向窗戶。廣瀨立刻抓住他的手臂。

「我不會再尋死。」

高里用深沉的眼神看著廣瀨。

「我發誓要對君王忠誠，立下了『不離君側，不違詔命』的誓約。」

「……你想起來了嗎？」

高里搖了搖頭，露出淡淡而痛苦的微笑。

「我只回想起這些……但是，這樣就足夠了。」

他一臉嚴肅地說完後，就站在窗邊，把手指放在玻璃上，注視著大海。

「我曾經發誓，絕對不離開他。」

在他失蹤的那一年立下的誓約，不可以忘記的約定原來是指這件事。

「我必須回到王的身邊。」

聽到高里急切的聲音，廣瀨抬起頭。

「一定要設法。」

「無論你們立下了怎樣的約定——」不知道為什麼，廣瀨有一種自己快走投無路的感覺。「你離開了泰王回到這裡，不是代表違反了誓約嗎？」

廣瀨忍不住喋喋不休，但越說越感到不安。

「也許是泰王不要你了，也可能是你逃離了泰王——一定是你逃出來了，否則，汕子牠們不可能跟過來。牠們一定是來追你的，不是嗎？那個叫廉麟的女人也一樣，是從你逃離的世界追過來的。」

高里驚訝地搖著頭。

「不可能。」

「為什麼？」

「因為我不可能自己離開王的身邊。」

「為什麼你可以斷言？」

廣瀨用手指著高里問，在發問的同時，搞不懂自己為什麼這麼認真。

「牠們追過來了，所以，你身邊發生了很多離奇的事，牠們奪走你的立足之地，讓你無法繼續在這裡生活。」

高里困惑地偏著頭，看著廣瀨的臉。

「為什麼現在還在說這種話？汕子牠們不是說，牠們是在保護我嗎？」

廣瀨閉口不語。沒錯，汕子和傲濫只是基於狂熱的忠誠保護高里，那不是對高里的忠誠，而是對泰王的忠誠，泰王賦予牠們保護高里的責任和義務。

「汕子為什麼問我是不是王的敵人？」

高里偏著頭納悶。

「……我也不知道。」

如果泰王和高里是主從關係，利害當然一致。牠們認為，高里的敵人也就是泰王的敵人。

「……岩木是泰王的敵人嗎？」

既然泰王是那個世界的君王，那岩木就不可能是他的敵人。岩木和其他學生都不可能是泰王的敵人。

——啊，難怪！

廣瀨深深嘆了一口氣，難怪廉麟說：「牠們只知大義。」牠們不瞭解這個世界的人不可能是王的敵人，只是盲目地認為高里的敵人就是泰王的敵人，所以毫不手軟地加以排除。

「荒謬……」

這全是誤會，是徹徹底底的錯誤。

「太荒謬了。」

高里默然不語地看著廣瀨。

5

那天晚上，後藤上門了。海上掛著一輪弦月，風很大，雲在天空中快速奔跑。

「後藤老師，學校的情況怎麼樣？」

後藤皺著眉頭說：

「中庭的人全都沒救了。」

高里閉上眼睛，好像是他受到了傷害。

「教室大樓和特別教室大樓全都毀了，幸好在社團大樓和在體育館聽升學指導說明會的人都沒事。」

「那橋上呢？」

「他沒事。」

「野末、杉崎和築城呢？」

後藤搖了搖頭。

「目前還沒有找到他們，生死未卜。總之，目前正在全力搶救，但颱風快來了，搶救作業可能會在今晚的某個時間點暫時告一段落。」

根本沒有發布颱風預告，後藤苦笑著說。他的眼中透露出極度的疲憊。

電視的新聞節目播出了學校滿目瘡痍的景象，似乎是直升機從上空拍攝的影像，畫面緩緩旋轉，明亮燈光照射下的瓦礫形成很深的陰影。強風中，仍然持續進行著搶救作業。面向中庭的房子完全坍塌，教室大樓攔腰折斷後壓扁了，特別教室大樓也毀了三分之一。六班教室和實驗準備室原本所在的位置都好像被用力踩過般扁了。上一層樓的天花板壓上地板，瓦礫從些微的縫隙中往外擠，其他部分也只是勉強保留了原來的樣子而已。

教室裡的學生恐怕完全沒有希望了。準備室的狀況稍微好一點，但櫃子裡放滿了化學藥劑，恐怕也不樂觀。

電視的畫面切換後，出現了受傷者名單。輕傷者的人數相當龐大，重傷者的人數稍微少了一些，死者的人數更少，但也超過了三十人，下落不明的人數則是死亡人數的三倍。

廣瀨忍不住發出了呻吟。今天這場災難的原因，無疑是因為對高里的迫害所採取的報復行為，辦公室大樓有一半都毀了，校長室只剩下殘骸而已，包括校長、學務主任在內的學校董事正在那裡開會。

但是，死於這場意外的大部分學生只是無故被捲入陪葬而已，愚蠢的盲目認識導致無數人失去了生命，其實原本根本不需要報復。

那兩個傢伙是因為殺紅了眼、失去了分寸，還是因為某種原因，導致情況發生了變化？

廣瀨茫然地看著電視，發現高里突然回頭看著窗戶，他目不轉睛地盯著窗戶。窗外低垂的雲正以驚人的速度移動。
「高里？」
高里突然站了起來，廣瀨叫了他一聲。高里走到窗邊，用手摸著玻璃。
「怎麼了？」
高里打開窗戶，溫熱潮溼的強風立刻吹進室內，室內的空氣頓時變得溼潤，在好像隨時會滴下水的風中，廣瀨隱約聽到一個聲音。
他豎起耳朵，肆虐的狂風中夾雜了一個斷斷續續的微弱聲音。那是從遠方，從遙遠的地方隨著強風來到這裡，只能隱約聽到的叫喊聲。
「……那是什麼？」
高里全神貫注地聽著那個聲音。厚實的雲層從大海的盡頭湧向這裡，廣瀨也努力捕捉那個聲音，然後終於聽到了叫聲。
廣瀨回頭看著高里。有人在呼喚高里。那是從大海盡頭，也可能是從海底深處放聲大喊。
後藤納悶地問：
「你們……有沒有聽到什麼聲音？」
高里突然轉過身，快步離開窗前，想要走出房間。廣瀨追了上去，在玄關抓住了他的手。
「你不要去。」

高里努力想要甩開廣瀨的手。
「有人在叫我。」
「那是風的聲音。」
高里打開門，風打著轉，吹了進來，一路呼嘯著從窗戶吹向門口。風中帶著隱約的叫聲。
「有人在叫我。」
廣瀨拉著高里的手，伸手想要去關門，高里制止了他。
「我必須去。」
「那是風聲。」
高里搖了搖頭。
「那是風吹動電線發出的聲音。」
「是人的聲音，那個聲音正在叫我。」
「那是海浪的聲音。」
高里用力抵抗，終於甩開了廣瀨的手。
「高里，那不是人的叫聲！」
強風從反方向吹來，高里走了出去，門立刻關上了。
「……廣瀨？」
廣瀨好像被某種力量困在那裡，注視著門，聽到後藤的聲音才終於回過神。

「喂，廣瀨，怎麼了？」
廣瀨衝出玄關的同時大叫著：
「請你留在這裡。」
「留在這裡？喂，廣瀨！」

6

廣瀨奔跑著。他衝到電梯前，發現電梯已經下樓，慌忙衝下樓梯。他衝到公寓外張望。

因為受傷的關係，他跑得比較慢，高里已經不見蹤影了。

——他去了哪裡？

呼喚高里的聲音。這是唯一的線索。廣瀨跑向海邊。強風從海上吹來，空氣中漸漸凝聚起某種力量。

他時而奔跑，時而快走，終於來到堤防時，風已經大得幾乎無法讓人站穩。風中帶著雨絲，細雨就像針一樣刺進皮膚。

廣瀨沿堤防奔跑，看著海灘和左右兩側。當他看向風的來向時，根本無法張開眼睛。他用手臂遮住臉，在漆黑的海灘上尋找人影。當他跑到跌跌撞撞時，終於在海灘上發現了人影。

他跳下堤防，抗拒著強勁的風和腳下的沙子一路奔跑，終於抓住了站在海邊的高里。

高里滿臉驚愕。

「老師。」

「這是怎麼一回事？」

高里試圖把抓住他手的廣瀨推開。

「請你趕快回家。」

「你必須回家，這裡很危險。」

海浪打得高高的，濺起無數飛沫。

「老師，這裡很危險，所以請你回去。」

「你也要回去。」

廣瀨用力拉著高里被雨水打得溼滑的手臂。高里搖了搖頭。

「拜託你，請你回去，我必須知道為什麼有人叫我。」

廣瀨默默地拉住高里的手臂。雖然他沒有很用力，但從海上吹來的風成為一股助力。

「為什麼會死那麼多人？」

「思考這種事也不會有結果。」

「到底發生了什麼事？為什麼會有那麼多人流血身亡？我無法接受這種情況。」

廣瀨也同樣無法接受，即使如此，還是不能把高里留在這裡。廣瀨知道，並不是因為這裡太危險。有汕子和傲濫在，無論發生任何狀況，牠們都會保護高里。即使明知道這樣，廣瀨仍然因為另一種不安，而無法放開高里。

他握住高里手臂的手更加用力。一旦放手，就會發生他無法承受的事。這種預感越來越強烈。

正當他不顧一切地拉著高里的手時，突然聽到一個聲音——

「放開他的手，你趕快逃吧。」

他看向聲音的方向，風吹來的雨打在他臉上。他看到一個女人。

「妳……」

女人對廣瀨說：

「請你趕快逃，延王很快就要駕到。」

「這是怎麼一回事？」

她搖了搖頭，風吹起她的長髮，在半空中舞動。

「因為王渡海而來，所以會發生水災。請你趕快放開他，盡可能逃去高處。」

「別開玩笑了。」

「請你務必這麼做。」

女人說完，身體扭曲起來。廣瀨只能用「扭曲」來形容所看到的變化。女人的身體突然扭曲，輪廓漸漸融化。融化的身體橫向拉長，發出磷光，然後猛然翻轉，眼前出現了一頭怪獸。

風雨模糊了視野。淡淡浮現的磷光讓怪獸的身影變得更加模糊，但仍然可以看出牠有著一身雌黃色的毛，背上發出五彩的磷光。牠像馬一樣有蹄，還有金色的鬃毛。

怪獸注視著高里，似乎在訴說什麼，然後緩緩飛向天空。牠在海面上方奔跑，似乎完全沒有感受到風雨，飛進雨幕中消失不見。

廣瀨有好一陣子說不出話。一陣強風吹來，他用力站穩，才終於回過神。剛才是怎麼一回事？他想要問高里，發現高里也木然地站在那裡。

「高里。」

他叫了一聲，但高里沒有反應。他又大聲叫著，但高里仍然沒有回答。他看向怪獸消失的方向，嘴脣動了起來。

「我想起來了。」

高里笑了。

「……我想起來了。」

高里喃喃地說完，用力閉上眼睛。

「我、不是、人。」

他在說這句話時，彷彿發現了幸福。

「高——里？」

高里終於看向廣瀨。

「泰麒是我的名字。泰麒——泰王的麒麟。」

「……你在說什麼啊？」

高里露出柔和的笑容，直視著廣瀨。

「我不是人，我是麒麟。」

「別胡說八道了。」

廣瀨內心湧現憤怒。他不承認這種事，說話的語氣也變得粗暴。

「你是你。」

他不知道原因。不明白為什麼這麼憤怒，無法保持平靜。

高里靜靜地搖頭。

「我是麒麟，泰王是我的主上，白汕子是廉麟派來接我的妖人，之後和傲濫一起守護我。」

「廉……麟。」

高里點了點頭。

「有十二個君王，有十二隻麒麟，廉麟是廉王的麒麟，延王有延麒。」

「太荒唐了。」廣瀨忍不住叫了起來。「怎麼可能有這種荒唐事！」

高里看著廣瀨不語。

「麒麟？你是怪獸？你不是人模人樣嗎？不是有父母嗎？人怎麼可能生出怪獸？

這種事不可能發生。」
「我是胎果。」
「胎果……」
廣瀨反問，高里點了點頭。
「我原本就不屬於這裡，只是誤入這裡，在人類的肚子中長大……這就是胎果。」
「不可能。」
看到廣瀨冷漠的態度，高里露出悲傷的表情。
「既然你說你是麒麟，那你變身給我看啊。」
高里搖了搖頭。
「因為我失去了角，所以做不到，也無法靠自己的力量回去。」
回去。這兩個字深深刺進了廣瀨的心。
「回——去？」
高里點了點頭。
「我必須回去，回去協助泰王。我因為失去記憶，浪費了很多時間。」
「不是……回去吧？」
廣瀨覺得好像被什麼東西追趕，他無法忍受就這樣被抓住，為了逃避，他繼續滔滔不絕。
「你是人類，不管以前曾經是什麼，現在是人類。你生在這個世界，雖然一度去了那裡，但最後還是回來了。你……回到了這裡。」

高里搖了搖頭。

「我並不是回來，那是意外。」

廣瀨很想破口大罵，但張開嘴巴時，卻不知道該說什麼。

「不可能。」

廣瀨一再重複的這句話毫無霸氣，他很清楚這只是自己無謂的堅持。

「我必須回去。」

「怎麼回去？」

「有人會來接我。」

強勁的細雨打在廣瀨的身上，順著黏在身上的衣服流下。海浪打來，在廣瀨的腳下散落。

「……延王嗎？」

高里點點頭。

「對。延王一旦駕到，就會發生水災，請你趕快回家。」

高里指向岸邊，但廣瀨仍然站在原地。他無法離開。

高里一旦回去，無論對他還是對這個世界，都是一件好事。高里想要回去，這個世界也希望他離開。既然這樣，就應該笑著送他離開。

即使這麼想，廣瀨還是無法離開。他任憑風吹雨打，仍然站在那裡不動。

「拜託你了。」

廣瀨還是無法離開。為了躲避風雨，他低下了頭，發現海浪已經追到他的腳下。散開的飛沫濺到他的眼睛——就在這時，他察覺到背後有動靜。

回頭一看，有一張人臉近在眼前。他大叫一聲，退到高里身旁。沒有頭髮的白色腦袋——看起來像屍體的怪物就是之前見過的那張臉，那群猶如屍體般的怪物已經在不知不覺中逼近到廣瀨背後。

和前天晚上相反，那群屍體怪物來自堤防的方向，用好像隨時會倒下的姿勢慢慢走來。來到廣瀨和高里身邊時，像鞠躬般彎下身體，然後雙手伏地。當牠們趴在地上時，便如烏龜一樣移動四肢，走進翻騰的海浪，回到大海。不一會兒，這群屍體怪物就完全消失在海浪中。

廣瀨大大地鬆了一口氣，當他不經意地環視海灘時，發現遠處被雨模糊的視野中，有一隻巨大的怪獸在蠕動。怪獸差不多有牛那麼大，看不清楚牠的外形。他立刻左右張望，發現整座沙灘已經在不知不覺中擠滿了怪獸，到處都是被風雨和黑暗模糊，慢慢蠕動的身影，而且每一隻怪獸都極度扭曲。

廣瀨立刻抓住了高里的手臂，然後想要拉著他的手臂逃離沙灘，但高里用力反抗。

「老師。」

「快逃。」

「……沒這個必要，牠們不會危害我們，牠們也要回去了。」

不知道為什麼，這句話深深地刺痛了廣瀨的心。他用盡渾身力氣拉著高里的手臂。

「老師！」

高里努力想要站穩，廣瀨硬拉著他。

「拜託你，放開我。」

廣瀨默然不語地拉著他的手臂，拉著重心不穩而跌倒的高里走向堤防。這時，他突然踉蹌了一下，發現腳下比海面上吹來的風更帶有濃烈的海水味道。

——海水的味道。

當他回過神時，立刻步步後退。紅色的軌跡掠過腳尖，他能夠躲過那一擊，簡直就是奇蹟。

怪獸紅色的腦袋從沙子裡探了出來。當廣瀨想要繼續後退時，沙子裡伸出一隻白色的女人手，用強大的力量按住了他的腳。

——不能妨礙高里。

他帶著絕望的心情想起這件事。不能危害高里。不能傷害高里。不能妨礙他想做的事。高里說要去，就必須默默為他送行，否則必定會遭到報復。

女人從沙子中探出上半身，雙手抱住廣瀨的雙腿。他無法甩開女人的手，身體也完全無法動彈。紅色怪獸整個身體都出現在眼前，牠的爪子可以輕而易舉地把廣瀨撕裂，牠的下巴不費吹灰之力就能把廣瀨咬爛。

「傲濫。」

這時，響起一道有力的聲音。高里不知道什麼時候擋在廣瀨和怪獸之間。

「住手，他不是敵人。」

紅色怪獸搖晃著腦袋，似乎在猶豫。

「汕子，妳也放開他，不需要這麼做。」

抱著廣瀨雙腳的手臂並沒有放鬆，那隻叫傲濫的紅色怪獸也露出牙齒，隨時做好戰鬥的準備。

「他不是敵人，他幫助了我，你們應該知道。」

片刻之後，抱著廣瀨雙腳的手臂放鬆了，廣瀨立刻踢開那雙手，後退了兩步。汕子和名叫傲濫的怪獸似乎仍然舉棋不定，怪獸依舊把牙齒咬得喀喀作響。

「傲濫，別這樣。」

高里再度命令，然後跪了下來，向怪獸伸出了手。

「怎麼了？你分不清敵我了嗎？」

傲濫稍微後退，然後用力垂下頭。牠把宛如膿血色的腦袋伸到高里的手下方，高里輕輕把手放在牠的頭上。傲濫把身體靠了過去，高里輕輕抱住了牠的頭。

汕子從沙子裡爬了出來，深深低著頭。汕子面對著廣瀨，當廣瀨發現汕子是對著自己低下頭時，不禁愕然。

高里回頭看著廣瀨。有著人類外形的高里正抱著異形怪獸，眼前的景象讓廣瀨說不出話。

後藤曾經說，廣瀨和高里不一樣，廣瀨也隱約承認這一點。但是，他並沒有想到他們之間有如此大的差異，原來是兩個不同世界的人。

廣瀨終於知道內心的不安到底是怎麼一回事了。原來是因為害怕確認這種差異，才會做出這種連自己也難以理解的行為——

海浪已經打到腳下，濺起無數飛沫的浪頭用力沖走了腳下的沙子。

高里站了起來，直視著廣瀨，紅白兩隻異形怪獸宛如融化在雨中，消失了蹤影。

「請你快逃吧，逃去地勢高的地方。」

廣瀨站在原地無法動彈，低聲問高里：

「……你對這個世界毫無眷戀嗎？」

高里看著廣瀨，似乎欲言又止，然後垂下了雙眼。

「……即使如此，我還是要回去。」

「不要走。」

廣瀨脫口說道：「為什麼你要回去？根本不需要回去啊。」

高里搖著頭說：

「這個世界……已經沒有我的容身之處了。」

「如果你需要，我可以為你創造——不要走。」

高里不停地搖頭。

「那我怎麼辦？」

廣瀨伸出手。雨滴打在他伸出的手上，冰冷的身體連雙腳都在發抖。

「高里，那我呢？」

「老師，我不想把你繼續捲入這件事。」

廣瀨伸出的手抓住了高里的手臂。

「……你打算拋下我嗎？」

高里張大了眼睛，廣瀨的臉皺成一團。高里發現了。廣瀨心想。高里發現了自己骯髒的自我。

高里注視著廣瀨，然後閉上眼睛，難過地嘆息著。他的嘆息被風撕成百絲千縷。

廣瀨已經無法再掩飾了。人身為人類這件事竟然這麼骯髒。廣瀨握著高里的手，用盡渾身的力氣緊抓著不放。

「——我回不去！你卻丟下我，一個人回去嗎！」

高里仍然閉著眼睛。風吹起他被雨淋溼的頭髮，打在他的眼瞼上。

「高里，你要一個人回去嗎！」

——我能夠瞭解。

高里曾經說過這句話。後藤說，廣瀨應該可以瞭解高里，他也的確瞭解了高里。廣瀨是唯一瞭解高里的人，但與此同時，高里也是唯一瞭解廣瀨的人。

「只有你能夠回去故國。」

高里和他同樣失去了故國，被枷鎖綁在這片土地上，只能緬懷故國，那是他身在這片異鄉唯一的同胞。

「那我怎麼辦？獨自留在這裡的我該怎麼辦？」

他說出了真心話。事到如今，他已經無法用任何話掩飾自己的真實想法。

「為什麼只有你可以回去！」

廣瀨曾經想拯救高里，希望他能夠走向平靜順遂的未來，這是不容否認的事實。為此，他力所能及地幫助了高里，至今仍然如此，但也同時對能夠回去故國的高里產生了醜惡的嫉妒。

——生為人類，竟是如此骯髒。

廣瀨鬆開了手，高里用鬆開的手捂住了臉。

純潔的高里無法理解，廣瀨也一直想要回去。

「請你趕快離開。」

「高里。」

高里抬起頭，用銳利的視線注視廣瀨。

「你必須離開，在這個世界繼續生存下去。」

廣瀨仍然想要說什麼，高里搖著頭，制止了他。

「請你離開吧，因為你是人類。」

廣瀨垂下了頭。

——我知道。

廣瀨沒有中選，因為他的骯髒，所以無法中選。

廣瀨愣在原地，高里推著他。在高里的推動下，他邁開了步伐。來自海上的風雨用力推著他的後背。

他不想讓高里回去。既然自己回不去，他希望別人也無法回去。

每個人都是異類。有人身體有缺陷，有人心靈有缺憾，所以每個人都是異類。異類總是夢見自己的故鄉。那是空虛愚蠢卻又甜蜜的夢。

廣瀨整天說「想要回去」只是抱怨而已，但高里有資格用整個身心大聲叫喊這句話。因為他有可以回去的世界，而廣瀨沒有。

對廣瀨來說，高里是不是人類並不重要。高里原本就是異類，廣瀨無法成為像他那樣徹底的異類，所以只能當人類。

所以——高里可以去那個世界，廣瀨卻不可以；高里即將踏上歸鄉之路，廣瀨卻被綁在這個世界。廣瀨根本沒有可以回去的世界。

廣瀨站在堤防上低頭看，發現高里正望著他。高里指了指廣瀨的背後。

廣瀨拖著沉重的步伐走了起來，他不想跑。無論是死是活，他都覺得無所謂了。當他雙腿發軟，幾乎想要跪在地上時，身後的風帶來隱約的聲音。

「——去……山上。」

廣瀨轉過頭，高里注視著他。廣瀨出神地看著站在翻滾浪濤前的高里，高里再度大聲重複剛才那句話。

廣瀨點了點頭。

高里對著他深深地、深深地鞠了個躬。

廣瀨再度點了下頭。他點著頭，在被雨沖刷的路面上快步走了起來。風推動著他，廣瀨終於跑了起來。

——這一天，來襲的大浪吞噬了附近一帶，造成兩百多人死亡和失蹤。之後，風大的日子都禁止去海邊。因為每次都會有屍體被打上岸。

經過五天、十天後，長長的失蹤者清單上刪除了一個又一個名字，死者的名單卻不斷增加，但是過了一個月，仍然有一個名字無法從失蹤者名單上刪除。

過了颱風季節，就連降霜的季節也結束後，那個名字仍然孤單地在名單上。

——只有、一個人。

積水不可極，安知滄海東。
九州何處遠，萬里若乘空。
向國惟看日，歸帆但信風。
鰲身映天黑，魚眼射波紅。
鄉樹扶桑外，主人孤島中。
別離方異域，音信若為通。

解說

菊地秀行

十二國記

至今為止，日本驚悚小說領域始終無法和歐美國家抗衡，如今，終於出現了強而有力的新武器。

我發現一件有趣的事，不知道是否因為女性作家比較能夠順應潮流，她們的表現明顯比較活躍。

本書《魔性之子》的作者小野不由美，可說是在驚悚戰線最前線颯爽登場，也是最活躍的新銳作家。

本書雖然在新潮奇幻小說系列中出版，卻具有濃厚的驚悚要素，而且——這點將在之後詳談——並沒有喪失奇幻小說的矜持，是一部完美的混合小說。

回到母校實習的廣瀨在和自己相差沒有幾歲的學生中，發現了一個讓他感到不可思議的學生。

這名學生姓高里，廣瀨總覺得他和周圍的同學格格不入，不，甚至覺得他身在這個世界就是一件不可思議的事。

廣瀨對他產生了好奇，但很快就發現了匪夷所思的事實。曾經反抗高里，或是找高里麻煩的人都遇上了可以稱為「報復」的意外，原因似乎和高里曾經「神隱」一年有關。廣瀨努力瞭解真相，沒想到再度有人在他面前死亡。

即使如此，廣瀨既沒有放棄高里，也沒有攻擊他。因為他自己也擁有類似的祕密。就在這時，奇妙的年輕女人和怪獸開始出沒……

「神隱」——多麼富有魅力的題材。

有一天突然消失的某個人，在相同的狀況下又悄悄回來。這段期間，他（她）到底做了什麼？

如果再結合一些神祕的配角和奇怪的現象，簡直就是天下無敵了。光是寫下這些文字，就感到不寒而慄。作者挑選這個主題，足以證明她在奇幻文學方面具有絕佳的品味。

主人翁高里周圍的同學接連受傷、死亡——隨著故事的進行，這些意外也越來越慘烈，只要作者願意，可以將這些血腥場面描寫得淋漓盡致，但這並非作者的興趣所在。

《魔性之子》是一部很難得的作品，著眼於人類精神世界的黑暗面。

主人翁越來越孤獨，整個世界幾乎都在孤立他。那些人痛罵他、傷害他，一旦發現這些手段無法奏效，就立刻對他俯首稱臣，最後甚至產生了殺機。作者毫不留情地深入刻劃了兩者的自私，女性作家特有的細膩情感描寫和心理描寫，讓讀者身臨其境地感受到因為陰錯陽差而回到人世間的主人翁高里的孤獨。

每個人都曾經在午夜夢迴時，感受過強烈的孤獨，這種時候，彷彿可以聽到心靈的吶喊——

我為什麼會在這裡？

也就是說，我們身處在一個「不對」的地方。如果我們是因為別人的意志出現在這裡，人類就是永久的流刑犯——被流放的人。「飄泊的荷蘭人（Flying Dutchman）」最終發現了可以駐足的陸地，我們卻必須一直忍耐下去，所處的環境更糟。

高里被同學、鄰居、父親、弟弟排斥，最後連親生母親也視他如瘟疫，恨不得殺了他，高里內心的這份孤愁如同我們的絕望，也許在某個地方，真的有一個世外桃源？也許這個世界的一切都是錯誤，在記憶深處的黑暗中，隱藏著我們真正的故鄉桃花源的片斷。

如果終此一生都找不到答案也就罷了，但一旦知道了呢？

——如果有人曾經親眼見識過本作品一開始所描寫的，宛如夢境般美好繽紛的世界，還深深烙在記憶最深處，就會永遠無法擺脫這個世界的枷鎖。

高里周圍出現了異形的少女和怪獸，不斷展開殘酷的殺戮。為了避免影響讀者的閱讀樂趣，姑且不在此一一介紹，但比起第一次的意外踩死事件，第二次的集體跳樓自殺更殘酷，第三次又比第二次更加殘酷，作者淡然地描述這些規模不斷升級的大殺戮（女人太可怕了），卻沒有淪為血腥的描寫（只是點到為止），作者藉由主人翁高里，徹底追求人類根源性的不安，得以出色維持了驚悚小說的戰慄，和奇幻小說的品味。

從這個角度來說，比起主人翁，這本小說讓我們讀者更加感到悲哀。

因為明知道我們生活在一個不應該存在的世界，也知道自己應該生存的世界，卻無法回去那裡。

我很想問作者。

我們到底該去哪裡？

最後，要替對超自然現象和靈異現象沒有興趣的讀者補充一下，在昭和三十年代（一九五〇～六〇年代），日本各地都曾經發生過神隱事件。

某一天，某個人毫無預警地消失，有些人過了一段時間後又出現了，但也有很多人從此杳無音訊。

以現在來說，就是所謂的「人間蒸發」，通常都是因為現代社會的壓力所致，最後找到的機率應該也比「神隱」高，但其中或許有幾個案例，真的有超自然力量發揮了作用。

有名的案例之一，就是寬延年間（一七四八～五一），一名近江商人走進家裡的廁所後，遲遲沒有出來。等在外面的侍女覺得奇怪，請人打開廁所門，卻發現主人消失了。

這件事還有後續。二十年後，同一間廁所傳出了叫聲。別人慌忙趕去一看，發現二十年前失蹤的商人穿著和失蹤時相同的衣服在那裡。家人問他這二十年到底去了哪裡、做了什麼，他回答說不知道，只是他的頭髮全白了，在吃飯的時候，身上的衣服變成灰塵消失了。之後，那個男人身邊發生了很多離奇的事——如果有這樣的發展應該很有趣，可惜後續的情況完全不得而知。

外國也有類似的案例。田納西有一位農夫戴維·藍格失蹤——這是在有數名目擊者見證的情況下發生的知名事件，也有不少書籍研究了這起案子。現實生活中發生的事件會激發人們的好奇心，當然更是小說絕佳的主題。

本書《魔性之子》絕對會成為先驅，吸引無數讀者的喜愛。

——寫此文的同時在看《神祕地區（TV）／消失的少女》

（一九九六年，作家）

奇炫館

十二國記 魔性之子

（原名：魔性の子 十二国記）

著　者／小野不由美
執 行 長／陳君平
榮譽發行人／黃鎮隆
協　理／洪琇菁
總 編 輯／呂尚燁
譯　者／王蘊潔
美術總監／沙雲佩
美術編輯／陳又荻
執行編輯／洪琇菁
封面及內頁插畫／山田章博
企劃宣傳／洪國瑋
國際版權／黃令歡、梁名儀
文字校對／施亞蒨
內文排版／謝青秀

出　版／城邦文化事業股份有限公司 尖端出版
台北市中山區民生東路二段一四一號十樓
電話：（〇二）二五〇〇—七六〇〇
傳真：（〇二）二五〇〇—二六八三
E-mail：7novels@mail2.spp.com.tw

發　行／英屬蓋曼群島商家庭傳媒股份有限公司城邦分公司 尖端出版
台北市中山區民生東路二段一四一號十樓
電話：（〇二）二五〇〇—七六〇〇（代表號）
傳真：（〇二）二五〇〇—一九七九

中彰投以北經銷／楨彥有限公司（含宜花東）
電話：（〇二）八九一九—三三六九
傳真：（〇二）八九一四—五五二四

雲嘉經銷／威信圖書有限公司 嘉義公司
電話：（〇五）二三三—三八五二
傳真：（〇五）二三三—三八六三
客服專線：〇八〇〇—〇二八—〇二八

南部經銷／威信圖書有限公司 高雄公司
電話：（〇七）三七三—〇〇七九
傳真：（〇七）三七三—〇〇八七

香港經銷／城邦（香港）出版集團有限公司
香港灣仔駱克道一九三號東超商業中心1樓
電話：（八五二）二五〇八—六二三一
傳真：（八五二）二五七八—九三三七
E-mail：hkcite@biznetvigator.com

新馬經銷／城邦（馬新）出版集團Cite（M）Sdn. Bhd.
E-mail：cite@cite.com.my

法律顧問／王子文律師 元禾法律事務所
台北市羅斯福路三段三十七號十五樓

二〇一四年十月一版一刷
二〇二二年九月一版八刷

■中文版■

郵購注意事項：
1. 填妥劃撥單資料：帳號：50003021戶名：英屬蓋曼群島商家庭傳媒(股)公司城邦分公司。2. 通信欄內註明訂購書名與冊數。3. 劃撥金額低於500元，請加附掛號郵資50元。如劃撥日起 10～14日，仍未收到書時，請洽劃撥組。劃撥專線TEL：(03) 312-4212 ・ FAX：(03) 322-4621。E-mail：marketing@spp.com.tw

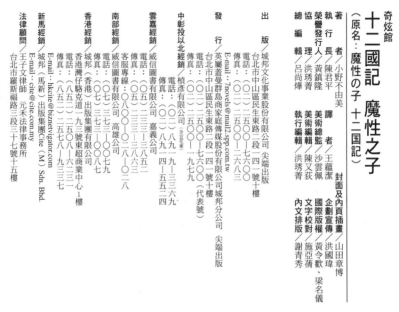

國家圖書館出版品預行編目(CIP)資料

十二國記 : 魔性之子 / 小野不由美作 ;
王蘊潔譯. — 1版. — [臺北市] : 尖端出版 :
家庭傳媒城邦分公司發行, 2014.10
冊 ; 公分
譯自 : 魔性の子
ISBN 978-957-10-5711-8(平裝). —

861.57 103016065